文春文庫

科学オタがマイナスイオンの部署に異動しました

朱野帰子

文藝春秋

目次

科学オタがマイナスイオンの部署に異動しました

主な登場人物

羽嶋賢児……大手家電メーカー柴田電器に勤める31歳。実家暮らし。調査会社から転職して4年目。課長候補として商品企画部に来るが、この異動は〝島流し〟と噂されている。

蓼科　譲……賢児の幼馴染。小学生の頃から成績優秀だった。研究者への道を歩み、現在は地球惑星科学者の卵。

小森美空……賢児の姉。現在第一子の出産を控え、里帰り中。

寺内梨花……賢児の同僚。商品企画部に所属していて、美顔スチーマーを企画、そこそこヒットさせた。

桜川誠一……柴田電器の美容家電事業部長。賢児を商品企画部に〝島流し〟にした張本人。

桐島紗綾……賢児の元彼女。出版社の編集者。賢児とは別れたが、美空とは今でも仲が良い。

1

「僕は科学を信じています」

という書き出しの作文を教室で読みあげた時、賢児《けんじ》は小学六年生だった。

「科学はどんどん進んでいます。今年の夏には、日本人初の女性宇宙飛行士がスペースシャトルに乗って、宇宙に飛びたつことになっています。でも、うちの姉はいまだに科学のことをなんにも知りません」

ここから先は、教室に座っている同級生にとってもセンセーショナルな内容のはずだ。でもどうしても伝えなきゃ。でないと美空《みそら》のアホを助けられない。

事情を知る譲《じょう》がうしろに座っているのが心強かった。

読み終わったとき、教室は海の底みたいに静かだった。精子とか卵子とかいう言葉にニヤニヤしていた男子たちは、途中で話についてこられなくなったらしく、黙りこんでいる。女子たちは動かない。気持ち悪い、と涙ぐんでいる女子がひとりいた。担任は五秒くらい迷っていたが、何も言わずに、次の子を指した。

放課後、譲と別れて、商店街のはずれにあるマンションに帰ると、母がちょうど他の母親と通話を終えて黒電話の受話器を置いたところだった。

「作文を、出しなさい」と母はずんぐりした手を差し出した。

「いやだ」賢児は唾《つば》を飲みこみながら言った。「どうせ怒るから」

「いいから出しなさいって言ってるの！」

しかたなくランドセルから作文を出すと、母はすぐ目を通した。

「あんた、これを教室で読んだの？」

うん、とうなずくや否や頰《ほお》を張りとばされた。すごい打撃力。石の入った段ボールを毎日上げ下ろししているだけある。暴力反対の意味もこめて倒れたままでいると、脇に手を入れて起こされ、廊下の奥にある狭い物置に放りこまれた。

それきり母の声はしなかった。

姉の美空が「賢児、またなにかしたの？」と尋ねる声がするだけだ。

間違ったことはしてない。絶対してない。自分に言い聞かせながら、隅に隠してあった籠城《ろうじょう》セットを取り出す。ガリレオ・ガリレイの伝記と父が誕生日にくれたペンライトだ。豆粒のような光でガリレオの子供時代の苦難をたどる。教師を質問攻めにして困らせたというところを読むと、自分と同じだと気分が高揚する。でも今は集中できなかった。美空がやけに静かなのが気になる。そろそろ物置を襲いに来るころなのに。蹴《け》られる覚悟はとうにできているのに。

あのアホ、と賢児は昨日のことを苦々しく思いだしていた。

昨日の午後、近所にある科学館の外階段の上に、見覚えのある太ももを見つけて賢児は、あ、と思った。

蚊《か》に刺されたあとがある。夕べ、美空がかきむしっていたところだ。見て見て、赤いところがハート形になった、と無理矢理見せられた。

その太ももが今、外階段の上で制服のズボンをはいた足と絡《から》みあっている。

「賢児のお姉さんだよね？」

隣の譲が言った。賢児はうなずいた。

「新しい彼氏。須山《すやま》だと思う」

もう一度、外階段をあおぐ。館内からは死角になっているそこには、苔《こけ》むしたザリガニの水槽が並んでいて、あいだから姉の真新しいコンバースが見えた。

「須山って聞いたことあるな……」譲がつぶやく。

中学進学を来年に控えた教室では、地元の公立中学の噂が絶えない。上級生とすれ違うだけでカツアゲされるとか、挨拶をしないとひどい目に遭うとか。その話のあちこちに須山という名前は出てきた。美空より一学年上の中学三年生だ。アイドルみたいな奥二重の目をしている。いかにも美空が好きそうな顔だ。

だからって、よりによってこの科学館で。

「行こうぜ」と小声で譲をうながしたとき、

「なあ、いいだろ」と須山が言うのが聞こえた。「今度会ったときはやらせろよ」

「えー」と美空がか細い声で答える。「でも、子供ができちゃったら困るし」

どくんと心臓が変な風に鳴る。

「だいじょうぶだって。安全日とかあるし。おれ、そういうのよくわかってるから」

犬のようにはあはあと荒い息を吐きながら、須山は言っている。

科学館から出ると、賢児と譲は無口になった。厚紙のように固い葉がびっしり生えている生け垣の前をとぼとぼ歩く。譲がわざと明るい声で言った。

「アイスでも食う？」

「いや、いい」

あんな馬鹿、ほっとけばいい。さっきから何度も心でつぶやいている。美空がなにをやろうとしているのか、だいたい予想がつく。そういうシーンがはじまると母はあわててテレビを消す。でも小学六年生はそこまで子供じゃない。

「図書館行こうか。調べてみよう」譲が言った。

「なにを」

「人間がどうやって生まれるのか」譲は額《ひたい》にビーズのような汗をつけている。「メダカとかカエルの生殖については科学館で教えてもらったけどさ、人間についてはなんとなくしか知らないだろ？　勉強してみてもいいかなって思って」

「……うん」

そうだ。心がもやもやするのは、それがどんなことなのか具体的に知らないからだ。だったら調べたらいい。それが賢児と譲のいつものやりかただった。

区立図書館に着くと、ふたりは中学生向けの保健体育の教科書を読んでみた。

「みなさんの体は大人にむけて準備をはじめています」

という文章ではじまる薄い冊子には、女子には月経が、男子には夢精がはじまることや、体に第二次性徴と呼ばれる変化が起きることしか書いていなかった。

「これじゃなにもわからないね」と、譲がすぐに戻す。

かといって医学書では専門的すぎる。しばらく書架をあさったふたりは、妊娠したい女性向けの本を見つけて、「これだ」と閲覧机に移動した。科学本に載っているカエルの繁殖方法と同じくらいくわしく人間の繁殖方法が書いてある。卵子が月に一度しか子宮のなかに出てこないこと。精子の寿命が数日しかないこと。

「妊娠ってけっこう難しいんだな。カエルより難しくないか」

賢児はほっとした。姉はまだ子供なんだ。さっき姉が履いていたコンバースは十四歳の誕生日に父に泣いてねだって買ってもらったものだ。まだ子供を産むべきじゃない。

「映像とかないかな。見てみようぜ」

譲が言い、ふたりは視聴覚コーナーに移動した。ビデオがずらりと並んだ棚から、譲が自然科学のドキュメンタリーを抜きだし、「これだ」と渡してくる。

「あ、ちょい待ち。トイレに行ってくるから、手続きしといて」

賢児がひとりで視聴申し込みに行くと、カウンターのお姉さんがじろりと顔を見た。パッケージの精子画像を見てあやしんだらしい。でも、譲が駆《か》けて戻ってきて隣に並ぶと、納得したように奥へ中身のテープを取りにいった。

譲にはそういう雰囲気があった。賢児と違って分厚い眼鏡をかけてもいないし、知識をひけらかしたりもしない。でも襟《えり》のついたシャツを着ていて、科学雑誌を広げている譲の額からは、いつも知性の光が蛍《ほたる》みたいに飛び回っている。

譲には学校の授業は簡単すぎてつまらないらしい。よく居眠りしている。担任に叱られると、こっそり肩をすくめて、まわりの女の子たちを笑わせていた。

「蓼科《たてしな》くんはなんで羽嶋《はじま》なんかとつきあうんだろ」

クラスの女子たちはいつも聞こえよがしに言っている。蓼科というのは譲の、そして羽嶋は賢児の名字だ。

「羽嶋っていっつも一番に手を挙げるし、先生にひいきされたいんじゃない？　球技大会でも役に立たないし。あいつさえいなきゃ最高のクラスなんだけどな」

それはこっちの台詞《せりふ》だ。お前ら全員いなくなって、自分と譲だけになれば、さぞかし居心地のいいクラスになるだろうに。

ふたりは視聴覚室に入ってビデオを再生した。

精巣で生まれた精子がものすごいスピードで女性の膣に放出されるシーンで映像ははじまった。最初は二億匹以上もいた精子たちの九割が雑菌を殺すための酸性の海で死んでしまう。子宮頸部の迷路をくぐり抜けたわずか三千匹の精子たちが、白血球の攻撃にさらされ、卵管の入り口でさらに選別される。最終的に残ったのはたった二匹だった。がんばれ。いつの間にか心で叫んでいた。彼らのうちの一匹が卵子の膜を突き破って中に入った瞬間にはほっとして涙が出た。

「こんなにたくさんの難所を突破して人間は生まれるんだな。酸の海でほとんど死んだところで、おれだったらあきらめちゃいそう」賢児は溜め息をついた。

「いや、あきらめてないから、今こうやって生まれてきてるわけで。生命ってすごいよな」

「うん。けっこうしぶといね。なにがなんでも生まれてくるぞって感じで」

そうつぶやくと、ふたたび不安が湧きあがってくる。

「生きるってことは過酷だから」譲が言った。「さっきの映像、精子が二匹で協力して穴を開けてただろ。一匹が入ったとたんに卵子が強い膜でシャキーンって包まれて、もう一匹ははじきだされてた。生きるってことはそれだけでものすごい競争なんだ」

譲はほんの少し顔を強《こわ》ばらせた。

「それに、受精卵になれても、着床しなきゃ妊娠できないし、細胞分裂がはじまっても正常に育たなきゃ流産する。それに出産がうまくいかなきゃやっぱり死ぬ。母体が危ない場合もあるって書いてあっただろ。運もかなり関係してると思うな」

そして賢児に気を遣ったのか、安心させるように言った。

「まあ、ちゃんと避妊していれば心配ないと思うけどね」

美空がどんなに愚かなのか譲は知らないんだ。でも、何をすべきかわかって心が落ち着いてきた。譲のおかげだ。むやみに不安がることはない。美空に正しい知識を教えてやればいい。

ふたりは図書館を出た。むかいには古い給水塔があった。それを見るたび、賢児は、新しい知識を手に入れるというのは、あの壁のはしごを天にむかって登っていくようなものだと思う。登れば登るほど見える世界が大きくなっていく。はしごはどんどん伸びている。自分が大人になるころにはきっと誰もが宇宙に行けるようになる。生まれる前に死んでしまう子も、病気で死ぬ人も、少なくなる。自分の住む世界は、今日よりも明日、明日よりも明後日にむけて、着実に素晴らしくなっていく。その逆はない。そう信じるだけで呼吸がゆったりと長くなっていく。

でも家に帰ればたちまち現実に引き戻される。

「ただいま」

四人分の靴がひしめきあう玄関で靴を脱ぎながら、賢児は靴箱の上を見た。

母が友人からお土産に貰ったという「奇跡の水」のボトルが飾られている。ヨーロッパかどこかの泉から汲んだ水だそうだが、飲めばどんな病気でも治るそうだ。そんなわけあるか、と心の中でつぶやきながら廊下に上がると、母が台所から声をかけてきた。

「遅かったわねえ。もうそろそろご飯よ」

空気清浄機や足揉み器やら、母が衝動買いして使わずにいる健康グッズがひしめく居間に入ると、美空が足の爪にペディキュアを塗っていた。弟が帰ったことに気づくと、部屋にまぎれこんだ蚊でも見るような目をする。

「うわあ、あんた、Tシャツの胸んとこ、汗で黒くなってる。きもいんですけど」

「美空さ、須山と性交したの?」

賢児は訊いた。須山という名前に反応し、美空がまた顔をあげる。

「セイコー?　は?　なにそれ」

「須山にやらせろって言われてただろ。やらせたの?」

「聞いてたの?　サイテー!」

美空は塗ってないほうの足をロケットパンチみたいに繰り出してきた。賢児の小指に命中する。

「いてっ。暴力やめろ」

「お母さんに言ったら殺す」

「あのさ、どうやったら子供ができずにすむか知ってる?」

「しっ……大きい声で言わないで。……そんなこと知ってるって。安全日にすればいいんでしょ」

「げ、やっぱそれ信じてんだ？」

絶望が胸を襲う。どうして自分の姉はこんなにアホなんだろう。

「ばっかじゃないの？　安全日っていうのは妊娠する確率が低いってだけで妊娠しないとは限らないんだぜ。確率ってわかる？　はずれることもたくさんあるってことだよ。おれ、調べてきたんだから」

「なあに、なんの話？」

母が味噌汁やご飯を載せたお盆をガチャガチャ言わせながら入ってくると、美空は「なんでもない」とそっぽを向いた。

「美空、彼氏とやるつもりらしいよ」

「あっ、言ったね」

美空が鋭く叫ぶのと同時に、母が目をむいた。

「なに？　どういうことなの、美空」

「なんでもない。なんでもないって！」

美空はぎらぎらと睨みつけてくる。お年玉で買った学研の雑誌を破られるかもしれない。録りためたNHKの科学番組のビデオに、音楽番組を上書き録画されてしまうかも。さまざまな報復を賢児は覚悟した。

夕食はお通夜みたいになった。

「お父さんは」

賢児が沈黙に耐えかねて訊くと母は不機嫌そうに答えた。

「泊まりで買いつけ。経費ばっかりかかって儲からないったらないわ。さあ、さっさと食べなさい」

美空は好きなおかずだけつまむと、逃げるように子供部屋にこもった。それを母が追った。部屋に入る手前で、棚の奥から小冊子を取り出している。区が小中学校に配布している冊子。図書館にもあった役に立たないやつだ。賢児は心配になり、部屋の前まで行って、耳をドアにつけた。

「……だからね、そういうことをするときは、ちゃんと避妊をしなきゃね」

母が言いきかせている。性交をするなと説得するのはあきらめたらしい。

美空に彼氏ができるのはこれが初めてではないのだ。小学生の時からすでにいた。中学生になると美空の脳の九十九パーセントは恋愛で占められるようになった。うちに連れてくる友達は、みんなスカートをパンツが見えるぎりぎりまで巻きあげている。キャハーと彼女たちが奇声をあげるたびに賢児は、コロンブスの伝記を思いだす。大西洋に浮かぶ未開の島にたどりつき、未開人たちと出会うシーン。彼らはまだ丸木舟に乗っている。科学のカの字も知らない。

美空は未開人の女王みたいなやつだ。一緒にいると頭がおかしくなりそうになる。母もその仲間だ。奇跡の水なんてものを有り難く飾っているんだから。

「いい？　コンドームをつけてもらわないといけないのよ。わかったわね？」

母が念を押す声が聞こえた。やっぱりそれだけか。賢児はドアをぱたんと開けて部屋に入った。

「あのさあ、コンドームだけじゃ完全には避妊できないんだけど」

母と姉はぎょっとしている。賢児は勢いに乗って言う。

「コンドームの避妊率は実際のところ九十パーセントくらいらしいよ。つまり、少なくとも十人に一人以上は失敗してるってこと。しかもそれはきちんと装着した場合であって、ミスも多いらしいから、少なくとも十人に一人以上は精液が漏れてるってことになるんだよね」

「うわ、なにこいつ、エロい」

美空がクッションを投げてくる。まだ途中なのに母に耳をひっぱられ部屋から出される。母の顔は赤かった。

「あっち行ってなさい。これは女同士のデリケートな話なんだから」

「え？　男とか女とか関係ある？　両方が知っておいたほうがいい知識じゃないの？　とにかく、精子が卵子をめざしてつきすすむパワーを馬鹿にしないほうがいいって。性交しなかったとしても指に一匹でもついてたら――」

「だまりなさい！　そんな破廉恥《はれんち》なこと、小学生はまだ知らなくていいの！」

破廉恥？　なにが破廉恥なもんか。だって母は、少なくとも二回は受精に成功しているじゃないか。細胞分裂によってふくれあがったお腹をつきだして街を歩いたり、胎児のエコー写真を親戚にうれしげに見せたりもしたはずだ。動かぬ証拠が家族アルバムに残っている。そのことを賢児は少しも恥ずかしいと思わない。むしろ、すごいと思う。そうだ。すごいことなんだ。だから、美空がもしそれに挑戦するとしたら——その相手が須山の馬鹿なんかじゃだめだ。絶対に。

「今度言ったらこうだよ！」

と、母が手を振り上げたので、賢児はひとまずひきさがった。

でも、美空がふてくされた顔で部屋から出てきて、須山にこっそり電話をかけ、「やっぱりこわい」とか「どうしよう」などと、ふわふわ喋っているのを盗み聞いているうちに心配になってきた。須山は猛烈に口説いているらしい。

告発しなきゃ。賢児は戦略を練《ね》った。宿題に作文が出ていたことを思いだし、机に向かい鉛筆を握った。精子の勇猛果敢な旅のことを書き、姉と須山のことを書き、妊娠のしくみも知らないのに性交を行うことの愚かさについて綴った。

姉と母を説得するだけじゃだめだ。美空のまわりの人間が——あの須山にいたるまで、人間がどうやって生まれるのかを理解できてなきゃ美空を守りきれない。

そのためだったら、どんなに姉に蹴られても、母にぶたれても構わない。

しばらくすると、父が物置の扉を開けた。

「またやったんですか。懲《こ》りないですね」

同じマンションの一階で店舗を借りて鉱物標本の店を経営している父は、賢児に敬語を使う。静かな声で話すお客さんたちと、店をうろちょろする幼い息子とに、交互に話しかけているうちに、敬語に統一したほうが落ち着くということになったらしい。

「美空も、お母さんも、おれの言うこと聞かないから」

「うん」

父は叱らなかった。ただ静かに言った。

「美空は泣いてましたよ。友達から電話があったそうです。その子の妹が賢児と同じクラスなんだって。作文のことが噂になってる、もう学校には行けないって言ってね、なだめるのが大変でした」

泣かしてやりたかったのかもしれない、と賢児は思った。姉ちゃんはアホだと世界中に叫んで、思い知らせてやりたかったのかも。でも、実際そうなってみると後味が悪かった。そんなに泣いたのか。賢児が美空を泣かせたのは初めてかもしれない。

「この作文はいつもの……譲くんと書いたんですか？」

「ううん、ひとりで書いた。調べたのは譲と一緒だけど」

「譲くんはこの作文のこと、なんて？」

「難しすぎたんだろうって言ってた。普通の小学生がこれを理解するのは無理だって。大人だってよくわかってない人が多い話だし、担任もどうせそうだ。今後は相手の理解力によって話し方を変えたほうがいいよって」

「なるほど、譲くんはそんなことを言いましたか」

父は「下に行きましょう」と賢児を誘った。

マンションの廊下に出て階段を降り、一階にある店にむかう。自動ドアの電源はもう切ってあるので、父は力をこめてそれを押し開け、照明をつける。

店はそれほど広くはない。十六畳ほどだ。奥半分が倉庫で、残りの手前半分に鉱物を展示している。といっても木製の標本棚やスチール棚が三分の一を占めていて、客は身をすぼめるようにして鉱物を見て回らなければならなかった。

「ここに座ってちょっと待ってなさい」

父は倉庫に入っていき、白い小さな紙箱を持って出てきた。

「なにこれ？」

「ダイヤモンド。賢児は初めてでしょう？」

箱の中におさまっているそれを賢児は覗きこんだ。

「なにこれ。土砂の塊《かたまり》みたい」

「礫岩《れきがん》といいます。火山活動などでできる石のかたまりのようなものです。ほら、これがダイヤの原石」

いびつで不透明な白い石がひとつ、火山の斜面のような岩肌に埋まっている。

「え、全然光ってないけど……あ、原石だからか。これから磨いて高く売るんだ」

「そうしてもいいですが、でも、ダイヤモンドっていうのはそんなことをしなくてもすごい石なんですよ」

「あっ、すごく硬いんでしょ。工業用ナイフにも使われるって。譲が言ってた」

「そのとおり。硬度が非常に高い。ダイヤモンドっていうのは地球の奥深くで生まれるんです。地面から、そうだな、数百キロ近く下、マントルのあたり」

「へえ！　でも、そんな深くにあったダイヤをどうやって採るの？」

「数億年に一度、地球が大変動を起こすとき、マグマが運んでくるんです。そのスピードは最大で時速二千キロ。音速よりも速いそうですよ。そうやって地上にあらわれた結晶を人間が採ってる。なかには数十億年前のものもあるそうですよ」

「へえ」賢児は胸を突かれた。「ダイヤモンドってなんであんなに高いんだろって思ってた。でも父さんの話を聞いたら納得したな。数億年に一回しか運ばれてこないんじゃね。でもさ、宝石になってるやつより、こっちのほうがだんぜんかっこいいね。光は鈍いけどさ、地球の奥からいっしょにきた岩や石の仲間たちが、こいつはほんものだって証明してくれてる感じがする」

「うん」父は満足そうに目を細めた。「お父さんも、こうして礫岩のなかにあるのを見るのが一番好きです。ビジュアルのいい鉱物とはいえないけど、君はどこから来たのかと来歴を問うてみたくなる」

「ああ、でも、お母さんや美空たちは宝石のほうが好きそう。だって、マントルとかマグマとか、興味ないじゃん」

「そんなことはありません。人が何かを真剣に愛したとき、その気持ちは、伝えようとし続けていればいつか必ず伝わるものです。……少なくともお父さんには伝わりましたよ」

父はポケットから折り畳んだ作文を出して、「この冒頭」と、読み上げた。

「――うちの姉はいまだに科学のことをなんにも知りません」

母に張りとばされた頰がうずく。賢児に目をやって微笑むと、父は残りの部分を読み上げた。

「――だから僕は将来、科学者になって、姉を科学の光で照らしてあげなければなりません。正しい知識を教えて守ってあげないといけません」

うずいていた頰が今度は熱くなるのを感じた。

「いい決意です。家族を大切に思う気持ちが伝わってくる。ただしやり方が多少強引でした」

「おれは間違ってないってこと?」

「さあ、どうだろうか。間違ってるかどうかなんて、すぐに結果が出ることではない。だから君は自分の信じるように生きていくしかないんです。石に晶癖《しょうへき》があるように、人間にも生まれ持ったものがある。自分でもどうしようもない衝動というものが。それには親である私にも手が出せるものじゃない」

どこか突き放すような口調だった。賢児は顔を上げる。

「科学者になるっていうのは簡単なことじゃありませんしね。博士号をとるには莫大な学費がかかります。お父さんとお母さんの貯金を使い果たしても足りないくらいのね。そんな金を払う価値が君にあるかどうか」

父は子供たちのことを評価するときいつもこんな声をだす。仕入れた鉱物たちをルーペで覗きこみ、値段を決めるときのように。

「今度、譲くんを遊びに連れていらっしゃい。お父さんも一度会ってみたい」

賢児はなんだか不安になった。

父の言葉を伝えると、譲は予想以上に喜んだ。

「賢児んちは本格的な標本の店なんだろ。最近増えてるパワーストーンを売りにしてるような店とは全然違うって、うちのお父さんも言ってた」

「パワーストーンって？」

「幸せになれる石ってやつ。身につけただけで、モテたとかお金が儲かったとかっていう」

「へえ、そんな石があるの？　うちの店に来るコレクターがそんな話してるの、聞いたことないけど」

彼らのほとんどは父のように肌が乾いたおじさんで石が大好きだ。標本棚の引き出しを開けてはルーペで石を覗いてばかりいる。コレクションを置いておくためだけにマンションを買った人までいる、という話も聞いたことがある。

ないない、と譲はすげなく言った。

「テキトーな広告でお金を巻き上げてるだけだよ」

放課後、譲を連れて帰ると父は店で接客中だった。客は大学の先生だ。くたりとした半袖シャツに黄土色のネクタイをしめて、客用の丸椅子に足を開いて座っていた。「予算が」とか「政策が」という話が延々続き、長くなりそうだった。

賢児は譲を居間に連れていった。台所でカルピスをつくって戻ってくると、譲がなにかを眺めている。テーブルの上に開かれている美空の占い雑誌だった。パワーストーンの広告がでかでかと載っている。安物っぽい天然石のブレスレットが並んでいて、その下に「喜びの声」という枠で囲んだスペースがあった。冴えない風貌をした購入者の写真の横に、「第一志望に合格！」とか「難病が治った！」などという体験談が書かれている。美空はどれを買うか真剣に悩んだようだ。恋愛成就《じょうじゅ》に効くという商品に「第一希望」と書かれた付箋《ふせん》が貼りつけられていた。

「あいつ」

賢児が食いしばった歯のあいだから声を漏らしていると、譲が尋ねた。

「そういえばあの後、お姉さん、どうしたの？」

「別に。大騒ぎしたわりに、そのまま何もなく須山とつきあってる。まあ、でも最近は会ってないみたい。あっちに他に好きな子がいるっぽいとかで」

賢児は苦々しい思いでカルピスを飲んだ。氷が唇に触れて痛いほど冷たかった。どうせそんな男なのだ。早く別れればいいのに。

「ふうん。お姉さん、美人なのにね。須山はなんで浮気なんかするんだろう」

譲はまだ美空のことを気にしている。一人っ子なので、姉という存在が珍しいのかもしれない。

「美人？　やめろよ」

最後までカルピスを飲み干すと、底に濃い液が溜まっていて気持ち悪かった。

「最近じゃ、毎晩友達に電話だよ。そんなに気になるなら本人に訊けばいいのにな。そしたら電話代だって十円ですむのに」

「本人に訊けないから相談するんじゃないかな」

譲がそう分析してみせたとき、居間のインターフォンが鳴った。父からだ。客が帰ったという。

譲を店に連れていくと、父は鉱物から目を上げて微笑んだ。

「こんにちは」

譲は礼儀正しく挨拶すると、すぐに「わあ、すごい」と棚を見回した。父は譲をじっと見つめている。またルーペを覗くような目をしている。

「譲くんは、研究者になりたいと思っているんですか？」

「あ、はい」譲は緊張気味に答えた。

「そうですか。なってしまいそうな感じですね。商売柄、研究者をたくさん見てるから、なんとなくわかります」

賢児は思わず父の顔を見た。なってしまいそう？　自分が作文に、科学者になる、と書いたときと反応が全然違う。譲は父にぱっと顔を向けた。

「ほんとですか？　実はなるつもりなんです。中学受験でそろそろ塾も忙しくなるから、こうして遊びにこられるのもあと少しなんですけど」

譲は都内の有名進学校の名前を挙げた。譲の父親もそこの出身らしい。塾でも成績上位、理科コンテストで入賞したこともある譲のことだ。そのくらいの進路を希望してもおかしくない。最初からわかってたことだ。でも、なるつもり、という確信に満ちた言葉を聞くと、胃の奥がちりちりと灼けた。

無口になった息子をよそに、父は貴重な鉱物を出してきて譲に見せはじめた。メキシコの火山で採られた自然硫黄。今は標本が国内にほとんどないという輝安鉱《きあんこう》。驚くべきことに、幼いころから店をうろちょろしていた賢児よりも譲は鉱物に詳しかった。鉄の硫化物とか亜鉛の酸化物とか、詳しい客相手にしか使わない化学用語が父の口からポンポン飛びだすのさえ、しっかり受け止めていた。

譲は橄欖岩《かんらんがん》に強い興味を持っていた。玄武岩にはりついた結晶をしげしげと眺めて、賢児をふりかえる。

「知ってる？　地球のマントルの上は全部この石でできてるんだよ。マグネシウムや鉄が置換しあってできる、ええと……」

「珪酸塩鉱物《けいさんえんこうぶつ》」と、父が補足する。「もしよかったらお土産に持って帰りなさい」

父はその石を紙で包み、ラベルといっしょに箱に詰めて渡した。

あげちゃうんだ。

チャキチャキガシャーン。

とつぜんレジの音が頭のなかに鳴り響いて、賢児はびくりとした。

同時にその石の値段が頭に浮かんだ。値段を覚えていた、ということに賢児は驚いた。今までこの店でさんざん遊んだ。でも自分が見ていたのは石ではなく値札のほうだったのか。そういえば、ダイヤモンドの原石を見せてもらったときもそうだった。磨いて売るのか、と真っ先に父に尋ねた。

ふたりは二階の居間に戻った。譲はすぐにランドセルから細かい罫《けい》のノートを出し、父から聞いたことを書き留めた。焦《あせ》っているらしく乱れた字だった。いつになく子供っぽい表情をしていた。賢児が麦茶を入れたコップをさしだすと、譲は照れくさそうに笑った。

「いやー、面白かったな。賢児のお父さんはすごいよ」

賢児は自分の麦茶を飲んだ。ぬるい。氷を入れるのを忘れていた。

一度だけ遊びに行った譲の家を思い浮かべる。庭付きの一戸建てだった。靴箱には、家族で行ったイギリス旅行の写真が飾ってあった。譲は書斎に行こうと言った。六畳くらいの普通の洋室で、想像していたよりも狭かった。でも賢児には圧倒的な眺めだった。つくりつけの書棚というものを初めて見た。端の一列が譲のコーナーになっていて、自然科学本が並んでいた。譲は言った。

「本は将来への投資だからいくらでも買っていいって言われてるんだ」

投資、という言葉を賢児は帰ってから辞書で調べてみた。将来の資本を増やすために今ある資本を投じること、と書いてあった。譲の父親は信じているのだ。息子に費やしたお金が将来何倍もの価値にもなると。

「ほんとはどうしようか迷ってたんだ。ほら、科学の世界には頭のいい人がいっぱいいるだろ？　僕なんかがやっていけるのかなあって。でも、賢児のお父さんが言うならさ、やってみようって思えた。好きなことで生きていくためならどんな努力でもできるってさ」

譲は興奮して喋っている。麦茶がぬるいことなど気にならないようだった。彼の手にあるコップを眺める。青い飛行機柄。母がいつまでも捨てずにいるやつ。しまったと思った。あんな子供の使うコップ、譲に出すんじゃなかった。

賢児は国語や社会の成績はいい。でも算数だけはだめだった。いざ計算となると数字が目から逃げていく。問題を解くのはかなり苦痛だ。人一倍勉強しているのに、譲がひろげる塾の問題集の設問すら理解できない。

好きなことで生きていくためならどんな努力でもできると譲は言ったが、努力ではどうにもならないこともある。

譲は、またね、と言って帰っていった。

じわじわ痛くなってきた脇腹を押さえて、夕飯ができるのを待っていると、

「お待たせー、唐揚げできたよ！」

美空が浮かれた声で大皿を持って台所から出てきた。母も後から出てくる。

「彼のお弁当をつくってあげるんだって。まーはりきっちゃって」

「必死だね」賢児は言った。気分がとげとげしている。

「黙れ」美空が睨みつけてきた。「あんたはその話に入ってくるのもう禁止」

唐揚げはサクサクしていた。嚙むと脂が出てきて脳の奥がうっとりした。ふしぎなことに美空は料理だけはうまい。脇腹の痛みもおさまってきた気がする。

「油の音に耳をすまして、今だってタイミングですくうのってさ、運動神経の良さがいるんだよね。とろい賢児には無理だねー」

「そんなことより、美空、インチキ商品買おうとしてるだろ。恋愛成就のパワーストーン。あんなのきかないって譲が言ってたよ」

「えー、効果あったって書いてあったよ」

「そんなの、広告つくった人が適当に書いてるに決まってるだろ。譲の前で、おれ、すげえ恥ずかしかったんだから」

父は何も言わない。こういう時は徹底して中立主義だ。さっさとご飯をかきこむと、

ごちそうさま、と店に戻っていった。

「賢児はなんでも譲くん、譲くんねえ。なんだか変な宗教みたい」

「宗教じゃなくて科学だってば」

「はいはい、賢児は科学者さんになるんだものねえ」

母がからかうように言った。まるでサッカー選手とかパイロットとかになりたいと七夕の短冊に書いた小さい子供に言うように。賢児はそれを聞いて黙った。

――博士号をとるには莫大な学費がかかります。そんな金を払う価値が君にあるかどうか。

父の言葉がよみがえった。唐揚げが段ボールを嚙んでいるみたいな味になる。もし、自分に科学者になる見こみがないのだとしたら、投資をしても、努力をしても、無駄だというなら――自分はなにになればいいのだろうか。

何をするために過酷なレースを勝ち抜いてこの世界に生まれてきたのだろう?

須山に襲われたのは、その二、三日後だった。

賢児は暗渠《あんきょ》の上につくられた狭い道を歩いていた。譲が塾の日はここを通って帰ることにしている。通学路からはずれているから、同級生と鉢合わせすることもない。でもそれが仇《あだ》になった。

気づいた時は足をひっかけられて倒れていた。アスファルトに頰が着地した瞬間、蹴られた。額がザクリと音をたてた。血がどろりと眉間《みけん》に流れてきた。

「土下座しろ。それで作文のことは許してやる」

賢児はまぶたを開き、自分の鼻先に着地したスニーカーを見た。須山のだ。スパイクだった。あれで顔を蹴るなんて。野蛮だ。やっぱりここは未開の島だ。

「なにぶつぶつ言ってんの？　早く土下座しろよ。私が悪うございましたって言えよ。そしたら美空と別れないでいてやるから。あいつ、おれにふられないように必死だよな」

全身がかっと熱くなった。須山を睨みつける。しかし、須山が足をぶらぶらさせているのに気づいた。次の攻撃にうつるつもりだ。今度は目をつぶされる。そう思った瞬間だった。

白いふくらはぎが空を切るのが見えた。美空の足の裏が須山の腹に深く食いこむのを賢児は見た。不意をつかれた須山はよろけた。

「逃げるよ」

美空は賢児の腕を掴んで立たせ、ひきずるように走りだした。

後で聞いたことだが、須山は「今から美空の弟をしめに行く」とあちこちで言いふらし、待ち伏せの場所まで話していたらしい。やっぱり馬鹿だ。美空はそれを友達から聞いて駆けつけてきたのだ。

しばらく走った後、

「うわっ、あんたの手、血だらけ。ぬるぬるして気持ち悪い」

美空は賢児の腕をゴミでも捨てるようにぱっと離し、ふんと鼻を鳴らした。

「見た？　須山のびっくりした顔。私、あいつの前では猫かぶってたからさ。笑えるよね」

賢児は笑えなかった。美空に助けられるなんて。プライドがずたずただった。早くこんな街から出ていきたかった。私立中学を受験する譲が羨ましかった。美空が前を歩きながら、血で汚れていないほうの手で涙を拭っているのも、アホだと思った。


二学期も終わりに近づいた日の午後、帰り道で譲と久しぶりに一緒になった。

「今日、塾休みなんだ。遊びに行っていい？」

「お父さんなら、買い付けに行ってていないけど」

「いいよ。もうすぐ入学試験だし、気晴らしに遊びに行きたいだけだから」

うちに上がると、譲は志望する中学の文化祭に行った話をしてくれた。理数教育に意欲的な教師がたくさんいて、科学部の展示がすごかったのだという。

「自分たちで宿を予約して山の中で植物採集や昆虫採集をしたりして、それぞれ論文っていう形で発表するんだ。賢児も誘えばよかったな。なんか頭が良さそうな人ばっかかで緊張しちゃって……。賢児もさ、将来は理系にいくんだろ？」

「もうやめた」

「え、なんで？」譲が気遣わしそうな顔をした。

「むいてない」

須山に蹴られた傷を病院で縫ってもらった後、賢児はあの作文を机から取りだした。

——だから僕は将来、科学者になって、姉を科学の光で照らしてあげなければなりません。

しばらく見つめた後、「科学者になって」の部分を消しゴムでこすった。力が入りすぎて紙が汚れた。むいてないんだ。野蛮人に蹴られたくらいで正しいことを正しいと言えないやつには、科学なんて。そもそも能力が譲に遠く及ばない。

ぼんやりとしている賢児の顔を、譲のまつ毛の長い目が覗きこんだ。

「あれ、そこ、どうしたの？　縫ったの？」

「なんでもない」

「お姉さんにやられたんじゃないよな」譲は笑った。

「違う。……なあ、ファミコンしない？」

「あ、うん、やろ。最近、頭が疲れてたからさ。ちょうどいいよ」

譲は本当に疲れているみたいだった。担任も同級生も譲が合格して当たり前だと思っている。でも、当人にはプレッシャーなのかもしれない。遊ぶことが譲にとっての息抜きなのかと思うと温かい気持ちになった。賢児はドラゴンクエストのソフトの接触面に息を吹きかけてから、ファミコンの器械にぐいっと差した。

「まだⅢやってんの？」

「二回目はじめた。もうすぐゾーマ倒しにいく」

「あれ、商人なんか仲間に入れてんの？　こいつ役に立たなくない？　思ったより金も増やしてくれないし、長所もあんまりないしさ」

「うん、まあ、なんか面白いかなーと思って入れてみた」

「あ、もう賢者の石、見つけたんだ」

「うん。おれ、このアイテム、すごく好き」

賢児は譲を励まそうと思った。自分にできることはそれくらいだ。

「だって賢者って科学者みたいだろ？」

高度なレベルの呪文を唱えて炎や氷を発生させ、手も触れずに敵を倒す姿はいかにも頭が良さそうだ。

「そうだね」

と譲がつぶやいたので、賢児は言った。

「賢者の石ってほんとにあるといいよな。地球上のどこかにあるのかな？」

譲は何も言わなかった。言うか言うまいか迷っているような顔だった。

その時、テレビ画面が激しく明滅した。勇者たちが敵に遭遇したのだ。かなり強いやつだ。賢児は反射的にコントローラーを操作した。勇者は決死の覚悟で敵のふところに飛びこみ相手の肉を断つ。あらわれた敵には魔法属性があった。毒を放ったり目くらましをかけてきたりする。だから賢者の助けが必要だ。賢児は戦いに夢中になった。譲も傍らでアドバイスしてくれる。敵が大きな攻撃をしかけてきた。勇者も戦士も商人もばたばた倒れた。すわ全滅かと思った時、譲が「賢者の石を使えよ」と言った。賢児は賢者の石を「使う」というコマンドを選択する。みんなの体力が瞬時に回復する。もっとも実際の映像など出ない。画面の白い文字がそう報告してくるだけだ。

でも賢児には見える。賢者が長いローブをはためかせながら輝く石をかかげ、闇を明るく照らす姿が。

科学の光が世界を照らす光景が。

この時間が永遠に続けばいいのに。小学六年生のまま遊んでいられたらいいのに。

でも、譲と遊んだのはそれが最後だった。

卒業式が終わった後、賢児はひとりで自転車を漕いで近所の科学館に行った。

誰もいなかった。玄関を入ってすぐ右手にフーコーの振り子が揺れている。その奥にはマンモスの下顎《したあご》の骨のレプリカ。コイワシクジラの骨。背骨が櫛《くし》のように生え揃っている。ザリガニの水槽のむこうに外階段が見えた。あそこで美空の太ももを見た。そしてあの作文を書いた。

——僕は科学を信じています。

科学館は最上部まで吹き抜けになっていて、吹き抜けを囲む各階の回廊状のスペースに展示物が置かれている。この近所で開発されたというペンシルロケットの模型。天体望遠鏡。貝や藻類や石の標本。最上部にはプラネタリウム。

静かだった。展示されたものたちは永遠に瞑想しているように見えた。科学者みたいだと賢児は思った。自分が生まれる前や、死んだ後のこと、この世の成り立ちについて思考をめぐらせる彼らは、たぶん時も空間も超えた自由な存在だ。しかし、唯一、彼らの自由にならないものがあるとしたら——。

賢児は三階に上がった。資料室がある。スチール製の書架に古い科学本が並んでいる。どれも賢児が生まれる前に出版されたものばかりだ。

その中から、宇宙について書かれた巻を引き抜いてページをめくる。

宇宙開発の歴史が記されている。この前、日本人初の女性飛行士を乗せて旅立ったスペースシャトルは一番最後に出てくる。宇宙と地球を何度も行ったり来たりでき、ロケットより費用が安くなると書かれていた。

チャキチャキガシャーン。

またあの音が聞こえてくる。

科学には金がかかる。そんな当たり前のことに気づいたのは、ひとりでここに来るようになってからだ。気づいてしまうと、その事実は、算数や理科の勉強よりもすんなりと自分の体にしみこんでくる。

スペースシャトル一機の値段。出資者という言葉。資金難によるプロジェクトの中止。ロケットの部品の輸出入をめぐって起きる激しい争い。科学を動かしているのは金だ。途方もない金額を誰が稼ぐんだろう。科学者は研究で忙しい。天から降ってくるわけじゃないことはたしかだ。

あの作文から消しさった科学者という職業のかわりに、なにを書き入れたらいいか、賢児はもうずっと前から思いあたっていた。

商人。

ドラゴンクエストにもでてくる職業。たいした呪文も使えないし、力も弱い。子供たちからは役に立たないし、かっこわるいとさえ思われている職業。

でも実社会ではそうではない。金の力が科学を支えている。金を稼ぐことができれば、科学の光をつくる道筋に参加することができる。いつか姉や——この街の未開人たちを科学の光で照らすことができる。世界を今よりも先に進めることができる。

そう信じたとき、自分の心にようやくほのかな灯《あか》りがともった気がした。

2

二月末、という中途半端な時期に商品企画部に異動してきた羽嶋賢児を見て、寺内梨花《てらうちりか》は、「また面白みのなさそうな人が来たなあ」と思った。この人が四月からうちの部の課長になるのか。

奥さんが買ってきたスーツやシャツを適当に着て出社している感じ。ネクタイも適当に選んでそう。でもそのあか抜けない感じが、

「暮らしに上質な安らぎをもたらします」

という毒にも薬にもならない社是をかかげる、柴田電器の社風にフィットしている気もした。

だから、調査部から荷物をせかせかと運んできた羽嶋が、

「ここ、私の席でいいんですか？」

と確認するや否や、手帳から女の人の写真を一枚取り出し、向かいの席との間のパーテーションにぺたりと貼りつけた時は、

（は？　なに？）

と眉をひそめざるを得なかった。

綺麗な人だった。海から出てきたところを撮ったらしい。ピースしている。ビキニの上に着たワンピースの肩紐が砂粒のついた細い肩からすべり落ちていた。そのせいで胸の上半分があらわになっている。奥さん？　もしそうだとして、こんなやんちゃな姿を、職場の机に飾るわけがない。だったら彼女か？　いやいや。それもない。ぱっとしない風采の羽嶋と、この女性がつきあうとは思えない。

どうしても気になってしまい、歓迎会の席で思い切って尋ねてみた。

「姉です」

羽嶋賢児は表情を動かさずに答えた。

「えっ、お姉さん？」

梨花は素っ頓狂な声をあげた。

「へえ、そうなんだあ。どこの海で撮ったんですか、あれ？」

突っこむところが違うだろという同僚たちの無言の圧力を感じた。

「海の公園です。八景島の。あそこは駐車場広いから、まあ、便利なんです」

「一緒に海水浴に行くなんて仲がいいんですねえ……」

「仲がいい？」羽嶋の眉がぴくりと動いた。「まさか。三十歳すぎてあんな格好してるやつですよ。いろいろ借りがあったので、しかたなく運転手をやっただけです。同じ屋根の下にいるだけで頭が悪くなりそうですよ」

「え……一緒に住んでるんですか？」

「実家なので」

この年で実家で姉と同居か。周りの空気が淀むのがわかる。

「いや、戻ってきたんです。あの写真を撮った初対面の年下の男性にナンパされて、二ヶ月後に結婚して、現在臨月で里帰り中です。婚外妊娠にならなかっただけでも、あの姉としては上出来ですが。来月、姪《めい》っ子が生まれます」

「それは……おめでとうございます」

もういい、それ以上突っこむな、という同僚たちの空気を感じた。でも肝心なことを訊いていない。

「で、どうして、そのお姉さんの写真を会社に飾るんですか？」

「無理やり持たされてるんです。お守り、というか、戒め《いまし》、というか」

「戒め？　なんの？」

羽嶋は黙った。答えたくないらしい。梨花は続けて言った。

「でも、お姉さんに言われた通りに飾ってるなんて、素直ですね。もしかしてシスコンですか。羽嶋さん、三十すぎてますよね？」

「三十一歳です。シスコンでは断じてありません」

梨花は黙った。同い年だったのか。てっきり五歳くらい上だと思ってた。

「羽嶋くん、飲んでる？」商品企画部の畑中《はたなか》部長がむこうから大声で言った。「梨花ちゃんも食べなさい」

「これ以上詰めこんだら太っちゃいますってー」

「大丈夫、オリーブオイルっていくら食べても太らないから！」

「ほんとですかあ？　後で太ったって言わないでくださいよ」

冗談ぽく顔をしかめながら、大皿のピザに手を伸ばしたとき、羽嶋が梨花を見た。口が少し開く。でも思い直したようにすぐに唇を結んだ。なんだろ。

宴席が終わりになって、店を出ると、隣にやってきた先輩の女性に囁かれた。

「どうだった？　あの課長候補」

「はい、なんか意外と面白かったです」

「あの写真に突っこんだんだって？　あんたは英雄だわ。あいつって中途採用じゃん？

だから調査部では腫れ物扱いっていうか、誰も訊けなかったらしいよ」

「えー、そうなんですか。先に言ってくださいよ、それ」

「しかもさ、あいつ科学マニアなんだよね。それでうちに転職してきたらしいよ。ほら、うちもちょっとだけやってたでしょ、宇宙機器開発。最近撤退しちゃったけど」

「科学にもマニアっていうのがあるんですか」

「宇宙に行きたいらしいよ。そのために貯金もしてるって。だから、つきあいもすごく悪いって」

「え、なに、宇宙？　宇宙にどうやって行くんですか？」

「ほらあるじゃん。一般人が一千万円くらい出してロシアかどっかの宇宙船を借り切るやつ」

「えっ、宇宙ってお金さえ積めば行けるんですか？　知らなかった……」

　梨花は目を丸くした。いつのまに科学はそんなえらいことになってたんだ。

「あいつが宇宙だなんて、ははは、笑っちゃうけど。大気圏突入のときに燃えちゃえばいいのに」

「珍しいですね。先輩が悪口言うなんて」

「あいつ、三年前、中途で採用されるときさ、うちの人事部とかなりえぐい交渉したらしいんだよねー。年収底上げとか、最初から主任とか、ありえない好待遇を呑《の》ませたんだって。納得できる？　そりゃ調査部では、成果はだしたかもしれないよ？　でも中途で入ったやつが、私たち生《は》え抜きよりも先に課長だなんて——」

先輩は悔しそうに言った。なるほど、それでいつもよりも口が悪いわけか。

「ま、でも見物ではあるよね。私らのつくった商品、偉そうに評価してた調査部創設の功労者がさ、どんな商品つくるのか。懲罰人事だって噂もあるし」

「懲罰人事？　課長昇進なのに？」

どういうことだろう。梨花が畑中部長から聞かされていた話と違う。

「この部署だけには絶対来たくなかったんだって。だから、どうせ三ヶ月ももたないって。あんたにもワンチャンスあるかもよ」

エレベーターでビルの下に降りると、社員たちがたむろっていた。

羽嶋は離れたところに立っている。誰も彼に近寄ろうとしない。宴席では温かく迎えるふりをしていても、内心彼の昇進が面白くないのだろう。梨花だって悔しくないと言ったら嘘になる。でも、それ以上に好奇心が勝った。

梨花は息を吸うと、羽嶋に声をかけた。

「二次会の会場まで一緒に行きませんか？　いつも行くところなんですけど、羽嶋さんは場所知らないでしょう？」

「いえ、もう帰ります」

「え……。でも、今夜の主役は羽嶋さんですよ」

「一次会で充分でしょう。今日は予定がありますし」

「予定。こんな遅くから？」

「はい」

羽嶋は右手に提げていたショルダーバッグを斜めがけにした。本当に帰るつもりらしい。梨花は別れる前に先輩の話の真偽をたしかめてみようと思った。

「あの、うちのチーム、いいところですよ、私も自分が開発した商品に――美容家電にはすごく誇りを感じてるんです」

美容家電とは、女性が美容のために使う家電のことだ。髪に水分を与えてつやつやにするマイナスイオンドライヤーや、ゲルマニウム温浴が自宅でできる足浴器、疲労回復に効果的な酸素をアロマといっしょに吸いこめる吸入器。

「だからすごく期待してるんです。羽嶋さんがうちに来てくださったことで、もっともっといい商品がつくれるんじゃないかって」

羽嶋は柴田電器に来る前、外資系の調査会社にいたらしい。そこから経験豊富な彼を引き抜いて、新設したばかりの調査部の要としたのが桜川誠一《さくらがわせいいち》事業部長だ。

羽嶋は期待に応えた。ほぼ外注に頼っていた顧客調査は、彼のおかげでほぼ自社で行えるようになった。開発から販売までの時間が短縮され、コストダウンにも繫がった。

昨年、柴田電器は「住宅設備を家電化する」というコンセプトのもと、いくつかの商品をヒットさせた。その成功の裏には、桜川が命じ、羽嶋が実施した厳しい商品評価調査があったと言われている。おかげで企画担当は何度も商品案をやり直しさせられ、ずいぶん泣かされたらしいが。

羽嶋は桜川のお気に入り。みんなそう言っている。

畑中部長からもそう聞かされていた。うちからもヒット商品を出してくれるかもしれない、と。

しかし、羽嶋は梨花の話を聞きながら、不愉快そうな顔をしている。

「寺内さんは、私がどうしてここへやられたのか知らないんですか？」

「調査部での実績を買われて、と聞いてますけど」

「違います。美容家電商品をすべて廃止すべきだって、桜川さんに言ったからですよ」

「廃止？　え、うちのチームの商品群をですか？」

「だって、マイナスイオンドライヤーに関して言えば、そもそもマイナスイオンなんてものは存在しないですよね。ゲルマニウム温浴の効果だって実証なんかされていない。酸素吸入器だってそう。高濃度の酸素を吸うことによる害は報告されていても、疲労回復に効果があったなどというデータは存在しない。つまり、どれも科学の皮をかぶった偽物なんだ」

偽物、という言葉が矢のように飛んできて胸にすとんと刺さる。

「私はそういう似非《えせ》科学が嫌いなんです。絶対に許したくない」

「あの、でも、開発部が行ったモニターの感応調査ではちゃんと効果が実感されていて――」

「感応調査ね。それって使用者の個人的な感想ですよね。しかもモニターはうちで使ってる女性派遣社員。来期も契約継続したくて必死な彼女たちが、マイナス評価なんかするはずがないですよね。そんな、最初から結果ありきの調査なんて、捏造《ねつぞう》と同じですよ」

そうか、と梨花は奥歯を嚙む。消費者調査は彼の専門だった。それにしても梨花の仕事をいきなり捏造よばわりするなんて。

「あの、今のをそのまま桜川さんの前で言ったんですか？」

「そうです。そしたら、ここに送りこまれたんです。課長になればいやでも似非科学商品を売らなきゃいけないでしょう。いやがらせです。昇進に見せかけた懲罰人事ってやつですよ」

吐き捨てるように言っている。厄介な人が異動してきたなと梨花は思った。

「あ、そうだ、オリーブオイルのことですけど」

羽嶋は急に話題を変えた。

「は？」

「オリーブオイルは血中コレステロールを低下させるといわれていますが、カロリーは他の油と同じです。食い過ぎるとふつうに太りますよ」

「あ、さっき部長が言ってたやつか」

「女性の健康と美容のための商品をつくってるわりに、そんなことも知らないなんて先が思いやられます。やっぱりこれは島流しなんだ。私は未開の島に流されたんです。まあいいです。こんなことでめげません。慣れてますから、未開人ばっかりの環境には」

「未開人？」

梨花は顔をしかめる。もしかして自分たちのことを言っているのか。

「負けませんから。私が課長になるからには、似非科学商品はすべて廃止します。寺内さんが担当しているのはマイナスイオンドライヤーでしたね。それも廃止します。あなたが誇りを持っていようとなんであろうと偽物は偽物ですから」

そう言い捨てると、羽嶋は方向転換して、地下鉄駅の階段を下りていった。

梨花はその後ろ姿を見つめていた。大気圏突入のときに燃えちゃえばいいのに、と言っていた先輩の気持ちがわかった気がした。


家に帰る前に、賢児は二十四時間開いているATMに寄った。通帳をさしいれ今日振りこまれた給料の額を記帳する。残業代がかなり上乗せされている。今月は多めに定期預金に組みこめそうだ。増えていく残高を見ているとホッとする。

羽嶋家のあるマンションはすっかり古くなった。水道管は老朽化しているし、建物全体が歪《ゆが》んで窓のサッシからはすきま風が吹きこむ。

でも、美空が父の店を改装してはじめた商売の客はそこがいいと言うらしい。アンティークマンションなんて素敵ですねえ、とうっとりしながら、美空の扱うあやしげな商品を買い、満足そうに帰っていく。〈星のかけら舎〉という金文字が、店舗の自動ドアに貼りつけられているのを睨みつけ、賢児は階段を上がった。

居間に入ると、パジャマを着た美空がソファに寝転がっていた。口から棒が出ている。

「あれ、早くない？　歓迎会じゃなかったの？　あれあれ、今、舌打ちしましたか？　感じが悪いおじちゃんでしゅねえ。もしかして二次会やってもらえなかったのかなあ？　おじちゃんはどこ行っても好感度低い系だからねえ」

お腹の子に話しかけている美空の口から、賢児はソーダアイスの棒を抜き取って台所のゴミ箱に投げ入れた。

「妊娠高血圧症になりかけてるって言われたんだろ？　余計なもん食うなよ」

「子宮がせりあがってるせいで胃がむかむかするの。だからシュワっとしたもの食べてすっきりしたかった」

「そんな姿勢でいるから胃酸が逆流してんだろ。しょうがねえなあ」

ソファから落ちているクッションを取って、美空の背中のうしろに入れてやる。

「あ、ちょっと楽になった」

「明日病院に行って胃酸おさえる薬もらってくれば」

「薬ってお腹の子によくないって妊友が言ってたけど」

「は？　なに、ニントモって」

「お客さんのなかにね、妊娠してる人たちがいて。近所に住んでるからよくお茶するんだ」

「そんな素人の言うこと聞いてどうする。よくないかどうかは医者に訊けよ」

「お医者さんねえ」美空は膨らんだお腹をさすっている。「なんか、お父さんのときのことを思いだしちゃって、こわいっていうか、あんまり質問できないっていうか……」

お父さん、という言葉を聞いて、暗い穴を覗きこむような気分になる。

母はもう寝たのだろうか。父が死んでからというもの、母と賢児の関係はよくない。一緒に住んでいても食事は別だ。連絡事項は紙に書いてテーブルに置くだけ。そんな状況が十年も続いている。ただ、美空が里帰りしてからというもの、母の機嫌はだいぶ上向きになってきた。賢児とも少しずつ口をきくようになった。

美空はそれ以上言わずにテレビを点けた。ソファの肘掛けに投げ出された白い足に青い血管が浮き出ている。臨月で血圧が上がりやすくなっているせいだ。

なにが、医者がこわい、だ。ニントモとかいうやつらのほうがよっぽどこわい。紙おむつは薬品だらけらしいとか、脳の発達に悪いらしいとか、美空にデマを吹き込んできたのはそいつらだったのか。未開人とばかりつるむ癖は昔から変わらない。

自室に入り、ノートPCを開き、ネットに繋ぐ。

宇宙研究機関のサイトにアクセスすると、「26時から生中継します！」の文字が点滅していた。もうひとつ画面を開いてツイッターにログインすると、宇宙クラスタと呼ばれるファンたちのつぶやきが並んでいた。週末でもないのに、みんな起きている。

「隣にＮＡＳＡの人たちがいまーす。夜の打ち上げは久しぶりだから興奮！」

テンション高くつぶやいているのは〈紫陽花《あじさい》〉というアカウント名の宇宙クラスタだ。発射があるときは必ず発射台の近くに足を運ぶらしい。

今回の発射地点は種子島《たねがしま》だ。鹿児島から飛行機で四十分かかる。空港から宇宙センターまでさらに車で一時間弱。それでも発射を近くで見たいと押し寄せる宇宙クラスタは多く、島中の宿が予約でパンパンになるという。

「事前に宿がとれなかったので、こっちについてから電話しまくりました！　民宿です。部屋の鍵は閉まりませんが、まあ快適です！」

小さな島ということもあって、宿やレンタカーや食事の確保、場所取りなどは、よほどの情報通でないと困難だ。金もかかるので、賢児はそこまではしない。幸い、宇宙研究機関がネットで生中継してくれる。自分はそれで充分だ。

「宇宙センターの気象観測によると今夜は晴れだそうです！　よかったー！」

打ち上げは機器の不具合や天候不良などで二、三日延期されることも多い。それでも宇宙クラスタたちは島に滞在しつづけて粘る。〈紫陽花〉はつぶやきの内容からして会社員のようだが、毎回どうやって休みをとっているのか謎だ。

「今回打ち上げられるのは、気象観測用の主衛星が一基、それと小型副衛星が七基」

賢児は冷蔵庫からビールと漬け物の残りを取ってくる。一時間前まで飲んでいたビールよりはるかに美味しい。

——羽嶋さんがうちに来てくださったことで、もっともっといい商品がつくれるんじゃないかって。

寺内梨花の笑顔が頭に浮かんだ。あんな部署に行かされるなんて悪夢だ。でも、それが自分の使命なのかもしれないとも思う。科学の光であの部署を照らす。偽物の科学を追い払う。柴田電器に就職した意味なんて、もうそれくらいしか残っていない。

「我々はNASAと共同で世界中に降る雨を宇宙から見極めようとしています」

時間になると、宇宙研究機関が今回の打ち上げの解説ビデオを流しはじめた。

中継の視聴者はすでに一万人を突破している。ビールをまた注ごうとして、自分が持ってきたのが子供用のコップであることに気づいた。青い飛行機柄。何にでもなれると思っていたころの持ち物にはたいてい、こういう夢のマークがついている。新幹線とか。潜水艦とか。宇宙船とか。

科学が好き。でも研究者にも技術者にもならなかった。だから、せめて現場に近いところで見守っていたい。科学ファンにはそんな人も多いのではないだろうか。賢児もそのひとりだ。

テレビは科学の成功しか伝えない。今回のロケット発射だって、夕方のニュースでダイジェストが流れればいいほうだ。でもネット中継にはありのままが映る。成功も、失敗も、残酷なまでにそのまま映しだされる。だからいっしょに一喜一憂しながら打ち上げを見守れる。

中継画面では、この計画が成功すれば、水資源の管理、天気予報の精度向上、洪水の警報、異常気象の解明に役立ちます、というアニメーションを使った華やかな映像が流れている。「人工衛星の通販番組みたい」という視聴者のコメントが流れる。意識的にそうつくっているのだろう。打ち上げサービスを含め、開発費用七百八十五億円の人工衛星、そのうち二百五十六億円が日本負担。金を出したのは国民だ。

「お得」とか「いや高い」とか言いあうコメントも流れる。美容家電で一年に稼ぎだせる収益はいくらだったっけ。目の前の映像に熱狂しながら、そんなことを考えてしまうのは、悪い癖だ。

チャキチャキガシャーン。

またレジの音が頭に響き、桜川の、年々面積を広げていく顔が浮かんだ。

――そんなに美容家電に文句言うならお前がつくって売ってみろよ。

桜川はおそらく自分を辞めさせたいのだろう。似非科学商品は儲かる。それに楯突《たてつ》く賢児が目障りなのだ。調査部も順調に機能するようになったし、自分はもう不要というわけだ。しかし思い通りにはならない。

上の空になっているあいだに広報ビデオが終わった。打ち上げ八分前だ。

「480」という人工音声のカウントダウンがはじまる。

「ロケット打ち上げの最終調整を行っています。また警戒区域の安全は確認されています」

華やかな音楽が消え、静かになる。

紅白歌合戦が終わった瞬間みたいだ。古い時代が終わり、くらやみの中から新しい時代がはじまるワクワク感。ロケット打ち上げの瞬間にもそれがある。

暗い海をバックに、天にむかってすっと立つH－ⅡAロケットが映る。

「うおおおお！」「きれい～」「美しい」画面上に歓喜の声があふれる。「鉛筆みたい」「もう二十三機めか」「三菱重工万歳！」「テレビはこの打ち上げほとんど無視してるな」「国営放送はどうした～」「衛星の開発、何年かかったんだろう」「成功してほしい！」

賢児は部屋のドアが閉まっているか確認した。打ち上げの瞬間はだれにも邪魔されたくなかった。

「430」「衛星系準備完了」「420」「安全系準備完了」「350」「打ち上げに問題はありません」打ち上げまで残り五分だ。「今のうちにトイレ行ってこようかな」という力の抜けたコメントが、宇宙クラスタの緊張した空気をなごませる。「打ち上げ成功しますように」「緊張してきた」「どきどき」「無事におわりますように」

青白く輝くロケットからすでに白い煙が噴きだしはじめている。

「全システムの電源が外部から内部に切り替えられました」「170」「行ったらもう帰ってこないんだな」「150」「衛星がんばれ！」「無事使命をはたしてこいっ」「80」口の中が渇く。「トーチ点火」腹の奥からビールの匂いがする空気が喉につきあげてくる。ロケットの足下で放水がはじまった。発射台を冷却している。

「ウォーターカーテン散水開始」「25」「フライトモードオン」「13」「全システム準備完了」「9」「メインエンジンスタート」

ロケットのお尻からゴウッという音をたててピンク色の炎が噴きだす。

「SRB－A点火」

ロケットが天に向けて垂直に浮きあがった。発射台が白煙に包まれる。

「リフトオフ」

ロケットは楕円型の光球になり、空のなかへ吸いこまれていく。

「いけええええええええええ！」「おおおおおおおおおおお！」「いってらっしゃい！」「がんばってこいよー！」「成功！」「いやこれからが本番」「分離まで気を抜けん」「三キロ離れたところで見てるけど音がバリバリしててすごいっ！」

画面が応援コメントで真っ白になる。ロケットはすでに小さな流星のようになっている。発射からもう一分もたったのか。静かになった画面の中で、光球はどんどん小さくなる。

「夜だときれいに見えていいなあ」と、〈紫陽花〉が感慨深げにつぶやいている。

ロケットはこれから、推進剤の入った部分を段階的に分離し、衛星が搭載された先端部分だけになって宇宙へ飛び立つ。宇宙クラスタたちは最後の分離まで見守るらしい。

賢児はあくびをしながらコップと皿を台所に下げにいった。

冷蔵庫の前には美空がいた。麦茶をぐびぐび飲んでいる。妊婦は出産が近づくと眠りが不規則になる、という知識を思いだして、賢児は尋ねた。

「寝られないの？」

「……あのさ、病院で産むのやめようと思ってさ」

「は？」

大声が出た。明け方だということを思いだして、声をひそめる。

「なに言ってんの。もう臨月だよ？ 帝王切開の予約もしたじゃん」

美空がかかっているのは総合病院の産科だ。賢児が探してきた。最新鋭のエコーや新生児のための集中治療室なども備えている。先月、美空のお腹の子が逆子であることがわかり、帝王切開になることも決まっている。

「病院で産まずにどこで産むわけ？」

「近所にね、いい助産院があるんだって。お母さんには賛成してもらったから」

よりによってなぜ母に相談なんかするんだ？ 体中の血液が逆流する。

「とにかく病院はいやなの。だって、このままだと帝王切開にされちゃう」

「しょうがないじゃん。逆子なんだから。帝王切開しなきゃ危険なんだからさ」

「その助産院は逆子でも下から産ませてくれるんだって」

「は？」背筋に寒気が走った。「医者が下から産むと危険だって言ってるんだよ？ なんでそれを無視すんの？ おかしいよ、その助産院」

「でもお腹を切って赤ちゃんをとりだすなんて、なんかずるいっていうか」

美空は思いつめたように言った。

「痛みから逃げると、母乳も出なくなるし、母性も湧いてこないって、そこの助産師さんは言うんだって。そんなの、母親として失格だって」

美空の白い頬骨の上に、ホルモンでできるシミが星雲のように散っているのを見つめながら、賢児は、今ごろ宇宙に到達しているはずの衛星のことを思った。地球の重力を利用して何回かまわりを回った後、人工衛星たちがひしめく軌道へと移っていく人類の知恵の結晶。

譲。

ふいにその名前が頭に浮かんだ。

今なにしてる？ どこにいる？ 研究室かな。信じられないことに、科学の光は二十一世紀になってもうちの姉ちゃんには届いていない。

それに――。小学生だった譲に言われたこと。相手の理解力によって話し方を変えてやらなきゃ伝わらないってこと。そんな簡単なことが、自分はもう三十を越えたのにまだできないでいる。

「そんなわけないだろ、馬鹿」

怒りがこみあげてきて、気づいたときには美空の肩を強く摑んでいた。

「どこだよ。その助産院。おれが行って話をつけてきてやるから」

3

「妊娠がこんなにこわいことの連続だって思ってなかった」と美空が賢児に訴えたのは半年くらい前のことだ。

美空のお腹が大きく膨らむ前、妊婦健診の帰りに実家に寄った時だった。居間で母と話しているところに、ぬっとあらわれた賢児は、寝ぼけたような顔で美空に、おかえりと言った。美空が麦茶を注いでやると一気に飲み干して、無精髭《ぶしょうひげ》が生えた顎を拭った。どこにでもいるサラリーマンの休日の顔だなと美空は思った。いつの間にこんなに大きくなったんだ。

賢児はコップを置くと、すぐ脇にあった母子手帳をじっと見た。

「あ、気になる？　また妊娠したんだよ。今度はちゃんと安定期をむかえたから」

「あ、そ。よかったね」

賢児は興味がなさそうな声で言い、アイロンをかけてない自分のシャツの裾を下へ引っ張った。小さい時からの癖だ。ほっとした時にやる。

母が黙って立った。自分の部屋へ行くらしい。賢児と同じ部屋にいるのがつらいのだろう。母と息子の関係はまだ修復されていないらしい。

母は美空には賢児の話をわりとする。「帰りが最近遅くて」とか、「シャツが脱ぎっぱなしだった」とか、他愛のない愚痴を言う。でも、賢児と直接話しはしない。まあ、話せば必ず喧嘩になるからだろうけど。

妊娠がこわい、という話を美空がすると、賢児は顔をしかめながら答える。

「まあ、しょうがないんじゃない？　甲殻類の脱皮も大変だって聞いたよ」

「コウカクルイってなにさ」

「カニとかエビとか」

「は……？　カニの脱皮と私となんの関係があるわけ」

賢児は「だから」と、いらだたしそうに言った。「体が劇的に変化してるんだから、心がついていかなくて当然じゃないのってこと」

「カニと一緒にすんなよ」

そう言いつつ、美空はコウカクルイたちの気持ちに思いを寄せてみた。

「脱皮する時ってカニもこわいのかな？」

「さあ。少しはこわいんじゃない？　失敗したら死ぬらしいし」

「……死ぬ」

美空がつぶやくと、賢児はしまったという顔をした。そして、体を後ろに引いた。子供のころじゃあるまいし、いきなり蹴ったりはしないのに、無意識のうちに防御してしまうらしい。

美空は溜め息をついた。この弟はまだわかっていないのか。どういう言葉が相手を傷つけるかってことが。

　小さいころ、何度も鳴り響いた居間の黒い電話。クラスメイトのお母さんたちからの苦情電話。母は電話に向かって何度も頭をさげていた。賢児はそのたびに物置にとじこめられた。それでも懲《こ》りなかった。

「ま、しょーがないか」美空は面倒になって言った。「私、もう三十三歳だし、高齢出産ぎりぎりだし」

「まあそうだね」賢児は偉そうに腕を組む。「三十代前半の妊産婦死亡率は十万人あたり約五人らしいからね。二十代の二倍以上だっていうから、油断しないほうがいいよ」

「二倍以上？　死ぬ人数が？……なにそれ、どこ情報？」

　こいつはいつもぞっとする事実を美空の胸元に突きつけてくる。

「いや、どこ情報って、病院の同意書とかに書いてあるだろ。厚生労働省の報告ではさらにこの数字の七十倍のケースが生命に危険が及ぶ状態に至ってるらしいよ。まあ結局助かったってわけだから、日本の医療がそれほど凄いってことでもあるけどね。世界平均ではその何倍もの産婦が――」

　賢児の肩を手で押しのけ、美空はテーブルに置いてあった病院の資料から、

「妊娠、出産の危険性に関する説明、同意書」

という薄い桃色の紙を抜きだした。読んでおいてくださいね、と看護師さんに言われたやつ。でも全然読んでなかった。こういう字が細かいのって読まないのがふつうでは

ないか。だから「もう安心だね」と母と話しながら、ささっとサインした。母も「里帰りはいつから？」なんてカレンダーを広げて嬉しそうだった。

死ぬかもしれないのか、私。そんなこと思ってもみなかった。

でも……ひとりめの赤ちゃんだって死んだんだものね。膝がすこし震えた。

初めて妊娠がわかったのは結婚してすぐのことだ。

早すぎる気もしたけど、飛びあがるほど嬉しかった。陽性反応がでている妊娠検査薬の写真を撮って征貴《まさたか》に送り、近所の婦人科クリニックに駆けこんだ。もう七週目だと医師は言った。その場で心拍も確認できた。でも、おめでとうございます、とは言われなかった。テレビドラマなんかではそう言われるのが決まりなのに、二週間後にきてくださいと言われただけだった。どうしてだろうと思いながら、言われたとおり、二週間後まで待って、ふたたび検査を受けた。

「ああ、心拍がないですね」と、医師がカーテンの向こうで言った。

なにが起きているのかわからなかった。診察室に戻ると、「流産です」と医師はカルテを書きながら言った。

「赤ちゃん、死んじゃったってことですか」

シ、という音を発音するとき気が遠くなった。相手の拳《こぶし》が頭の芯に思い切り入ったときみたいに、目の前がキインと白くなる。

「そうです、一週間くらい前には亡くなっていたと思います」

「なんで？　私、なにかした？　自転車に乗っちゃったから？　振動とかが悪かったんですか？」

「いえ、関係ないと思いますよ」

「じゃあなに？　なにがいけなかったんですか？」

「よくあることなんです。二十歳でも十五パーセント、三十五歳にもなると二十パーセントは流産するんですよ。まあ、確率の問題ですね」

カクリツ。父が手術するときも病院でその言葉を何度も耳にした。

でもきっと成功する。美空はそう信じた。世界でたったひとりの父親なのだ。でも賢児はいらだたしそうに言った。現実を直視しろよ。天気予報で降水確率五十パーセントだったら傘を持っていくか迷うだろ。それと同じだよ。

手術の日、雨が降った。嘘みたいだと思った。父も成功するほうの五十パーセントに入ることはできなかった。雨は葬儀の日にも降った。

でも、赤ちゃんにはもっと可能性があった。降水確率二十パーセントだったら、ふつうは降らないと思う。

「お母さんには責任はないですよ。妊娠初期の流産は、受精卵の染色体に異常がある場合が多いです。うまく細胞分裂ができずに母体の外に出てしまうんです」

医師が早口で言うのを、美空は必死に理解しようとした。

「止めることはできないんですか？」

「できません。昔は気づかないことも多かったんですよ」

美空は目を膝に落とした。怒りがわいてきた。そこらへんのものを次々に壁にぶつけたい。でもわめいてもどうしようもないことは、父の時に思い知っている。

医師はキーボードをぽんぽんと叩いた。

「幸い、あさってが空いているので予約しておきます。そのままにしておくと進行流産に移行します。大量出血しますので危険ですよ。必ず来てくださいね」

母や賢児に言わなきゃよかった。がっかりするだろうな。安定期に入るまで秘密にしておいたほうがいいって妊友が言ってたのはこういうことだったんだ。

征貴はすぐに職場から戻ってきた。三日も有給休暇を取ってきてくれた。次の日は三人で過ごした。朝ご飯を食べて、公園を散歩して、夜はふたりでお腹を撫でながら、くっついて眠った。

征貴はクリニックまでついてきてくれたけど、手術室にはひとりで入った。

母には手術の後に電話で知らせた。

「私は流産なんかしなかったのに、どうして娘のあなたがねえ」

思った通り、母はひどく落ちこんだ。でも、励ましてくれもした。

「次に妊娠した時はもっと気をつければいいよ」

美空はうなずいた。賢児にもメールで報《しら》せた。

「赤ちゃん、だめだった。助けられなかった」

ものすごい速さで返事がきた。

「美空に助けられるわけがない。これは自然淘汰の一種なんだから」

シゼントウタ。どこかで聞いたことがあるなと美空は考える。

そうだ。小さいころ、あいつが熱心に見ていた自然番組で聞いたのだ。生まれつき足が悪くて弱っていくシマウマの赤ちゃん。これは自然淘汰なのですとナレーションが言っていた。かわいそう、と美空が言うと、賢児は偉そうに言った。

――しょうがないよ。シゼントウタだから。

メールを見つめて美空は溜め息をついた。どうしてあいつはこうなんだ。そんな言葉で慰められるわけないじゃないか。この時ばかりは返事はできなかった。

次に妊娠したのは三ヶ月後だった。浮かれた気分にはなれなかった。ずしりと重いものが肩にのしかかってくる。今度こそできることを全部してあげたい。健診には毎週通った。医師には二週間ごとでいいと言われたけど、心配でたまらなかった。心拍を確認して、母子手帳をもらって、それでホッとした。

でも、安心したのも束の間で、美空は激しい吐き気に襲われるようになった。つわりだ。頭痛。絶え間なく襲ってくる吐き気。こんなに長いあいだ食べなくて人間は大丈夫なんだろうか。洗濯物をとりこんだだけで立っていられなくなって、床にへたりこむ。

がんばって、と征貴は毎晩手を握ってくれる。心強かったけれど、苦しさが軽くなるわけではなかった。

ベッドに横たわったまま窓から空を見上げることしかできなかった。夜になると弱々しく輝く星が見えた。賢児が子供のころ、テレビで見ていた遠い惑星の映像を思い出す。どこまでいっても砂しかない。写真の真ん中にぽつんといるのはアメリカの打ち上げた探査機だそうだ。賢児が誇らしげにそう言っていた。でも美空にはその探査機がひどく心細そうに見えた。応援だけしている人たちは無責任にがんばれというけれど——。

ざらつくような夢から覚めて、美空は窓の外にぼんやり目をやった。そしてはっとした。気持ちがすっとしていた。つわりが終わったのだ。

体はすっかり変化していた。腰まわりの筋肉が緩くなり、重心がうしろへと動いていた。ふくらみつづける子宮に他の内臓が圧されている。これが私の体？　エイリアンみたいだった。出産したら戻るよと征貴は慰めてくれたけど、そうは思えなかった。賢児の言うとおり、私は別のものへと変わったんだ。脱皮したカニがもとには戻らないのと同じだ。

それでもいい。赤ちゃんのためだったらなんにだってなれると思った。

四ヶ月をすぎるとクリニックの医師が紹介状を書いてくれた。

「うちは健診しかできません。産科がある病院に移ってください」

病院は賢児に探してもらった。母は反対したが、父が亡くなった今、こういうことで頼れるのはあいつしかいない。

賢児が都内の有名大学に現役合格したときは、親戚みんな驚いた。賢児は、私立文系なんてたいしたことない、騒ぐのは恥ずかしい、とほんとうに恥ずかしそうに言っていたが、美空には、国立と私立、文系と理系、どっちがすごいかなんてわからない。お前の弟って頭いいんだ、と友達に言われるたびに、単純に誇らしかった。だから、父の闘病が長引いて家計が傾いた時も、賢児には大学を辞めさせなかった。

結局、家から近い総合病院で産むことになった。入り口から産科までたどりつくのに五分はかかる大きな病院。いつも混雑していて看護師たちも忙しそうだった。最新鋭の医療機器が整っていて、エコー写真は3Dどころか4Dで見ることができた。赤ちゃんが人形みたいに立体的に見えたので美空はびっくりした。征貴に似ている、と思って嬉しかった。

逆子になっている、ということがわかったのは九ヶ月目に入ったころだ。

「自然分娩をするのは危険です。この週数で逆子が治る可能性は極めて低いです」

若い担当医師はエコーを見ながら言った。美空は手をぎゅっと握った。

「なにが悪かったんですか」

「わかりません。子宮の形や胎盤の位置など、個体差というものがありますし」

「体が冷えると逆子になりやすいって聞きましたけど」

「ですからわかりません。原因はひとつではないです。解明はできません」

なんでそっちがいらつくの、と美空は思った。解明できないことが起こっているのはあなたじゃなく、私なのに。

「帝王切開しましょう」医師はあっさりと言った。

「お腹切るんですか」

「ええ、そうですよ。三十八週目くらいでどうでしょう。手術室が空いてますので」

手術室が空いているかどうか。それで出産する日が決まってしまうのか。

「でも……でも……あの……手術って麻酔するんですよね。体にそんな強い薬入れて……赤ちゃん、危なくないですか」

「麻酔するのはお母さんですよ。胎児には影響ありません」

医師はそんなこともわからないのかという顔でこちらを見る。

「では、受付で予約をいれておいてください」

カルテがパタンと閉じられ脇に押しやられる。それを看護師がとりあげてせかせかと別室へ運んでいく。母子手帳が美空に突っ返される。挟まれていたエコー写真が床に落ち、美空は大きいお腹を押さえながら拾った。手術という言葉に身がすくむ。私のなにがいけなかったのだろう。

賢児くんは優秀なのにねえ。

父の葬儀のときに親戚たちが寿司を食べながら話しているのを美空は聞いた。小さいころからずっと弟と比べられてきた。お姉ちゃんなんだからもっとしっかりしなきゃ。ずっとそう言われてきた。

帰り道、タクシーの中で、ごめんねとお腹をさすった。しっかりしてないお母さんでごめん。いろいろなことがショックで、涙があふれてくる。

実家に戻って報告すると、母は明らかにがっかりした。

「逆子くらい昔は助産師さんが治してくれたものだけどねえ」

「そうなの？」

「やっぱり助産院にすればよかったのよ」

母は賢児が探してきた総合病院が気に入っていなかった。両親以外、赤ちゃんに自由に面会できない方針であることも不満らしい。

「お母さんが産んだ病院じゃ、だれだって新生児室に入れてくれたけどね。雑菌がいけないだなんて、そんな無菌室みたいにして育てるから、今はアレルギーになる子が多いんじゃないの？」

「そうなのかな……」

アレルギーは昔からあった病気だと、賢児が言っていた記憶がある。でも、昔と比べて増えているようだと言っていた気もする。だとすると母は正しいのかもしれない。美空は病院で産むのが不安になった。

翌日、店に遊びに来た妊友の久美《くみ》もがっかりしていた。

「帝王切開？　うわ、残念。陣痛すごかったねーって盛り上がりたかったのに」

久美は美空が父から引き継いで経営している〈星のかけら舎〉の常連客だ。彼女は三ヶ月前に出産している。その日も赤ちゃんを連れてきていた。真っ白なその肌を美空はまぶしく見つめた。

「まあ、でもよかったんじゃないの？」

久美は慰めるように言った。

「私なんか陣痛が二十時間あったからさ、帝王切開で楽に産めるなんて羨ましい。……たださあ、産んだ後は大変だって聞くよね」

「え？　なんで？」

「だって、下から産まないと母性が生まれないでしょ？　赤ちゃんが愛せなくなるとか、母乳が出なくなるとかって、助産師さんが言ってたよ」

「そうなの？」動悸がしてきた。

「私が産んだ助産院でよければ紹介しようか？　自分らしいお産ができるように柔軟に対応してくれるとこ。逆子でも下から産ませてくれるんじゃないかな」

そういえば母も同じことを言ってた。昔は助産師さんが治してくれたと。

「人気だから、今から予約できるかわからないけど。あ、待って。美空ちゃん、ネット使えないんだよね」

久美はレジ横のショップカードを一枚引き抜くと、スマートフォンを操作して、電話番号と住所を書き写してくれた。

「相談、行ってみなよ。助産師さん、すごく優しいよ」

「ありがとう、そうする」

久美が帰った後、さっそく電話をかけてみた。休診中だったらしく、

「隅野《すみの》助産院です。午後は十四時からです」

という留守番電話のメッセージが流れた。柔らかい女性の声だった。緊張しながら一時間待って、またかけてみる。

「はい」と、同じ声が出た。

赤ちゃんの泣き声が聞こえる。細くて甘やかな声だった。

気づいたら、美空は訴えていた。最初の妊娠で悲しい思いをしたこと。今度こそちゃんと産みたいこと。痛みから逃げて立派なお母さんになれるのか不安なこと。女性は「そうなの」とか「がんばったわねえ」とか、相槌を打ちながら聞いてくれた。そして美空の話が途切れたところで言った。

「一度いらっしゃいよ。うちも予約がいっぱいで、お産を引き受けられるかどうかわからないけど、でも、がんばってみるから」

電話を切った後、美空はこの助産院で産みたいと思った。病院は嫌だ。あんな冷たいところはもういや。

問題は賢児にどう報告するかだった。別々に暮らしていたときなら、メール一本出せば済んだ。でも里帰りしている今は、毎晩顔を合わせる。やっぱり直接言ったほうがいいだろう。

その晩、部署の歓迎会から帰ってきた賢児は酔っていた。重そうなショルダーバッグを床に下ろすと、美空の口からアイスの棒を抜き取ってゴミ箱に投げ捨てて、ガミガミ説教してくる。いつにもまして不機嫌だ。

さては新しい部署の人とまたうまくいってないな。いつものことだけど。自室に入っていく細っこい背中を美空は眺めた。言うなら今だ。

しばらく迷ったあと、賢児を追いかけて、部屋を覗きこむ。六畳間にはまだ学習机が置かれている。結婚して、美空が出ていったときのままだ。子供っぽい棚の部分はとっくに取り去られていて、今はパソコンとプリンタが置かれている。ここに二段ベッドを置いてふたりで寝起きしていたのは、美空が中学三年生になるまでのことだ。

賢児は電気もつけずに、ビールを飲みながらパソコン画面を見ていた。ロケットの打ち上げという言葉が聞こえた。いま邪魔したら怒られそうだ。

居間のソファに戻って、テレビを見ながらうとうとした。喉が渇いて目が覚め、台所で麦茶を飲んだ。窓の外はまだ暗い。時計を見ると四時近くなっている。

ぬう、と賢児が台所に入ってきた。コップをさげにきたらしい。清々しい顔だった。自分でロケットを打ち上げたわけでもないのに馬鹿みたい。まるで一発やった後みたいだ。それ以上は胎教に悪そうだから考えない。美空は息を吸った。

助産院で産みたいと打ち明けると、賢児は話もろくに聞かないうちから、怒りはじめた。その助産院に行くとさえ言いはじめた。

「そんな恥ずかしいこと絶対しないで。なんで？　なんでいけないの？」

「まともな助産院だったらまだ話し合いの余地はあるよ。基本は反対だけど。緊急搬送になった場合は間に合わないかもしれないし」

「へー、随分お産に詳しいね。独身男のくせにキモい」

「その助産師、怪しいよ。だいたいその人の定義する母性ってなに？　母性行動を促すプロラクチンのこと？　オキシトシンのこと？　それって出産方法関係なく分泌されるよね。それとも子供を産みさえすればたちどころに発動するって伝説の母性本能ってやつのことを指してるのかな？　生物学的な根拠はないけどね。帝王切開した人は母乳が出ない？　ほんとにそうなの？　経験者に訊いてみた？　医療資格を持った人の意見は？　ＷＨＯの見解は？」

賢児が息を吸った隙を狙って、美空は反論した。

「帝王切開にすると弱い子になるんだって」

「それは！　体が弱い子の出産が帝王切開になることが多いってだけだろ。帝王切開だったから弱い子になるわけじゃない。因果関係を裏返すなよ。昔はさ、強く育つはずだった子供だってたくさん死んでたんだって。臍《へそ》の緒が首に巻きついたり、出産が長引いたり、それこそ逆子だったり。帝王切開のおかげでみんな助かるようになったんじゃないか。それのどこがいけないの？　だいたい帝王切開のどこが愛情不足なんだよ。知ってる？　自然分娩でのリスクは母親と子供で分け合うけど、帝王切開でのリスクは母親が百パーセント引き受けるんだぜ。それのどこが立派な母親じゃないっていうんだよ。痛みを感じなきゃ一人前になれない？　野蛮だね。まるで未開人の通過儀礼だ」

賢児は息継ぎした。今度は美空が反論する隙を与えずに、喋り続ける。

「だいたい自然に産むってなに？　自然っていつの自然？　洞窟とかで産んでた原始時代？　それとも、農作業してたら陣痛来ちゃって田んぼのあぜ道でひとりで産んだとかいう人がいた明治大正時代？　そのころの周産期死亡率のグラフ見たことある？　新生児死亡率は？　めちゃめちゃ死んでるよ。気が遠くなるなんてもんじゃない。そもそも論としてさ、携帯電話でメールして飛行機や新幹線で移動して冷凍庫のアイス食って衛星放送で海外のライブ見て歯医者では麻酔してもらうくせに、なんで出産だけ昔ながらにすんの？　変じゃねえ？」

「ああ、もう、ガーガーガーガーうるさい！」

美空は耳をふさいだ。

「私のお産なんだから私の好きにするの！」

「好きなように？　母親の自分らしさ追求のために子供が危険にさらされてもいいっていうの？　それって立派な虐待じゃんか」

「は？　虐待？　今の、まじでむかついた。気持ちふみにじられた」

「は？　気持ち？　気持ちがなんだっていうんだよ」

「この子のこと一番に考えてきたのは私だよ？　あんたなんか、ちゃちゃっとネットで病院探してきただけじゃん。産むのは私なんだよ？　このまま帝王切開したら私一生後悔する。それでいいわけ？」

「もし、子供になにかあったら、それこそ後悔してもしきれないよ。大事なのは命だろ？　いいから、おれの言うこと聞けって！」

「ああそうですか。お父さんの時みたいにしたいわけだ？　全部あんたの思い通りにして、そりゃあんたはスカッとするよね。ひとりよがりのセックスみたい」

「うわ、下品きわまりない。育ちを疑うね。さすが未開人」

「未開人って言うな。育ちはいっしょだろうが」

「未開人のこと未開人って言ってなにが悪いんですか」

こうなるとまるで子供の喧嘩だ。美空は思わず大声をだした。

「あのさ、あんたがどんだけ正しくて偉いか知らないけどさ！　気持ちってものがさ、人間にはあるんだよ。それを無視してさ、無理矢理進めてさ、結果的にどうなった？　あんた、この十年間でお母さんと何回口きいたよ？　お母さんを追いつめて、泣かせて、お父さんは最期幸せだったかな？」

こんな大声出して、隣の部屋に聞こえたかもしれない。母は眠りが浅い。年を取ったということもあるけれど、父の死後、鬱状態が続いているせいでもある。

賢児は電池が切れたラジオみたいに黙った。でもまた口をひらいた。

「おれは間違ってない。お父さんの時だって、間違ってたのはお母さんや美空だろ？

科学ってものをまったく信じようとせずに――」

その時、賢児の携帯電話がけたたましく鳴った。

「ちょっと待って。休戦」

賢児は画面に視線をやった。すぐに表情が強ばる。

なんだろう。緊急事態だろうか。美空は横から画面を覗きこんだ。メールが来ている。

送信者は〈銀色〉。ネット上の名前らしい。たぶん科学オタク仲間だ。

「例の論文、やっぱ捏造らしい。新聞記事に出た通りだって。研究者たちのつぶやき見てるとほぼ確定って感じ。こりゃ大スキャンダルだよ」

なんだ、そんなことか、と力が抜けた。こんな明け方にメールしてくることか。

例の論文という言葉が何を指しているのか、美空にもわかる。ひと月前、科学史上に残る大発見をしたと発表して、世界中の注目を集めた若い女性研究者の論文だ。

マスコミはその研究者をアイドルみたいにもてはやした。ついこの間も、彼女のサクセスストーリーがテレビで流れていた。エジソンやキュリー夫人の伝記がお気に入りだったというエピソードも紹介されていた。

「あんたみたいだねー」

その番組を眺めていた美空が鼻を鳴らすと、賢児はむきになって言った。

「科学が好きなやつはみんなそうだよ」

「でもさあ、なんかおかしくない？」と美空はテレビを指さした。「髪とか肌とかってえらいケアに時間がかかるんだよね。徹夜ばっかで働いてて、ここまで綺麗にできるもんかな」

「頭のいい人間は時間をつくるのもうまいんだよ。美空とは違う」

「記者会見であんなピラピラしたの着てんのも変だし。普通、スーツ着ない？」

「ほんと、女って女に厳しいよな。小姑かよ。そういうつまらない常識にとらわれないからこそ、大発見ができたんだろ」

そうかな、と美空は思った。どんな業界にいても女は女だ。一世一代の舞台で着る服に、何らかのメッセージをこめないはずがない。前の職場がアパレルショップだった美空には彼女が発するメッセージがわかる気がした。私を見て、だ。私の研究を見て、と言っているようには思えなかった。

「広報の戦略かもしれないだろ」と賢児は言った。「女性らしさを前面にだして注目を集めないと、今じゃ科学ニュースなんてマスコミはろくに扱わないから」

なおダサい。うちは古くさい男社会ですって言ってるようなものだ。まあ余計なお節介だけど。科学界がどうあろうと美空には関係がない。

賢児は携帯電話に集中している。美空はあくびした。

「なんだ、インチキだったんだ」

「まだ決まったわけじゃない。疑義が出てるってだけだ」

賢児は情報を求めて必死に検索している。

「あのさー、最初から大発見なんかなかったんじゃない？　虚言癖の子なんてどこの職場にもいるじゃん？　前の職場にもいたよ」

「美空の職場といっしょにすんな。ただのミスだったって可能性もある。こんな露骨なデータ改竄《かいざん》が発表前に露見しないなんてことありえない。共著者は全員、エリートなんだぜ」

「はあ、そうですか。どうせ私にはわかんないですよ」

美空は馬鹿馬鹿しくなった。賢児の頭からは、さっきまでの口喧嘩など、どこかに行ってしまったようだった。エリートか。美空は溜め息をついた。エリートだってミスすることがあるのだとしたら、やっぱり自分の勘を信じたほうがいい。そう思いながら、お腹をそっと撫でた。

4

出社早々、「商品の回収について」という件名のメールを見て、梨花は「うわ」とつぶやいた。クリームをたっぷり入れたスターバックスコーヒーの残りを飲み干す。こういう悲惨な朝は糖分をたっぷり補給しなきゃ昼までもたない。

年度末の忙しい時にリコール。しかも対象商品はうちの美容家電ときた。

隣席の羽嶋賢児はすでに呼び出されたようだ。フロアの奥を見ると、透明のパーテーションで区切られた小会議室にいた。畑中部長の話を聞いている。

九時になると梨花も他のメンバーも小会議室に呼ばれた。

「えー、リコールが発生しました」

畑中部長が概要の紙を配りながら言った。

「事故発生は先々週の木曜日。回収決定は先週の金曜日。部長職、それから広報部と法務部が土日泊まりこんで、対策と人員配置を決定しました」

畑中の襟はよれていた。昨日はサウナに泊まったのかもしれない。駅近くにあるサウナは商品企画部の男たちの駆け込み寺だ。ポイントが溜まりすぎて景品の自転車をもらったという強者《つわもの》までいる。

「明日の朝にはプレスリリース、新聞に謝罪広告が出ます。この前の危機管理セミナーは皆さん受講しましたね。マスコミに渡す情報は多すぎても少なすぎてもいけません。彼らを飢えさせ、暴走させる原因になります。コントロールは広報部のほうで行いますので、えー、わかってると思うけど、個人のブログ、SNSなどへの投稿は、プライベートなものであったとしても当分控えてください。できれば家族にも協力をあおいで。派遣社員にも周知徹底。じゃあ、うちから責任者として出てもらう羽嶋くんから対策本部の説明を」

はい、と羽嶋がメモを見る。

責任者か。昇進は四月なのにやることはやらされるんだなと梨花は気の毒に思った。

「対策本部は本社に置かれます。顧客対応は明日の朝から。商品企画部からは、私と、補佐として、寺内さんに来てもらいます」

げっと梨花は口のなかでつぶやく。

「夜にむこうで対策会議があるので、新幹線二人分予約しておいてください」

「あの、補佐っていつまでですか。来年度の中長期計画がまだできてなくて……」

本社があるのは京都だ。工場が併設されているから僻地《へきち》にある。ホテルのネット環境も確保できるかどうか怪しいような辺境だ。

「寺内さん、頼むよ」畑中が拝むような仕草をした。「一週間でいいから。羽嶋くんじゃ対応しきれんでしょ。パソコン作業できる机、貸してもらえるように製造部に言っとくから」

合間に中長期計画つくれってことか。めまいがした。

「対象商品は、去年製造されたマイナスイオンドライヤーです」

マイナスイオン、という言葉を、羽嶋は汚らわしそうに発音した。

「事故が起きたのは大阪、梅田のスポーツクラブ。ロッカールームに置いてあったものが使用中に発火、三十代の女性客が手に軽い火傷を負いました。製造部で調査したところ、電源回路のコンデンサが原因だとわかりました。連続使用によって発火の可能性が高まるそうですが、スポーツクラブでの使用回数は把握できていないそうです。緊急で行った耐久試験では問題は発生せず、一般家庭での使用では起こりえない事故だとは思いますが、お客様の安全を重視して回収するとの決断に至りました」

羽嶋は梨花をちらりと見た。

「事故というものは起きてほしくない時に起こるものです。株主総会直前とか社運を賭けた新商品発表会の前日とか、今みたいな年度末とか。目先の損失を恐れて、現場は都合の悪いことを隠蔽し、上層部は問題を過小評価する。それが事故対応の際に恐れるべき心理状態です。たとえこちらに非がなかったとしても、対応が遅れたせいで、企業消滅に至る事態に発展したケースもあります」

そんなことわかってる。事故が起こるたびに世間から寄せられる非難の嵐を梨花は何度もメーカーの内側から見てきた。後になってメーカーに落ち度がなかったことがわかったとしても、マスコミは名誉回復のためになど動いてくれない。

「その点で今回のスピードはすばらしかったと思います。誠実な対応が新たな顧客獲得に繋がったケースもありますから、ピンチをチャンスと考えて頑張りましょう」

あなたはまだ知らないからね、と梨花は心でつぶやく。現実はそんな教科書通りにいかない。

一旦家に帰って着替えをスーツケースに詰め、東京駅で羽嶋と落ち合った。

新幹線の中ではふたりとも黙って、広報部から送られてきた電話対応マニュアルに目を通した。絶対に紛失するなと口を酸っぱくして言われたやつ。流出でもした日にはあらゆるところに晒《さら》される。

決まり文句が口から自然に出てくるようになるまで何度も練習する。いい加減疲れて目を上げると、西日に照らされた米原《まいばら》駅が遠くに飛び去っていくのが見えた。滋賀県通過だ。

隣の羽嶋はまだやっている。肩に力が入っている。責任者だからということもあるんだろうけど、緊張しているのは、それだけではないようだった。

「ねえ、知ってた？」と、梨花はつぶやいた。「対策本部の食事って牛乳とパンしか出ないらしいよ」

「は？　なんでですか？」と羽嶋がマニュアルから目を上げた。

「弱らせるためだって。商品回収の電話口であんまり元気が良すぎちゃいけないからって。まあ、噂だけどね」

「自分が客だったら弱々しく対応なんかしてほしくないですが」

「羽嶋くん、初めてでしょ。直接顧客と接するの。あ、ごめん、同い年だし、敬語やめさせてもらうね。とにかく事故対応ってきれいごとじゃないの。東京の人間から責任者が選ばれるのもね、関西弁のイントネーションが不真面目に聞こえるからっていうのが理由。馬鹿馬鹿しいでしょ。でもこれが現実。調査のモニターになるような優良顧客たちを相手にするのとは違うって思ったほうがいいよ」

「そんなことはわかってます」羽嶋は敬語を崩そうとしない。

「今のうちに、腹ごしらえしよう。本社は殺気だってる。次はいつ食べられるかわかんないよー」

梨花はビニール袋から崎陽軒のシウマイ弁当を出して羽嶋に渡した。

「ピリピリしっぱなしだと精神もたないし、食べながら世間話でもしようか。あ、いやそうな顔しないでよ？　これも仕事のうちだと思ってよ」

「はあ」羽嶋は素直にシウマイ弁当を受け取る。

「たとえば、そうね、羽嶋くんは京都行ったことある？」

「入社研修のときに一度だけ」

「あれ、中学の修学旅行では？　京都奈良だったでしょ」

「でしたけど、前の日に盲腸で入院したので行けずじまいでした」

「そうなんだ……。じゃあ、普段はどんなところに旅行するの？」

「旅行はしません」羽嶋は包み紙をはがしている。「小学生の時に長野でキャンプしたのと、あと、高校の修学旅行で広島行ったくらいです。家が自営だったので家族旅行もしなかった」

「大人になってからは？」

「ないですね」

「まじで？　じゃあ、長野と広島以外、行ったことないってこと？」

「出張は行きましたよ。上海《シャンハイ》と博多。調査だけしてトンボ返りですが」

「えー、意外。すごく旅行してそうなイメージあった。宇宙に行きたい人だって聞いたから」

「宇宙？」羽嶋は顔をしかめた。

「お金さえ払えば宇宙に行かせてくれるってところがロシアにあるんでしょ」

「ああ……。でも、ああいうのに金払うのは大金持ちだけですよ。一千万円近く払ってもどうせ弾道飛行くらいしかできませんしね。宇宙かどうかもあやしいくらい低いところを数分飛んで、無重力体験するだけです。宇宙ステーションに行くプランも、あるにはあるみたいですけど何十億もかかります。まあ、お金払える人は行けばいいと思いますけど」

「なんだ、そうなんだ。羽嶋くんが行くんじゃないんだ。でもさ、一般人が宇宙に行けるってすごいよね。私、その話聞いた時、素直に感動した」

「そりゃ、すごいはすごいですよ」

羽嶋の声ににわかに熱がこもる。

「というか、人間が宇宙に行けること自体すごいんです。本来なら生命が存在し得ない宇宙空間で長期滞在できるっていうのもすごいです。有人飛行なんて意味がない、金の無駄だ、っていう人もいますが、私はそうは思いません。チャレンジし続けようという人類の思いはきっと未来に繋がっていきます」

「将来、火星に移住するとか？」

「それはまだ現実的じゃないけど、でも、計画はすでに動いてるようです」

「じゃあ、海外旅行と同じくらいの値段で行けるようになったら、羽嶋くんも宇宙に行く？」

「そりゃ行きますよ。人間に生まれた以上、一度は行ってみたい。寺内さんだってそうでしょう？　でも今は一般人にはまだ手が届きませんよね。それに、もし私が金持ちだったとしても——今は科学者に先に行ってもらったほうがいいと思います。一般人が宇宙を見てもせいぜい人生観が変わるくらいだけど、科学者が宇宙に行って得るインスピレーションは、もしかしたら、全人類の価値観を覆すことになるかもしれない。そっちのほうがよっぽど未来に繋がるでしょう？」

「そっか。……あ、話は戻るけど、じゃあ、羽嶋くんはなんで貯金してるの？　貯金魔だって聞いたけど。宇宙に行くためじゃないならなんのため？」

羽嶋は黙った。宇宙のことを話している間は生き生きとしていた目が暗くなる。

「不安症みたいなものです」

「……不安症？」

「父が借金を残して死んだので——しかも治療にかなり金がかかって、その時は結構大変で、それで、貯金残高が少なくなるとものすごく不安になるんです」

「旅行に行かないのもそれで？」

「はい。でも今はネットでなんでも見られますし、不都合はないです」

「実家にいるのもそのため？　社員寮なら安いけどなあ」

「知ってます。でも、母の状態があまりよくなくて、ひとりにするわけには」

「そうなんだ」

個人の事情に踏みこみすぎたかもしれない。梨花は話題を変えた。

「そうだ、科学ファンって普段なにしてるの？」

「何してるって言われると困りますけど……。科学機関のプレスリリースや科学記事をチェックしたり、研究者の出演番組を追いかけたり、シンポジウムに行ったりですかね」

「シンポジウムって学会のことだっけ」

「いえ、学会は研究者向けで、シンポジウムは一般向けです。最先端の研究内容を普通の人にもわかりやすく講演してくれるんですよ」

「それって面白いの？」

「行ってみたいですか」

「え、いいの、一緒に行っても」

「興味があるならですけど」

羽嶋はポケットから携帯電話を取り出した。メールが来たらしい。

「会社から？」

「……いえ、姉から」

「あ、お姉さん、臨月なんだっけか。もしかして出産はじまった？」

「それはまだです。……はあ、まじかよ。馬鹿か、あいつ」

何が書いてあったのかはわからないが、羽嶋の顔に怒りが浮かぶ。

「あ、すみません。もうすぐ京都に着いちゃいますね。早く食べましょう」

京都駅で新幹線を降りると、ローカル線に一時間乗った。

柴田電器のためだけに造られたような殺風景な駅で下りる。喫茶店やスナックや安い居酒屋が数軒、駅のまわりにくっついている。あとはなにもない。

工場から吐きだされ帰途につく工員たちと逆方向に歩き、本社の正門の前にたどりつくと、羽嶋は受付に社員用パスを受け取りに行った。梨花はそびえたつ本社を見上げた。工場や倉庫の影がこちらにのしかかってくる。

ものづくりに関わる人間なら誰しも眠れない夜がある。

企業の不祥事がニュースで流れた日の夜だ。次は自分の番ではないかと怯えてしまう。百パーセント安全な商品などない。どんなに気をつけていても事故は起こりうる。新人研修ではそう叩きこまれる。肝心なのは起きた時どうするかだ。逃げ出したい、誤魔化したい、そんな人間の弱さにどう向き合うかだ、と。

どんなに真摯《しんし》に向き合っても、世間はこちらの思う通り受けとってくれるとは限らない。自分たちの望む結末が訪れるまで許してくれないこともある。でも向き合わなければならない。会社全体で。

同業他社の不祥事が収束した後、現場責任者が死んだらしいという噂がひっそりと伝わってくることがある。会社が彼ひとりに責任を押しかぶせたのだろう。そういうことが続けば、現場責任者はみな事故を隠すようになる。

「これパスです。……行きましょう」

羽嶋が戻ってきた。重くなった胸を押さえると、梨花は歩きはじめた。


臨時の顧客対応室にしたてあげられた本社の多目的ホールは肌寒かった。暖房機器の調子が悪いらしい。一週間たたないうちに、風邪をひきそうだと梨花は思った。

「商品企画部の課長って君？」

広報部の津田《つだ》が羽嶋に寄ってきた。関西出身の梨花の同期だ。

「正確には四月からですが」

「うんうん、でも今日からは部長ね。対策会議で聞いたと思うけど、ホンモノの部長たちの代わりに責任者としてやっかいな顧客の電話に出るのが君の仕事。よろしく」

「はい、承知してます」

昨夜、梨花たちがつくとすぐに開かれた対策会議には、本社美容家電事業部の役職者がずらりと出席していた。ホンモノの部長たちだ。彼らは、羽嶋を品定めするような目で見つめていた。

中途採用者への警戒心が古参社員の間にあることに梨花は気づいた。よそものが社内の安寧を乱すのではないかと畏れているのだ。羽嶋が調査部にいたころ、桜川の命令のもと、住宅設備の企画担当者の企画をさんざん厳しく評価したという話を知らない社員はいない。

羽嶋が新幹線の中で緊張していた理由がわかったような気がした。お手並み拝見、という顔で自分を見つめている古参社員たちに弱みを見せまいとしているのだろう。

桜川も人が悪い、と梨花は思った。おそらく、中途採用者を引き入れ、出世させることで、社内に蔓延する保守的な空気を打ち破ろうとしているのだろう。羽嶋は嚙ませ犬というわけだ。けしかける相手の中には梨花も入っているかもしれない。先輩は「あんたにもワンチャンスあるかも」などと言っていたが、外から来た風をどう取り込んで糧《かて》にするのか。度量が試されている可能性がある。

「通過儀礼みたいなものだと思ったほうがいいよ」

対策会議を終え、ホテルに向かう道々、梨花は羽嶋に言った。

「つらい仕事だけど、やりとげれば、仕事がやりやすくなると思う」

「同じ痛みを感じろってことですか。そうじゃないと仲間として認めないと」

羽嶋は強ばった顔のまま言った。

「いかにも未開人らしい発想ですね」

「あのさ、その未開人って言い方さ……」

「大丈夫です。うまくやりますから。必ず認めさせてみせます。文句は言わせません。通過儀礼とか、そういう前時代的な発想も、似非科学商品も、この会社から根絶してみせます」

歓迎会の夜も同じようなことを言っていたが、今の方が鬼気《きき》迫って見えた。

「注目！」

津田が手を打つと、ホールに並べられたテーブルについた社員たちが顔をあげた。あちこちの部署から集められてきている。それぞれの顔に投げ出してきた仕事への不安と焦りが滲み出ている。彼らの前には卓上電話がひとつずつある。

「えー、皆さんの仕事はお問い合わせに誠心誠意対応することです。ご納得いただけるまで頑張ってください。上の者を出せといわれても応じてはいけません。会話内容は録音してます。恐喝まがいの言動があっても怖がらない。マニュアルで対応しきれないお客様には、あっちにいる製造部の宮下《みやした》課長と榊《さかき》課長が対応します。課長レベルで対応困難なお客様は、羽嶋部長に回します。ここが最後の砦です。社長とか専務とか絶対に出せませんからね。いいですね」

昨夜の対策会議でも同じ内容をさんざん言われた。講師は損害保険会社から派遣されてきた危機管理コンサルタントだった。

多くの顧客は返金してもらえるとわかればそれ以上は望まない。しかし、ゲーム感覚で返金額を吊りあげようとしたり、柴田電器製の家電製品すべてを返品させろと無理を言ったりする人も一定数出る。謝罪広告の文面が気に入らないという人もいる。そのすべてに誠実な対応を！

羽嶋部長に最初に回ってきた対応困難客は、喋り方が湿っぽい女性だった。

「亡くなった娘にプレゼントしてもらったドライヤーだから手元から離したくない、と言ってます」

宮下課長が申し送りしてきたその女性は、羽嶋が電話に出ると、自らの身に起こった不幸を延々と語った。ほとんどが対象商品に関係ない話だ。梨花もイヤホンをつないで一緒に聞いた。

羽嶋は覚悟していたのか、思ったより根気強かった。黙って耳を傾け、相槌を打っている。しかし、二十分が過ぎ、女性が亡くなった娘の霊を探して占い師を訪ねたというところまでくると、まぶたの下がひきつるのが見えた。参るのが早い。羽嶋の受話器を持っていないほうの手が背広の内ポケットに入る。手帳を取り出して机の上に置く。開くのかと思ったら、黒い合皮の表紙を爪でひっかいている。我慢して、と梨花は目で訴えた。

「数年前に自動車事故にあって……足を悪くして外出もできないんですよ」

女性がそう訴えはじめた。羽嶋がどんよりした目で返事する。

「それはお気の毒でしたね」

そうじゃない。ここで提案だよ。譲歩案をメモに走り書きしてさし出す。

「ご自宅近くの電器店に依頼して回収に伺うこともできます」

早く、とメモを叩いて催促する。羽嶋は悪夢から醒めたような顔をすると、メモを読みあげた。すると女性は悲痛な声になった。

「他人にこのドライヤーを触ってほしくないです。家に来られるのもいやなんです。住所も言いたくありません。こわいです」

「それでは回収できません。代金もお返しできませんが……」

違う。梨花はいらだった。完全に相手のペースに飲みこまれてる。

「代金はあきらめますから慰謝料を払ってください。亡くなった娘が、インチキな商品を売りつけられたと思ったら、私、胸が苦しくて、苦しくて……」

女性は金の話をしてきた。商品代よりもはるかに高額だ。案の定だ。梨花はまたメモを書いてさし出す。

「たぶん商品持ってない」

それで伝わったらしい。

「申し訳ありません。そのようなことはできかねます」

羽嶋の口調がしっかりする。マニュアルを思いだしたらしい。

「もし、どうしてもとおっしゃるのでしたら、まず、お手元のドライヤーが対象商品であるかどうかの確認をさせてください。弊社の弁護士が——」

弁護士という言葉が出た途端、相手が男性に替わった。テレビドラマでしか聞いたことのないような咆哮《ほうこう》。思わず身がすくんだ。羽嶋も声が出せずにいる。相手はこちらの逡巡を読みとったかのように責め立ててくる。殺すぞとかお前の家まで行くとか法的にまずい言葉は口にしない。手慣れている。

「法務部案件」

梨花はあらかじめ用意していたメモをさしだした。羽嶋はうなずいた。内側に丸まっていた肩の力が抜けるのが見えた。

そこで、梨花の背中を津田が叩いた。紙を出し、耳元で囁く。

「……これ、今回の事故の被害にあった女性の指定してきた住所。今夜、羽嶋くんに行ってもらうから。夕方六時に正門前に集合って伝えて」

そうか、これも部長の仕事だったな、と梨花は気が重くなった。羽嶋にできるだろうか？

「私も行く。フォローしに」

「女はだめ」津田は首を振った。

「でも、怪我をしたのは女性だって」

「相手が悪い。事故が起きたスポーツクラブがあった場所って歓楽街なの。出勤前のお姉さんたちが風呂代わりに使うようなとこ。つまり利害関係者が多いってこと。今回指定してきたのも女性宅じゃなく勤め先だし。大手だからいくらでも金出すと思われてるんだろう。最後は法務が出るけど、その前に誠意を示さないと」

梨花は言葉をのみこんだ。飲み会で先輩たちから聞かされた商品事故の修羅場を思いだしたのだ。

土下座させられた。監禁された。殴られた。世の中にはどんなに心を尽くしても通じない相手がいくらでもいる。彼らの要求する誠意はときに法の範囲を逸脱している。そんな人達にも柴田電器は商品を売っているのだ。

「中途で入ってスピード昇進。まあ、このくらいの洗礼はね」

「もし彼に何かあった場合は」

「二階級特進じゃないの」

「冗談やめて」

「いや、君のほう。代わりに明日から君が部長になるってこと」

梨花は生唾を飲んだ。羽嶋の横顔を見る。電話を保留にして立ち上がり、法務部の担当者を手招きしている。

今夜中に中長期計画を仕上げてしまわなければと思った。

夜の九時をまわっても羽嶋は帰ってこなかった。

ホテルのロビーは非常灯ばかりがまばゆかった。家族経営をしているらしく、九時には灯りを消してしまうのだ。古びた花柄の応接セットは座っているだけで気が沈む。ビールを飲みたいけどもうちょっと我慢だ。

夕方になるまで対応困難客はひっきりなしに回ってきた。

しかし、厄介なのは、そっちではなく、羽嶋のほうだった。相手の非論理的な話にいちいち顔色を変える。脊髄反射みたいに抵抗しようとする。感情的にならないで、と言ったがだめだった。やる気がないわけじゃない。できないのだ。そういうことが生まれつき苦手なのだ。そのことに気づいて梨花は愕然とした。何度メモをつきだしたかしれない。「深呼吸して！」とか「いらいらすんな！」とか喧嘩腰の文言も書いた。羽嶋はそのたびに手帳を引っ掻いた。有毒ガスを浴びた人が苦しんで壁に爪痕を残すように。

電話対応が終わって、梨花がトイレから戻ってくると、メモが散乱していた机の上は片付けられていた。羽嶋は手帳を開いて眺めていた。いつもデスクの前に貼っている羽嶋の姉の写真がそこに挟まっているのが見えた。出張先にまで持ってきたのか。

梨花に見られていることに気づくと、

「じゃ、行ってきます」

羽嶋は手帳を内ポケットにしまって、出かけていった。

――無理やり持たされてるんです。お守り、というか、戒め、というか。

あれはどういうことなんだろう。ソファに沈んだまま考える。そのまま長い時間がすぎた。今、何時だろうと壁時計を見上げ、十一時をまわっていることに気づいた時、ホテルの自動ドアが開いた。羽嶋が帰ってきたのだ。梨花を見つけて幽霊でも見たような顔をしている。

「なんでこんな暗いところにいるんですか」

「待ってた。心配で」

梨花は立ち上がった。

「ごめんね。羽嶋くんだけに責任を押しかぶせたみたいになっちゃって」

「寺内さんが気にしなくても」

「でもあれが発売された時に、私はもう商品企画部にいたしね」

「これは私の仕事ですから。それにみあう給料ももらう予定ですし」

「管理職って残業代が出ないよ。課長になるとむしろ手取りは減る」

「まあ、そうですけど」

羽嶋はネクタイを緩めながら近寄ってきた。紺色のスーツの右半身が黒ずんでいる。水をかけられたのか、と思ったが、水ならもう乾いているはずだ。

「灯油です。臭いしませんか?」

羽嶋が苦笑いした。梨花は背筋が寒くなるのを感じた。

「被害者の勤めてた風俗店のオーナーに車に乗せられて、連れていかれたのが泉州《せんしゅう》のほうにある板金工場で……被害者の実家だって話でしたけど、まあたぶん嘘ですよね。そこで囲まれて謝罪しているところに、むこうが灯油をかけてきたんです。それだけのことです。火をつけるようなそぶりはありませんでした。警察沙汰になりますから。あいう人たちはそういうところは冷静です」

「大変だったね」そう言うのがやっとだった。「こんな遅くまで拘束されてたんだ」

「いえ、解放されたのはもっと早くでしたが、電車に乗って帰ってくるのに時間がかかったんです。鶴ケ谷《つるがや》さんが厄落としでもしていくかって言ってくれたんですけど、つまり飲みに行こうってことですが、こんなザマだから。あ、替えのスーツは買ってきました。二十四時間営業の量販店の吊るしのやつですけど。あ、知ってます？　製造部の鶴ヶ谷さん。怖い顔でパンチパーマの」

「うん、知ってる。ものすごいきつい泉州弁の人ね」

「おかげで助かりました。電話対応は標準語のほうがいいのかもしれないけど——現地の人相手には偉そうに聞こえるみたいで、でも鶴ヶ谷さんが泉州弁だったんで、むこうも軟化したところもあったみたいで。大企業って、ああいう人がいるものなんですね。なんていうか、魔除けみたいな？」

「不動明王的な」梨花はうなずいた。「昔は総会屋対策でも活躍したらしいよ。その代わり、地元のお祭り……ええと、なんだっけ」

「だんじりですか？」

「あ、そうそう、祭り期間中は有休取り放題なんだって。普段はドライヤーの製造ラインを管理してくれてて」

「そうみたいですね」

「鶴ヶ谷さんはいいとして……羽嶋くんは大丈夫？」

「私ですか？　大丈夫ですよ。なんで？」

「やけに饒舌。それって強いストレスを感じたからじゃないかな。全部吐き出しておいたほうがいいと思うよ。先輩たちもみんなそうしてた」

「いや別に必要ないです。慣れてますから、ああいうの——借金してた時に」

エレベーターのほうへ行きかけた羽嶋を梨花は、待って、と呼び止めた。

「よかったら飲まない？　自販機にビールあるよ」

「やめときます。姉に電話したいし。読みかけの科学記事もあるし」

科学。梨花は肩の力を抜いた。こんな時に科学。

「あのさ……変なこと聞くけど……なんでそんなに科学が好きなの？」

羽嶋は目を泳がせたが、すぐに考えこむ顔になった。

「はしご……ですかね」

「はしご？」

「私の実家の近所に、図書館があって、その向かいに古い給水塔が建ってたんです。壁にははしごがついてて登れるようになってる。小さいときはそれをよく図書館から眺めてました。科学っていうのはあのはしごをどこまでも高く造っていくようなものだろうなって」

「ごめん、よくわからない」

「登れば登るほど見える世界が大きくなっていくでしょう。自分の日常がどんなにちっぽけなものだったかがわかる。しかもその世界はこれからもどんどん広がっていくんです。これからもっと面白いものが見られる。最上のものはつねに未来にあると思えます」

未来。そういえば新幹線でも同じことを言っていた。

「そう思うと呼吸が深く吸えるようになります」

「呼吸を、深く」梨花は意味を考えながら繰り返した。

「苦しいときって息が浅くなるでしょう。視界もどんどん狭まっていく。自分のことしか見えなくなる。それでさらに苦しくなる。なりません？」

「うーん、まあ、なるかもね」

「だけど科学は違う。宇宙がどうやってできたのか。果てはどこにあるのか。世界は広がる一方です。人の心は昔から進化しないとか、歴史は繰り返すとかいいますけど、唯一前に進んでいくものがあるとしたら、それは科学なんです。もしかして現実から逃避しているだけかもしれませんけど――でも時には必要ですよね。そう信じることのできる時間が」

「なるほど。よくわかった。……ごめん、呼び止めて。今夜はゆっくり休んで」

羽嶋は会釈すると、エレベーターのほうへ歩いて行った。ショルダーバッグのベルトが肩に食いこんでいる。黒いしみが滲む肩がせわしなく上下している。ストレスというのは体に素直にあらわれるものなんだな。部屋に戻って、科学記事を読んで、早く楽になれるといいね。

梨花は自販機に小銭を入れた。タブを開けて飲み干したビールはぬるかった。補充したばかりなのかもしれない。こんな日がまだまだ続く。

息が浅くなるか。なってるかも。梨花は目をつぶった。早く家に帰りたかった。

六日後、商品回収対策本部は予定通り解散することになった。問い合わせ件数が順調に減少しはじめたからだ。後は本社のお客様相談室が引き受けてくれる。

「お疲れ様でした、ほんとに」

京都駅につくと、梨花は新幹線の指定席券を羽嶋に渡した。

「明日は代休とれそう?」

「無理です。寺内さん、締め切り間に合いました?」

「猛スピードで仕上げた。羽嶋くんにも送ったけど」

「ああ、そうですか。すみません」羽嶋は風を切って近づいてくる新幹線を見つめた。「チェックする暇なくて。乗ったら拝見します」

しかし、席に座った途端、羽嶋は糸が切れたように眠りこんだ。無理もない。日中は対策本部に軟禁。夜は開発部や生産管理部の部長たちに毎晩のように飲みに連れ回され、休む暇がなかったのだろう。梨花は計画書作りを名目に飲み会を免除された。羽嶋がスナックのカラオケでどんな歌を歌ったのかはすこし気になる。

梨花は駅の売店で買った柿の葉寿司の包みを解きはじめた。牛乳とパンばかり食べさせられてきたから、お酢の香りが懐かしかった。

小田原を過ぎたあたりで、羽嶋の肩を叩いてみた。口をかすかに開いたままぴくりとも動かない。無防備な寝顔だった。梨花は溜め息をついた。

よくやったよ。危機を乗り切った。

東京駅に着く直前、羽嶋はむくりと起きた。タイマーでも内蔵されているようだ。いつもこうなのか。新幹線は出張でしか乗らないと言っていた。貯金が減るのが不安だとも言っていた。この人にはほんとに科学しかないのか。

新幹線から降りると、ふたりはスーツケースを引いてコンコースに降りた。

「寺内さんは明日は休みですよね。私は会社に寄りますので、じゃあ、あさって会社で」

羽嶋は気ぜわしく言うと、スーツケースを引いて去ろうとした。

「あ、ちょっと待って」

梨花は羽嶋を呼びとめ、周囲の喧噪に負けないように声を張り上げた。

「前に言ってた、科学シンポジウムってやつだけど！　私も行ってみたいな」

「え？」

「世界が大きくなって、呼吸も深くなって、そういうの興味ある。見てみたい。科学の世界」

羽嶋は目を見開いたまま、しばらく梨花を眺めた。そして言った。

「今度の日曜日にありますから。あとで場所、メールします」

彼の後ろ姿が雑踏に消えるのを見届けてから、梨花は大きく息を吸った。

自分にもまだ仕事が残っている。反対の方向に歩きはじめる。せっかく東京駅に来たのだ。ATMに寄って一万円札を何枚も引き出す。

一瞬だけ目をつぶる。

商品企画者の私はここでリセット。ここから先は仕事のストレスを買い物で解消する普通の女の子になる。もう、女の子なんて年じゃないけど。

壁に設置されたラックから駅周辺に広がる再開発地区のマップを引き抜く。そして、新しくできた化粧品や健康食品のアンテナショップのチェックをはじめた。

5

第三回惑星科学シンポジウム。

そう印刷された立て看板の前で、賢児は腕時計を見た。約束の時間まで十二分ある。予想以上に聴衆が多いようで、大学の大講堂の前には列ができていた。

もう少し早めに待ち合わせすればよかった。あまり後ろの席になるとスクリーンに投影されたスライドが見えない。ただでさえ科学は専門用語が多い。メモが間に合わないこともある。熱心な科学ファンの中には、望遠カメラを持ちこんでスライドを撮影する者もいる。

要旨集に目を落とす。公式サイトからダウンロードして印刷したやつだ。講演者リストに彼の名前を確認する。ここへ来るまでの間にすでに何度も確認している。何度見たって印刷された文字が変わるわけではないのに。

ひとりで来るべきだったろうか。いや、せっかく同僚が「科学の世界を見てみたい」なんて奇特なことを言いだしたのだ。次のシンポジウムまで待たせるわけにはいかない。興味なんてすぐに薄れる。間髪入れずにホンモノを見せてやらなければ。

約束の時間を過ぎても、寺内梨花は来なかった。賢児は携帯電話を見た。姉からのメールも来ていない。どいつもこいつも。

手術の予定日は明日だった。胎児が下がり始めていて、早めに産気づく可能性もあると言われているらしい。

——賢児くん、美空ちゃんの好きにさせてあげようよ。

征貴から電話がかかってきたのは、姉と口論した次の日曜日だった。あいつをなんとか鎮《しず》めて、と美空に頼まれたらしい。

——流産したときにつらい思いをしてるし、ぎりぎりまで悩ませてあげてほしいんだ。理屈じゃないと思うんだ。こういうのは。

自分より年下の義兄は人当たりが柔らかい。反論したいことは山ほどあったが、さすがに肉親に言うようには言えなかった。

——ほんとはおれも病院で産んでほしいと思ってるんだ。

という征貴の言葉を信じて電話を切った。その翌日、姉からメールが届いた。

『明日、助産院行って話聞いてくる』

新幹線で京都に向かっている時だった。

すぐにでも電話して、やめさせたかったが、本社に着いた途端に事故対応に忙殺され、電話ができたのは翌日の夜遅く、事故の被害者への謝罪から帰ってきた後だった。

「やっぱ私、帝王切開で産むわ」

電話に出た美空はすがすがしい声で言った。

「は？　助産院で産むんじゃないの？」

「今日、助産師さんと話をしてきたんだけど、もうすっごく優しくて、私の不安とか悩みとか全部聞いてくれて、でも帝王切開のほうがいいわよってアドバイスしてくれたの。臨月で逆子を治すのは助産師さんでも難しいんだって。無理に自然分娩して、病院に搬送なんてことになったら、間に合わないこともあるから危険だって。リスクの高いお産は助産院では引き受けられないんだって」

「それ全部、おれ、言ったよね」

賢児は脱力しながら言った。

「はっ。お産もしたことない賢児と、出産のプロじゃ言葉の重みが違うよ」

「帝王切開したら子供に愛情がわかないって話は」

「ああ、それは久美ちゃんが勝手に言ってただけみたい。助産師さんは言ってないって。ただ母乳に関してはすごく心配してくれて、産後のケアはうちでやりましょうって。母乳外来があるから相談に乗ってくれるって。行ってよかった。すごく安心した」

なにが安心しただ。賢児はあらゆる罵詈《ばり》雑言《ぞうごん》を飲みこんで、

「それはそれはよかったですね」

と電話を切った。せっかく覚悟ができたのだ。これ以上は言うまい。

征貴の言ったとおり理屈ではないのだろう。そして、その理屈でない部分を自分は理解できないのだ。ずっとそうだった。

父の葬儀の時も、母に言われた。お父さんの闘病中、あなたはお金のことしか言わなかった。そんな治療は金の無駄だって言ってばっかりだったわね。あなたには人間らしい心っていうものがないの？

母がどんな気持ちでその言葉を吐いたのか、すぐには理解できなかった。今も理解できていない。だから母とはいまだにうまく会話できない。

「おっ、羽嶋くんじゃないですか。どこの誰かと思っちゃったよ。こぎれいな格好してるから」

いつの間にか梨花が来ていた。じろじろと賢児を眺めている。

「ああ……」つられて自分の服装を見下ろす。「出かける前に美空が……姉がダサいとか言ってきて、着替えさせられたんです」

助産院に行って不安が解消されたせいか、美空はやけに上機嫌だった。

「なるほど。お姉さんコーディネートか。けっこういい服、持ってるんだね。意外」

「義兄が服好きで、要らなくなった服が回ってくるんです。節約になるし、私は別に何着ててもいいんで」

「いいじゃん。すごくかっこいいよ。お姉さんに似て地はいいんだね。中身が滲みだしちゃって損してるよね、羽嶋くんは」

「性格に難がなければ結婚してあげてもいいのにってよく言われます。女の人ってほんと上から目線ですよね」

あはは、わかるなー、と梨花は納得顔でうなずいている。「あれ、なんか緊張してる？」

「いえ別に。早く受付しちゃいましょう」

「もしかして女の人とどっか行くの初めて？」

屈託なく訊いてくる梨花を、賢児はちらりと見た。彼女は男みたいにさばさばしている。頭もそこそこいいし仕事もできる。美容家電を誇りに思っているなんて言っていたから、未開人であることは間違いないが、つきあいやすい部類だ。だから、言っても構わないかもしれない。

「いいえ、そうじゃなくて……今日は親友が出るんですよ」

「親友？」

「小学校時代のことなので、むこうは忘れてると思いますけど」

「えー、そうなんだ。すごいじゃん。偶然？」

賢児はどこまで言っていいか、考えながら口を動かした。

「いや、私はずっと彼のことを追っていて、大学院に進んで研究室に入ったことも、博士号をとったことも知ってます。ネットで調べました。でも講演者としてシンポジウムに登壇するのは初めてで、つまり直接見るのは二十年ぶりで、それでちょっと緊張しているのかもしれません」

「え、あ、そうなんだ」梨花は戸惑っている。「二十年も友達の足跡を追ってたんだ。ストーカーっぽいね」

「自分に最も近い科学者だからですよ。小さいころは私も科学者になりたいと思ってました。でもなれなかった。誰にでもなれるものじゃないんです。でも譲は、親友はちゃんと科学者になった」

「だから遠くから見守ってるってわけ？　それはなんか萌《も》える設定だね」

「いえ、見守るんじゃなくて、ほんとは支えるはずだったんです」

「親友を？」

「科学を」

広いロビーを突っ切り重い扉を開ける。高い天井。白いスクリーンが下ろされたステージを囲むように、半円状にしつらえられた机と椅子。棚田のように前から後ろへ向かって高くなっている。梨花が歓声をあげる。

「わあ……なつかしい。大学時代に戻ったみたい」

賢児もいつもそう思う。自由で、好奇心にあふれ、なににも囚《とら》われない学問の風がこういう場所には吹いている。壁のライトの上や、聴衆がめくる要旨集の間を、風は吹き渡っている。

どこに座ろうか、と賢児は視線をめぐらせ、息を止めた。

ステージ脇でひとりの若い研究者がパソコンを操作していた。スクリーンを横目で見ながら、プロジェクタのピントを注意深く合わせている。短い前髪から白い理知的な額が覗いている。

譲だ。蓼科譲。

ふいに泣きそうになった。ローブをひるがえしているわけではない。白衣も着ていない。ぱっと見、どこにでもいそうな若者。でもあれは賢者だ。一人前の賢者がそこに立っていた。

6

蓼科譲は壇上にひょいと上がった。

小学生のころは賢児より薄っぺらかった体が厚みを増している。背中にしなやかな筋肉がついているのが、セーター越しにわかる。フィールドワークで鍛えられたのだろうと賢児は思った。岩石屋はみんなああなる。父の店に出入りしていた研究者たちもそうだった。試料を求めて世界各地に出かける。リュックをかついで険しい斜面を登り、地表に露出した岩肌に目をこらす。

スクリーンに大写しになったスライドを見上げたとき、暗がりでは白く見えた譲の額が琥珀《こはく》色に輝いた。彼の研究する太陽系。その中心に輝く太陽に灼かれて乾いた肌は地球惑星科学者の刻印だ。

「突然ですが、ここで質問です。科学ってなんのためにあると思いますか？」

譲は緊張していない。

理系の研究者はコミュニケーションが不得手だというイメージが一般にあるが、それが偏見であることを、シンポジウムに通ううちに賢児は知るようになった。彼らは喋るのがうまい。研究発表をする機会が多いせいだろう。文学や詩の引用をふんだんに取り入れて巧みにプレゼンテーションする研究者もいる。

「一般の方にこういう質問をすると、みなさん、だいたいこう答えます。生活を便利にしてくれるもの。あるいは自分の勤め先にビジネスチャンスをもたらす革新的イノベーション——」

譲が企業セミナーの講師のような口ぶりで言い、会場から笑いが起こった。

科学に、「社会の役に立て」と求める風潮を嘆いている科学ファンは多い。大学や研究機関に職業訓練機能しか求めない経済人などは唾棄《だき》すべき存在だ。学問は短期的な利益のためにあるのではない。そう言いたげな表情が、聴衆にさざ波のようにひろがるのを待って、譲は先を続けた。

「そういう実利的な部分も科学にはあります。しかしすぐに成果が出るとは限らないのが科学の面白いところでもあります」

譲がプレゼンテーションマウスを一振りすると、スライドが切り替わり、アニメーションがあらわれた。太陽のまわりを惑星たちが周回している。

そのうちのひとつ、青い星、地球へと画面はクローズアップしていく。

「この世界はどのようにできているんだろう？　有史以来、人類はその問いかけを続けてきました。神が人間をつくったとか、宇宙は地球を中心に回っているとか、今から考えると荒唐無稽な世界観を昔の人たちは信じていました。わけのわからない世界に住むのは不安ですからね。乏しい情報をかきあつめてなにかしらの物語をつくる他なかったのです。科学者たちはそのひとつひとつを検証し、ときに別の物語を発見し、新しい世界観を人類にもたらしてきました。……なんのために？　知りたいからです。この宇宙はどのようにできたのか。僕らは何者なのか。どこから来て、どこへ行くのか。その答えを探し求めるのが僕ら——地球惑星科学に関わる研究者の仕事です」

譲の語り口は静かだった。いつのまにか周りの音が消えている。昔からこうだ。譲はいつもクラスメイトの耳目《じもく》を惹きつけてきた。みな、譲が発する、きらきらと輝く科学の光を一身に浴びていた。

「なんだかすごくかっこいい研究のように言ってしまいました。実際はとても地味な研究です。たとえば僕ら、岩石学者は、険しい山や砂漠をさまよって岩石を集めたり、実験室で試料をぐつぐつ煮て分析したり、そんなことばかりしています。しかも僕らが向かい合う石の多くは、彼女にプレゼントでもした日には、速攻で振られるであろう無骨な岩石ばかりです」

胸に鋭い痛みがさしこむのを感じながら、賢児は苦笑いした。

会場のあちこちからも笑いが漏れる。理系男子が頓珍漢《とんちんかん》なことをして文系女子に袖にされたという話はこういう場所では絶対にウケる。講演を聴きにくるような人たちは、多かれ少なかれ、同じような経験をしているのかもしれない。

「どうしてそんな岩石に夢中になるのか……。僕の場合、きっかけは小学生時代にありました。友達のお父さんが鉱物標本の店をやっていたんです」

賢児は自分が耳だけになったように思った。譲が父の話をしている。

「天井から床まで世界中から買いつけられた石たちが陳列されている。石好きなおじさんたちが目を爛々と光らせて吟味している。そんな店でした。まあ、つまり、そこで僕もやられてしまったというわけですね」

スクリーンに〈羽嶋鉱物ショップ〉の外観が映しだされた。賢児は目を見張った。譲はこの写真をどこで手に入れたんだろう。今は改装されてしまっていて、この写真の面影はほとんどない。

「羽嶋くんの親友ってあの人でしょ？　ってことはあのお店、羽嶋くんち？」

隣から梨花が囁いた。でも、賢児は口がきけなかった。梨花が隣にいたことすら忘れていたくらいだ。

譲は自分がこの会場にいることを知らないはずだ。手に汗が滲む。譲はずっと覚えていたんだ。父のことを。自分と過ごした子供時代のことを。

「鉱物標本を実際に手に取って見たのははじめてでした。もう夢中でした。友達と遊ぶ約束をしていたことも忘れて、僕は石ばかり眺めていました。するとそのお父さんがこの石をくれたんです。なんだかわかりますか？　橄欖岩《かんらんがん》です」

譲はポケットから小さな岩石を出して高くかざした。

長いローブをまとった賢者がひとかけらの石を頭上にかざす。譲と遊んでいたころ思い描いていたイメージが目の前の譲と重なる。スナック菓子でべたべたになった手でコントローラーの十字キーを押していたあの時間がよみがえる。

「女性のみなさんには、ペリドットの原石といったほうがわかりやすいかもしれません。この岩肌に散っている緑の部分がきれいに結晶すると、高価な宝石になります。……この岩石がもともとどこにあったかご存じですか？　今、足の下を見た方がいらっしゃいましたね。そう、この地面の下です。地球を卵にたとえると、殻にあたる部分が地殻、白身にあたる部分をマントルといいます。そのマントルの上部にこの橄欖岩がぎっしり詰まっているんです。それが、なんらかの理由で地上に押し出されたのがこの石です」

スクリーンに石の写真が大写しにされる。

「手のひらにこの石が載せられたとき、僕はふしぎな体験をしました。地球が自分に語りかけてくる感覚に襲われたのです。冒険の旅に出かけなさい。地球上のありとあらゆるところへ石を探しに行きなさい。さすれば、いつか人類の誰も見たことのない、四十六億年前、私が生まれたときの景色を君だけに見せよう。……まあ、当時大流行していたドラクエの影響もありましたけどね」

口元に笑いがこみあげてくる。譲も同じイメージを抱いていたんだ。

神秘的な石。秘密の石。賢者の石。

冒険者たちが死力を尽くして探しあてたその石の光に照らされ、勇気を取り戻した仲間たちは、野蛮な力で世界を支配しようとする魔物たちに立ち向かう。

賢者の石なんて実際にはない。ファンタジー世界にしか存在しない空想の産物だ。そのことを賢児は後になってから中学の図書室で調べて知った。

それでも、賢者の石は存在するのではないか。そんな思いを賢児は今でも捨てきれずにいる。それは目に見える石ではない。魂みたいなものだ。まばゆい知性の光で世界を照らす、完全無欠の魂が、どんな科学者のなかにもきっとあるのだと、賢児は信じている。

「話、面白かった」

梨花が隣で姿勢を直しながら言った。

「今まで岩とか石とかに全然興味なかったけど、でも、そうか、その辺に落ちている岩や石だって何億年も前に生まれたものかもしれないわけだ。ロマンあるね」

意外と素直なたちらしい。賢児は梨花のほうをむいた。

「科学を知れば知るほど、世界だけじゃなくて時間のスケールも広がっていきますよね。人間の一生なんかちっぽけに思えるくらいに」

「なるほど。それで呼吸が深くなっていくってわけだね。そういえば……小学校の時にプラネタリウムで見たことあるなあ」

梨花は両方の手で四角を描いた。

「ほら、地球の歴史をカレンダーに表したやつ。地球誕生から今までを三百六十五日のカレンダーで見たとすると、人類が生まれたのは、大晦日から元旦に日付が変わる直前──紅白歌合戦で蛍の光を歌ってるころなんでしょう？」

「そうです。もっとも、僕らの祖先である原始生命が生まれたのは、約四十億年前、カレンダーでいうと二月下旬くらいだと言われてます」

「えっ、そんなに前からいたの？　へえええ」

「でもその生命の材料となる物質がどこから来たのか、今でも謎なんですよ」

賢児はそこで息を吸った。押しつけがましい口調になりそうだったからだ。美空にいつも言われる。あんたの言い方はエラそうでウザいと。

「まあ、気になることがあるなら研究者に直接質問したほうがいいですよ。ほら、今とか」

質疑応答がはじまっていた。少年がマイクを握り、譲に質問している。

「研究者になるにはどうすればいいですか」

「たくさん勉強することだよ」譲が優しく答える。「いろいろなことを、興味を持って調べてみて。僕も小さいころはそうだった」

梨花は恥ずかしそうに首を振った。

「いやー、無理だよ。みんな科学に詳しそうじゃん。今質問してるあの子だって、ばりばり鉱物のこと知ってるし」

「そんなことありません。頓珍漢なこと訊く人だっています。みんなの前で質問するのが恥ずかしいのなら、講演者をロビーで捕まえて質問してみたら」

「出待ちするってこと？　そんなことしていいの？」

「忙しそうだったら無理ですけど……でも、興味を持って質問する人にはできる限り答えてくれると思いますよ。もし、ほんとに彼と話したいのなら、僕がいっしょに行きましょうか？」

壇から下りる譲を見ながら賢児は言った。

「もしかして、あなたが譲くんと話したいんじゃない？　ひとりで行くのが恥ずかしいんだ。そうでしょう？」

気づくと梨花が身を乗り出していた。さらりと肩に流れた髪から甘い香りがした。賢児は慌てて言った。

「別にそういうわけじゃありません」

「いいよ、いいよ、そういうわけだったら質問しに行ってあげる。……十五分休憩のタイミングで行けばいいのかな？」

「いや、でも、その前に譲は帰っちゃうかもしれないし」

「帰らないでしょ。大御所先生たちの話を聞かないで、自分の講演だけ終えてさっさと帰るなんて有り得ないって」

「まあ、それはそうですが」

なにを迷っているんだと、もうひとりの自分が囁く。

今まで譲に連絡を取ることは避けてきた。譲がいる研究室の連絡先は公開されているし、彼がアカウントを持っているSNSにだって、その気になればいくらだってアクセスできた。でもしなかった。

こわかったのだ。譲は自分のことなど覚えていないのではないか、と。たとえ、覚えていたとしても、小学生のころの友達にわざわざ会いたいと思うだろうか。賢児が譲の進路を知っていて、わざわざ講演を聞きに来たというのも、気持ち悪く思われないだろうか。

「そんなに構えなくたって、大丈夫だって。だって譲くん、羽嶋くんのこと話してたじゃん」

梨花はあっさりと譲を下の名前で呼ぶ。

「むこうだって、会いたいって思ってるよ。絶対そうだよ。だってあの話——羽嶋くんのお父さんが石をあげたっていうエピソード、全然関係ない私までじーんときちゃったもの。ね、休憩時間になったらサッと行こう、サッと」

「じゃあ……そうしましょうか」

賢児は緊張したままうなずいた。

自分が見に来た講演に譲がたまたま出ていた。そして、連れの同僚が質問したがったのでついてきた。そういう顔をしていればいい。ついでに挨拶する。やあ、久しぶり、元気だった？　譲が出ていたとは知らなかったよ。そうしよう。自然な流れだ。

次の講演者のテーマは隕石の研究だった。地味な語り口だったので、質問も少ないだろうと思ったのだが、まっさきに手をあげた初老の男性が、

「山で発見した岩石を今日持ってきているのですが、隕石ではないかと思っています。ぜひ先生に分析してもらいたい」

と、喋りはじめたので、質疑応答はなかなか終わらない。

長引きそうだな、と譲へ視線を動かす。譲は隣に座っている研究仲間に何かを囁いていた。そして立ち上がった。会場を出ていく。

「行こ」

同じように譲を見ていたらしい梨花が言った。

ふたりは身をかがめて座席を通り抜けた。重い扉を突き飛ばすように開け、廊下に出る。大きな窓から射しこむ光がまぶしかった。

「扉、押さえてくれててもいいんじゃない？」

うしろの梨花が恨めしげに言うのが聞こえたが、それどころではなかった。譲は帰ってしまうかもしれない。早足で歩いてロビーに出た。誰もいない。入り口の長テーブルに係員が眠そうに座っているだけだった。

「あ、あれ、譲くんじゃない？」

追いついてきた梨花が、入り口の外を指差した。

譲が戻ってくるところだった。自販機でコーヒーを買ってきたところらしい。

譲。

と、声をかけようとした。でもうまく声が出なかった。

譲のほうが立ち止まった。賢児を見て、瞳がかすかに動いている。

何か言わなくちゃ。でも言葉が出なかった。プールで溺れた気分だった。重い水のような緊張が口や喉を塞《ふさ》いでいる。

「賢児？」譲の顔が和《やわ》らいだ。「そうだよね？　違うかな。違ったらすみません」

胸がいっぱいになり、口を開いたが、梨花がそれより先に答えた。

「そうそう、賢児です！　羽嶋賢児。小学校の友達。ほら！　むこうも覚えてたじゃん？　ね？」

賢児の背中をバンと叩く。女ってどうしてこう雑で乱暴なのだろう。

「久しぶり。譲が出てたなんて知らなかった……」

準備した言い訳を口にしようとしたとき、またしても、梨花が言った。

「嘘ばっかり！　譲くんに会うために来たくせにー。この人、社内でも評判の科学オタクなんですよ。宇宙に行くために貯金してるっていう噂までたってるくらい。変な人ですよねー。昔からこうなんですか？」

馴れ馴れしく譲に訊いてから、梨花ははっとした。

「あ、申し遅れました。私は同僚の寺内梨花と申します」

はにかんだようにぺこりとお辞儀をしている。

「羽嶋くんに誘われて初めてこういうとこ来ました。でも、すっごく、すっごく、面白かったです。科学になんて全然興味なかったのに、譲さんのプレゼンを聞いて、なんか感動しちゃって。あ、偉い科学者さんを譲さんなんて呼んですみません。羽嶋くんがしきりに、譲、譲、譲、って呼ぶから、つい、つられちゃって」

「いや、偉くなんかないですよ」譲は照れくさそうに床に目を落とした。「まだ博士号を取ったばかりですから。研究者としては駆け出しです」

「いえいえ、私たちから見たらすごいですよ。雲の上の人ですよ。ねえ？　羽嶋くんも何か喋りなよ。わざわざ会場抜けだして来たんだから」

「いや、それは、寺内さんが質問したいっていうから……」

「またまた。この人、講演が始まる前に言ってたんですよ。中学で別れた後もずっと譲さんのこと、追いかけてたって。ずっと見守ってたって」

「そんなこと言ってない」

賢児は強く言った。ほんとに余計なことばかり言う。

「えー、言ってたじゃない。そこへきて、譲さんが壇上で、羽嶋くんのことを話すもんだから、私までドキドキしちゃいましたよ！　譲さんも羽嶋くんが来てたこと知らなかったんですよね。なんか運命の再会って感じしません？」

梨花の言葉が途切れた隙を縫って、賢児は訊いた。

「あの写真どうしたの？　うちの父親の店の写真。よくあんなの持ってたね」

「ああ、あれ」譲は微笑んだ。「ネットで検索したら落ちてたんだよ。鉱物愛好家が『思い出の鉱物店』っていうページをつくってて、そこに載ってた。……ほんとは許可取らないといけないんだけどね。見つけたの、昨日の夜遅くだったし、どうしてもあの店の話をしたかったから、無断で拝借しちゃった。写真をよく見ると、店の中に賢児のお父さんがいるのがわかるんだ。腕をこういうふうに上げて棚の整理をしてる」

「死んだんだ」

賢児はそれだけはどうしても伝えたくて言った。

譲は上げていた両腕をおろした。

「うん。そうだってね。うちの母親に聞いたよ。お葬式にも行かずにごめん。東京を離れてたから全然知らなくて。あ、そうだ。去年の正月に実家に帰った時、偶然、賢児を見かけてさ。近所の神社あるだろ、なんて名前の神社だっけ？　狛犬の耳が欠けてるとこ。あそこに初詣に行ったんだけど、列に並んでいる時に、うちの母親が、あれ賢児くんよ、って。うわー、変わってないなって、声かけようかと思ったんだけどさ、女の人といっしょだったからやめた。なんか真剣な話してたみたいだし」

気恥ずかしくなった。よりによってその場面を見られていたなんて。

「へえ、彼女？」梨花が好奇心を顔に滲ませる。

「もう別れましたけど」賢児はしかたなく答えた。

まさにあの夜別れたのだ。除夜の鐘を聞きながら並んでいる間に、婚約指輪を買うかどうかで口論になった。しまいに、紗綾《さあや》は鞄から白い小さい箱を出した。結婚が決まったときに賢児が渡したダイヤの原石だ。紗綾はそれを賢児に突っ返し、結婚の話はなしにしようと言った。

——誤解しないでね。お金がどうとかじゃないんだ。私はただ、心がほしかっただけだから。

賽銭《さいせん》箱にたどりつく前に紗綾は列を離れた。日付が変わり、あけましておめでとう、という言葉が飛び交う中、賢児はひとりで白い息を吐いていた。

「彼女だったんだ」

譲はまぶしそうな目をする。

「きれいな子だったよね。最初はお姉さんかなと思ったんだけど」

「美空と初詣なんか行かないよ」

あいつと行ったら最後、地元の友達に次々声をかけられて前に進まない。

夏に神社の例大祭に連れてけと言われたときがそうだった。テキ屋の屋台で焼きそばをつくっているやつらは、だいたい美空の知り合いだ。精子の旅についての作文を読みあげた賢児を、「エロ人」とからかった連中。

中学では須山英二《えいじ》の軍門にくだった彼らはエロ人伝説の布教に余念がなかった。卒業するまでしつこくネタにした。そのくせ、須山を倒した美空には一目置いていて、よく声をかけてくる。野蛮人の感覚はよくわからない。

彼らは賢児を見るといつもにやにやする。

ああ、誰かと思ったらエロ人か。まだ地元に住んでたの？　こいつ、同じクラスだったんだけどさー、頭よくて、なんかすごい高校行ったんだよ。偏差値百くらいの。え？偏差値って百までねえの？　あると思ってた。で、今なにしてんの？　なんか金持ってそう。今度おごってよ。おれ、お前の姉ちゃんに告ったことあるんだぜ。ていうか、みんなあるんじゃん？　超かわいかったもんな。

本能まるだしの彼らを前にすると、賢児は身長が縮んでいくような感覚にとらわれる。今では彼らよりも背が高いのに、「ちょっとくらいまけてよー！」と、言っている美空のうしろに隠れたくなる。

いやな記憶がよみがえってきて、賢児は額を触った。須山に屈しそうになった日の傷が今でもそこに残っている。

譲はちょっとの間、黙っていたが、遠慮がちに尋ねた。

「お姉さんは元気？」

「結婚した。もうすぐ出産」

「へえ」

譲は胸を突かれたように言った。

「そっか。そりゃそうだよね。あれから二十年もたつんだものね。みんな結婚とか就職とかしてるよな。そりゃおめでとう。それで、賢児は今なにして――」

会場の扉が開いて聴衆がどっと出てきた。質疑応答が終わったらしい。何人かが譲の姿を見つけ、こちらに歩いてくる。ノートとペンを持っている学生もいた。

「譲に質問したいんじゃない？」

「うん、ごめん、また後で連絡する。名刺とかある？」

賢児は胸ポケットから名刺入れを出し、一枚抜いて渡した。譲は目を見開く。

「柴田電器。すごいじゃん。有名企業だ」

「別にすごくない。有名なのは名前だけ。業績はここ十年右肩下がりだし」

「ちょっと、なに、その謙遜」梨花が横で眉をひそめる。

「マイナスイオンとかの家電つくってるとこだよね？」

譲がつぶやいたので、賢児はドキリとした。あの時のことを思いだす。自分の姉がパワーストーンを買おうとしているのを見つかったときのことだ。

「あ、それ、私が企画しているやつです」

梨花が答えた。賢児が言い訳をしようとすると、彼女は先に言った。

「でも羽嶋くんは嫌いなんですよね、そういう商品」

美容家電のチームにいることを譲に知られたくない。そんな思いを見透かされたようで、賢児は顔を赤くした。

譲は何も言わずに、賢児を見てにやりとした。似非科学だものな、というメッセージがその笑みにこめられているのが、賢児にはわかった。

「じゃあまた」

ふたりから離れた譲を、待ち構えていたように聴衆が囲んだ。

「ああ、羽嶋くん、ごめん、会社から呼び出しがきちゃった……」

梨花が携帯電話に目を落として言った。急にきびきびした声になっている。

「桜川さんがちょっと相談したいことがあるって。休みだってのにほんと横暴だよねえ。まあしょうがない。会社までここから十五分くらいだし、ちょっと行ってくるわ。後半聞けないの、残念だけど」

「ああはい。すみませんが、よろしくお願いします」

賢児は譲を眺めたまま生返事をした。

あのとき、父が譲に譲った橄欖岩の価格は二千三百円だった。

父の死後、店を整理していたとき、書棚から見つけた古い帳簿にその数字は書き留められていた。費目は「広告宣伝費」。賢児はその数字をしばらく見つめた。

思ったよりちっぽけな額だった。小学生のころはものすごく高価に思えたのに。こんなものなのか。いや、未収金を山ほど抱えていた個人商店にとっては、それでも気前のいいプレゼントだったのかもしれない。譲が将来研究者になって、この店に通うようになれば元は取れる。父はそう思っていたのかもしれない。

チャキチャキガシャーン。レジの音がまた頭の中で鳴り響く。

凄い費用対効果じゃないか、と賢児は思い出の中の父に呼びかけた。譲が地球惑星科学への扉を開いたのはあの橄欖岩がきっかけだってさ。

気づくと梨花がいなくなっていた。そういえば桜川に呼び出されたようなことを言っていた。

桜川か。

休日に部下を呼び出すなんて。おおかた明日の部長会議の準備で頭に血がのぼっているんだろう。扇子でパタパタせわしなく扇ぎながら高圧的に喋る――あの顔を思いだすだけで呼吸が浅くなる。今日だけは忘れていたい。

うしろから肩をトントンと軽く叩かれた。

「〈Kenji〉さんですよね？」

振り向くと、紺色のキャップを目深にかぶった中年男性がいた。

三十代後半、いや四十代だろうか？　キャップの正面に宇宙飛行士と国際宇宙ステーションがデザインされたワッペンが縫い付けられている。

「あれ、自己紹介したほうがいいかな？　ワタクシ、ＳＮＳで種子島の打ち上げレポートとか書かせてもらってます〈紫陽花〉と申します」

「ああ」

賢児は何度か口をぱくぱくさせた後、うなずいた。

「存じあげてます。いつもいろんな情報を提供していただいてて」

「いやいや、あんなもの、素人まるだしでお恥ずかしい」

〈紫陽花〉はキャップを脱いで白髪まじりの頭をくるっと撫でた。

「いやね、さっきそこで〈銀色〉さんに会って、〈Kenji〉さんも来場されてるって聞いたものだから、こいつはひとつ、挨拶せんといかんと思いまして」

人懐っこい笑顔を浮かべながら〈紫陽花〉は名刺を差し出した。宇宙空間をデザインした黒い紙に、〈紫陽花〉というハンドルネームと、ＳＮＳのアカウント名が印刷されている。本名は載っていない。ファン名刺というやつだ。

「あ、すみません。僕はそういう名刺ないんです」

会社の名刺はあるが、それをここで渡すのは無粋《ぶすい》だろうと思う。

「いいんです。自己満足で配ってるんですから。こういうの、手作りするのが好きなもんで。このキャップもね、もとは市販品なんですよ。そこにオフィシャルグッズのシャトル搭載記念ワッペンを自分で縫い付けたんです。ふふふ。けっこう器用でしょ。二〇〇五年のSTS－114ミッションのワッペンです。野口さんが参加したやつ」

「野口さんって野口聡一――宇宙飛行士のことですか」

「うんうん、この時のミッションで野口さんは、スペースシャトル打ち上げ時の外部燃料タンクのビデオ撮影をしたり、日本人として初めて宇宙ステーションの船外活動を務められたり」

賢児はその頃のことはよく知らない。科学ファンといえるような活動に足を突っ込んだのはここ数年のことだ。宇宙飛行士を親しげに「さん」付けで呼ぶ勇気もない。資格もないような気がする。

「しかし、スペースシャトルももう引退しちゃいましたからねえ。寂しいですよね。まあ、仕方がないか。打ち上げる費用が一回あたり十億ドルもかかってたわけで、結局使い捨てのロケットより高くついちゃったってんだから」

〈紫陽花〉の話を聞きながら、賢児は小学生のころ科学館で読んだ宇宙の本のことを思いだした。

スペースシャトルは、宇宙と地球を何度も行き来できる夢の宇宙船として描かれていた。点検や整備も簡単で、費用も安くてすむ。本を読む子供たちに科学者たちはそう伝えていた。賢児もそれを信じていた。でも実際は違ったのだ。

「科学予算が縮小傾向なのはなにも日本だけじゃないとはいえ……一九八六年のチャレンジャー号の爆発事故に加えて、二〇〇三年のコロンビア号の空中分解事故も痛かったなあ。人命が失われると安全を確保するためのコストが跳ねあがりますからね。責任問題にうるさい日本じゃ、有人飛行みたいなチャレンジを自前でやるのはもう無理なんじゃないかって、みんな言ってますよ」

〈紫陽花〉は、キャップにびっしり留められたミッションピンバッジに触る。

宇宙空間における飛行及び任務が成功しますように——。

ミッションワッペンやピンバッジには、宇宙研究機関の職員たちの願いがこめられている。宇宙服や宇宙ステーション。それぞれのミッションを象徴する絵柄をあしらったそれらを、彼らは御守りのように身につけて持ち場に就く。莫大な費用と時間を費やした任務を成功させるために。

オフィシャルグッズとして販売されるので、〈紫陽花〉のようにキャップなどに装着するファンも多い。宇宙開発が前に進むたびにバッジは増えていく。古参ファンのキャップにはたくさんのバッジが並び、ずっしりと重そうだ。

「〈紫陽花〉さんは……地球惑星科学にも興味があるんですね」

「ええ、無人機による探査も応援してますからねえ。見てください、これ」

〈紫陽花〉はチェック柄のシャツを開いて、下に着ているTシャツを見せた。何年か前に、小惑星のサンプル採取に成功して、世界中を驚かせた探査機の絵が描かれている。

「今日はこのミッションに関わった研究者が出てますから、ま、そのために来たようなものです。新しい情報がなにか聞けるんじゃないかと。たぶん休憩終わってすぐですよ」

〈紫陽花〉はジーンズの尻ポケットに差し込んであったパンフレットをとりだし、賢児の前に広げてみせる。

「ほら、この人」

指の先には、鳥澤文彦《とりさわふみひこ》という名前があった。宇宙研究機関に所属していて、国内外の宇宙実験や探査プロジェクトに参加しているらしい。凄いのか凄くないのかよくわからない長々とした経歴を眺めていると、

「この人は要チェックですよ」

と、〈紫陽花〉が顔を寄せて言った。

「要チェックって？」

「あまり表に出てこないのでね。まあ、人前で喋るのが苦手なのもあるでしょうけど……」

と、〈紫陽花〉はまるで親しい知人のことを語るように言った。

「単に好きじゃないってだけでしょう。今日の登壇は、おそらく大御所との絡みで断りきれなかったんでしょう。ふふふ。こんなド素人向けのシンポジウムに出るなんて誰も思わないもんだから……。さっきツイッターで鳥澤さん出るってつぶやいたら、そこまでチェックしてなかった、って歯ぎしりしてるやつらいっぱいいましたよ。〈Kenji〉さ

んはラッキーでしたねえ」

「歯ぎしりするほど、すごい人なんですか」

「すごいというか、コワいもの見たさですかねえ」

「怖い？　変人とか？」

「それもありますけど、いや、そういうのとはちょっと違って、なんて言ったらいいかなあ。気づいたら地面に這いつくばらされてるって感じでしょうか」

思わず須山のことを思いだした。

「あの人がライバル企業の社員じゃなくてよかったなあって感じです。興味を持ったのが科学でよかった。感謝感謝って感じです。専門は大きく言うと岩石なのですが、まあ、聞けばわかります。あ、やばいやばい、もう始まる。トイレ行っとかないと。さっき行ったら混んでたので後回しにしてたんです。講演、実況するつもりなんで。じゃ、失礼」

慌てた様子で、律儀に頭を下げると〈紫陽花〉はロビーの奥へ走っていく。

鳥澤文彦。

聞いたことがない。まあ、自分の知らない科学者なんて、この日本にはそれこそ星の数ほどいるんだろうけど。

会場に戻ると、すでに照明が落ちていた。そばの空席に腰かけながら壇上に目をやる。四十歳くらいの男が階段を上ってくるところだった。

あれが鳥澤か。

白いシャツを着ている。裾はズボンにたくしこまれていて、ボタンを喉元まできっちり留めている。日焼けもしていない。研究室にいるほうが長いタイプなのかもしれない。そのわりに姿勢がよかった。足の爪先から、無造作に撫でつけた黒髪の一本一本にいたるまで緊迫感がみなぎっている。動作に遊びがない。

正面のホワイトスクリーンにスライドが表示される。と思ったら、もう鳥澤は話しはじめていた。マイクがついていないのではと思うほど小さい声で、

「太陽系探査という事業はなかなか一般には理解されませんが……」

と、前置きもなしに本題に入っている。

テンポが速い。賢児は耳に力を入れた。

宇宙のサイズが表で示される。隕石の分類の代表的な例が写真で紹介される。原始太陽系星雲から現在の太陽系への進化を表した図が一瞬だけ表示される。皆さんご存じの通りとでもいうように、すぐに次の表に切り替わる。化学変成。物理変成。表頭に書かれた文字からしてもうわからない。宇宙の微粒子には地球上で採取できるものもあれば、彗星の尾の中や小惑星の地表から採取してこなければならないものもあるのだということがかろうじてわかった。

今度は探査機の写真に切り替わる。化学推進系の配管略図が出る。調圧系完全分離燃料側。調圧系完全分離酸化剤側。初代探査機と違ってこの二つに分離しているらしい。文字を読みとるのがやっとで、理解が追いつかない。

鳥澤は、譲のようにわかりやすい喩《たと》えを挟んだりしなかった。

専門用語に注釈もつけない。そんなものは無駄だとばかり、素人を振り落とすように、話は最短距離をとって進んでいく。どこへむかって？　次の探査計画だ。話は宇宙の微粒子から太陽系の成り立ちを探るための壮大な旅の話に移っていく。八年かけて準備されたというそのミッションに向けた道筋について、鳥澤はおそろしいほど具体的に語った。

「以上の方法で小惑星の地表から試料を持ち帰ります。前回のミッションで培った技術を使えば成功の可能性は充分あります。探査機が当地に到着するのは――」

鳥澤は地球帰還までのスケジュールを述べた。旅行会社のカウンターで旅行日程の説明をされているようだった。実際に行くのは人間ではなく小さな探査機だけれど。

宇宙にはしごがかかった。賢児はふいに思った。

それを登りきった先に見えるであろう景色が、頭のなかに爆発的に広がる。目眩《めまい》がする。難解で不親切でほとんど理解できない鳥澤の話のどこにそんな――素人の自分の首根っこを摑んで一瞬にして太陽系の彼方へ連れていく力が隠されていたのだろう。

「太古の惑星の姿をいまだとどめていると考えられる小惑星から、地球生命の材料を見つけることが今回の探査の目的です」

地球生命の材料を見つける。

気の遠くなるようなその高みに到達したとき、賢児は鳥澤に「そこから現在をふりかえってみろ」と言われた気がした。点のように小さくなった地球へとおろされたはしごを見下ろすと、その足もとが日常と繋がっているのがわかる。毎朝通勤電車に乗って会社に行き、生活に役立つ商品をつくり、流通に乗せて販売する。残業を終えて暗い道をトボトボ帰る。そんな普通のサラリーマンでも目の前にするすると降りてきたそのはしごに足をかければ、人類の新しいステージを目撃することができる。それはすぐそこに迫った未来だ。そんなビジョンが脳のなかにはっきりと浮かんだ。

いつのまにかプレゼンは終わっていた。隣で望遠カメラを構えていた男性が、ふう、と溜め息をつく。めまぐるしく繰られるスライドに合わせてシャッターを切るのが大変で、息をする暇もなかったらしい。

「どなたか質問のある方はいらっしゃいますか」

司会者が呼びかける。会場は静まり返っている。誰も手を挙げない。無理もない。今の話についていけた聴衆がこの会場にどれだけいただろう。

賢児は力を抜いた。椅子の背にもたれかかる。鳥澤が話しているあいだ、自分の意識が滞在していたのは息苦しいまでの現実だった。

鳥澤はまるで会社の会議室で話しているようだった。賢者のローブもまとっていない。魔法の杖も持っていない。白いワイシャツにネクタイをしめて、その手に持っているのは分厚い書類だ。

コスト計算や資材や人材の調達方法まで周到に考えられた企画書。タイムテーブルから丹念に洗い出された想定トラブルと対処法のリスト。出資者を説得力でねじ伏せるために、水も漏らさぬように設計されたそれを差しだし、妥当な額の予算を求める。それだけの金をかけてもらうだけの価値が我々にはあります――。

誰かが質問する声が聞こえた。

「大変貴重なお話、ありがとうございました」

立ち上がったのは、のどかな雰囲気をまとった年配の男性だった。

「今回のターゲットとなる小惑星は、どのような基準で決定されたのでしょうか。大発見を期待できるけれども到達するのが難しいとか、到達は容易だがそれなりの成果しか期待できないとか、小惑星にもいろいろあると思います。我々としてはやはり大発見に期待したい、冒険してほしい、と思ってしまうのですが……」

鳥澤は最後まで聞かずにマイクを口に当てた。

「その二者択一は有り得ません。我々がめざすべきは、大発見を期待でき、なおかつ確実に到達できる小惑星です。行ってみないとわからないことはあります。失敗だってもちろんありえます。ただ、立案した時点で成果を出せると言えない計画を進めるのは科学とはいえません。冒険などしませんよ」

中年男性は冷や水をかけられたような顔になって着席した。

賢児は居心地が悪くなった。冒険はしないなんて、まるで譲のプレゼンへのあてつけだ。

張りつめた空気のなか、賢児の斜め前に座っている少女が決死の顔で手を挙げた。小学校高学年くらいだろうか。

「……私、宇宙が大好きで」

少女はマイクを両手で握って話しはじめた。

「いつか宇宙の仕事につきたいなあと思ってます。どうすれば鳥澤先生のいる宇宙研究機関に入れますか？」

「君が大人になった後、うちの機関が存続しているなんて思わない方がいい」

鳥澤が間髪入れずに答える。

「よしんば、残っていたとして君はそこでなにをするつもり？　それがわからないのに来たって、時間と金を無駄にするだけです」

少女は、何を言われたのかもわからない、という顔で立ち尽くしている。ふだん優しい父親に横つらを張り飛ばされたらあんな表情になるかもしれない。

彼女の細い髪がからみあっている後頭部を見つめながら、胸が苦しくなった。

鳥澤は意地悪で言っているわけではないのだろう。……あの目は父と同じだ。ルーペを覗くような目。莫大な学費を払う価値が君にあるかどうかと覗きこまれたときの心の震えがよみがえる。

「ありがとうございました」

少女は、消え入りそうな声で言った。着席した彼女が小さいタオルを口に押し当てるのが見えた。探査機のかわいらしい絵がプリントされている。この探査機の活躍によって大成功に終わった探査計画。彼女も感動したのだろう。なけなしの勇気を振り絞って手を挙げ、次の探査計画へむけて、応援の気持ちを伝えようとしたのだろう。

少女の肩に、母親が手を置くのが見えた。

賢児は壇から降りる鳥澤から目をそらした。〈紫陽花〉は今の講演をどんな風に実況中継したのだろうと携帯電話を開く。そして、着信履歴が残っているのに気づいた。征貴からだ。何回もかかってきている。メールも一通届いている。胸騒ぎがして急いで開く。

「美空が家で大出血。胎盤剝離《はくり》だって。緊急帝王切開。お母さんつれて来てくれますか？」

大出血。真っ先に思い出したのは、美空が病院からもらった同意書だった。あそこに書かれていた数字。三十代前半の妊産婦死亡率は十万人あたり約五人。かなり低い確率だけど、ゼロパーセントじゃない。

美空が死ぬ。

賢児は荷物を引っ摑んで席を立った。席のあいだを抜けて、重い扉を体当たりするように開け、ロビーを駆け、外に出てタクシーを探す。……その前に母に電話だ。でも直接話すのは気まずい。いや、そんなこと言ってる場合じゃない。電話番号を探す指が震えた。落ち着け。胎盤剝離という診断がくだったということは、美空はもう病院にいるってことだ。日本は妊婦の死亡率が低い国のひとつだ。きっと大丈夫だ。

それでもダメだったときのために死亡する確率の数字も頭に刻んでおくってだけだ。

予期しない悲劇はダメージを何倍にもする。スペースシャトルだって二回も事故を起こした。たとえ限りなくゼロに近い数字だったとしても、起こりうる事態については常に考えておかなければならない。母や美空はそれができない。きっと取り乱しているだろう。まともな判断もできないかもしれない。

賢児はタクシーに乗りこんだ。父がいない今、あのふたりを守れるのは自分しかいない。

7

美空が搬送されたのは、かかりつけの総合病院だった。

タクシーから降りて産科病棟に入ると、賢児は先に着いているはずの母を捜し回った。

しばらくして母から、

「産科病棟がどこかわからない」

という電話がかかってきた。駐車場を何度か往復して母を見つけた。

「なんでどこかわからないんだよ。何度も来てるんだろ？」

気が急《せ》いていて、つい口調が強くなる。

「美空と来た時は、美空が場所知ってるから」

「誰かに訊きゃあいいじゃん」

賢児は先を歩きながら早口で言った。

「大病院に来たときは、まずはどこかの病棟の入り口にタクシーを停めてもらって、受付で行きたいところを尋ねる。お父さんの時に何度も言っただろ？」

「ああ、もう、歩くのが早いわよ。これ持ってよ。重くってもうだめ」

母は賢児にボストンバッグを押しつける。美空の荷物だ。いつ産気づいてもいいようにと美空が準備していた。

「誰だって迷うわよ、こんな大きなとこ。だから助産院にしろって言ったの。助産院だったら入り口はひとつだもん」

エレベーターのボタンを押しながら賢児は溜め息をついた。

「あのさ、今の事態わかってる？　緊急帝王切開だよ？　この病院に運ばれただけで相当ラッキーだった。タイミングによっては受け入れ先が見つからなかった場合もある。姉ちゃん、運ばれる前に死んでたかもしれない」

姉ちゃん。二十年ぶりにそう呼んだ。久しぶりに母と話したせいだ。つい口から出てきた。もしかしたら本人を呼ぶ機会は二度と来ないかもしれない。そう思うと地球の重力が急に増した。

死か。

怖がりの姉はその衝撃に耐えられるんだろうか。

「こんなご大層な病院にかかってるっていうのに、健診でおかしいってわからなかったのかしらねえ。流れ作業になってて、ちゃんと診てくれなかったのよ。手抜きよ」

母はまだ言っている。

「胎盤剥離は予測ができない。急に起こる。だからできるだけ早く病院に運ぶしか方法がない」

タクシーの中で調べて知った情報を——ひとりで抱えているには重すぎる話を、賢児は母に吐きだした。

「ただ、万全の態勢で処置したとしても、広範囲で剥がれてた場合は胎児の命は助からないらしいから、覚悟しておいたほうがいいよ」

「やめて。悪い場合のことばかり言わないでちょうだい」

母が低い声で言った。見ると、蒼白な顔でうつむいていた。

母は昨日、新生児用の肌着を水に通し、鼻歌を歌いながら干していた。いきなり地獄に突き落とされた気分なんだろう。言わんこっちゃない。母も美空も楽観的すぎる。赤ん坊の服なんて無事に生まれてから買えばよかったんだ。

「とにかく、お母さんは黙っててよ。話がややこしくなるから」

手術室の前に行くと、美空の上着を持った征貴が待っていた。

「ああ、賢児くん、ありがと。お義母さん、こっちです」

「……美空は？　赤ちゃんは？」母は征貴に迫る。

今から話すんじゃないか、という言葉をぐっと抑える。母を責めると後でまた美空に蹴られる。

父の時も何度も蹴られた。あんたの言い方は人を傷つける。とくにお母さんには気をつけて。我慢だ。抑えなければ。写真を持ってくればよかったと思った。手帳に挟んだまま家に置いてきた。いつも持ち歩くようにしているのに。

「あ、はい、ついさっき手術が終わって、無事生まれました」

征貴はあっさり言った。

「あらあっ、まあ、よかったわあ。そうなの。なんだ、もう終わったの。よかったあ……。女の子なの？　そうよね、健診ではそう言われてたもの。どこにいるの？　もう抱っこできる？」

「手術が終わったばかりって、いま聞いただろ？」

賢児はいらだった。

「美空は腹を縫って間もないし、赤ん坊にもいろいろ検査があるんだって。そんなすぐに抱っこできるかよ。緊急帝王切開は異常分娩なんだからさ」

「……やめてよ、そんな怖い言い方」

「怖いとか怖くないとかじゃないよ。医療的にはそういう位置付けなの。普通の状態では生まれてこなかったんだからさ」

「美空の赤ちゃん、普通じゃないっていうの？」

「そんなこと言ってない。難産って意味だよ」

「なんだ。最初からそう言えばいいじゃない。あんたって子は、なんでもそうやって恐ろしい言い方して。ねえ、征貴さん。昔からこの子はそうなの」

「まあまあ、ふたりとも、ここは病院ですから、声抑えめに。まずは座りましょうか。急いで来られて疲れたでしょう」

母は征貴に手を添えられ、長椅子に座った。

「賢児くんも落ち着いて。飲み物でも買ってくる？」

「僕は落ち着いてます」

「いやー、賢児くんも落ち着いてないよ、全然」

征貴は苦笑いした。

「今からちゃんと説明するからさ。ええと、赤ちゃんは女の子でした。賢児くんがさっき言ってたとおり、難産という扱いになるので、念のためにいろいろ検査受けてるとこです。大丈夫だったら新生児室に移されます。でも、まだ酸素吸入受けてて、抱っこできるのは呼吸が落ち着いてからだそうです。……早く抱っこしたいですよね。おれもです。でも、もうちょっと待ってくださいね」

「あらそうなの……。でもここって、祖母が赤ちゃんに会えるのは生まれてすぐだけなんでしょう？　それを逃すと退院まで会わせてもらえないって」

「あとで看護師さんに訊いてみます」

「抱っこは今じゃなくてもいいだろ？」

賢児は口を挟んだ。無事に生まれてきたならそれでいいじゃないか。

それよりも美空はどうなったのか。

大出血して大丈夫だったのだろうか。胃の底がひりついた。自分からはこわくて訊けない。征貴がこれから話すはずだ。賢児は額を触った。大丈夫だ。須山を蹴り倒した野蛮な姉が死ぬわけがない。

「美空は輸血を受けてます。救急車の中ではしっかりしてたんですけど、手術室に入る前は朦朧としちゃって……。でも危険な状態はすぎたそうです。大丈夫ですよ。全身麻酔をしたので、目が覚めるまで二時間はかかるんですって。無事出産したことにも気づいてないと思いますよ。目が覚めたら、大丈夫だよ、と伝えてあげたいと思ってます」

賢児は肩の力を抜いた。シャツの裾が乱れているのに気づき、下にひっぱって直す。

「あ、面会時間がもう終わる。お呼びしておいて申し訳ないんですけど、付き添いはひとりだけしかダメなんですって。看護師さんにそう言われてて」

「じゃ、私がここにいるわ。美空のそばにいてあげないと」母が言う。

征貴が困った顔になったのを見て、賢児は言った。

「征貴さんが付き添ったほうがいい。夫で、父親でもあるんだから」

「でも私は経験者だから。美空にいろいろアドバイスしなきゃ」

「あのさ、あいつはまだ朦朧としてるんだから、アドバイスとか聞く余裕ないだろ。美空は征貴さんがいたほうが絶対安心するって」

「まあまあ、賢児くん。お義母さんは、美空が心配なんですよね。ありがとうございます。面会できるようになったらすぐ連絡しますから」

母は曖昧に微笑んだ。そして、くるりと背を向けた。義理の息子に挨拶もせずに、エレベーターへ向かっていく。

「あ、ちょっとお義母さん……」

「気にしないでください」賢児は言った。

「え、でも、あれは怒ってるよ……」

「いいんです。いつものことですから」

賢児は言った。征貴は年下だが、義兄なので敬語を使うことにしている。

「母は自分の不安を解消したいだけなんです。父の時もそうでした。感情だけで突っ走って治療の妨げになることもしばしばでした。今、優先されるべきは、美空の回復と赤ん坊の健康ですよね。それに三十年以上も前の育児経験者の知識なんて医学的に間違ってることも多い。義理の息子として無視はできないでしょうが、話半分に聞いておいたほうがいいですよ」

征貴は目をぱちぱちさせながら聞いていたが、はあっと息をついてから言った。

「賢児くんみたいな考え方、嫌いじゃないよ。こういう時は助かる。でもさあ、お義母さんにはもう少し優しくしてあげてもいいんじゃないかな」

「優しく？　母の感情暴走を受け容れて、その結果、美空や赤ん坊が危険にさらされてもいいんですか？」

「いや、まあ、そのへんは、お互い妥協するというかさ」

「妥協なんてできませんよ。こっちがちょっとでも遠慮したら最後、ぐいぐいきますから。意見は一切聞かないほうがいいんです」

賢児はボストンバッグを征貴に渡した。

「これ、お預けします。美空のこと、よろしくお願いします」

「いや、こっちは大丈夫だけど、家に帰ったら、お義母さんとちゃんと仲直りしてよ。そうじゃないと、おれのほうが気が休まらないっていうかさ……」

そのとき、ガラガラという音が近づいてきた。保育器が賢児と征貴の脇を通り抜けていこうとしている。中で小さなものが動いているのが見えた。

新生児だ。

小さい。すごく小さい。体が真っ赤だ。肌のあちこちから白い薄皮がはがれそうになっている。鳥の足のようにか細い手が宙をかくのが見え、胸がどくんと波打った。なんだろう、この感覚。体の奥にあるなにかの器官があの赤ん坊に呼応している。あれは美空の子じゃないだろうか？

「小森《こもり》さんですか？」と看護師が征貴に呼びかける。「赤ちゃん、今のところ異常ないようです。これから新生児室に運びますね」

「あ、やっぱり、うちの子ですか！」

征貴がぱっと明るい顔になって保育器にとびついた。透明なアクリル板ごしに赤ん坊を覗きこむ。その顔が輝く。賢児は征貴を見つめた。優しい顔だった。こんな征貴の顔を初めて見た。父も自分が生まれた時はこういう顔をしただろうか。

「やっぱなあ。そうじゃないかと思ったんです。近づいてきたとき、なんだかドキドキしたもの。血に呼ばれたのかなあ」

賢児は息を飲んだ。血に呼ばれた。さっきの自分の説明のつかない感覚もそうなのだろうか。

いや、そんなことがあるわけがない。この廊下には分娩室や手術室が並んでいる。検査が終わった新生児がここを運ばれていくことくらい想像がつく。征貴も自分も無意識に予測していたのだろう。美空の子はここを通ると。それだけのことだ。

しかしこのふしぎな気持ちを——なにか大きなものに包まれているようなふわふわした安堵感の理由を、どう説明したらいいのか、賢児にはわからなかった。自分の子でもないのに、この子を守る責任が自分にもあると感じた。

「もうすぐお母さんに会えるからね。楽しみにしててね。ほら、賢児くんもなにか言ってやってよ。こんにちはとか、おめでとうとか」

征貴にせっつかれて、賢児は保育器に近づいた。

こわごわ上から覗きこむ。生き物の図鑑や自然科学番組や、そんなものばかり見て育ったのに、人間の赤ん坊を見たのは初めてだった。想像していたよりもずっと力強い。小さい爪の先にまで生命力がみなぎっている。

「……すごいな」

それしか出てこなかった。

昔、譲と見た映像が浮かんだ。精子と卵子がひとつになる瞬間。

何億匹もの精子たちが参加するレースを勝ち抜き、自分の力で卵子の厚い壁を破り、子宮の壁に爪をたててしがみつき、なんとか正常に細胞分裂を続け、決して低くない流産の確率をも乗りこえて、この子は命を得た。そして、最後の最後で、母体から胎盤がはがれるという試練も乗り越えた。胎盤から酸素を得ることがかなわなくなった新しい命を救ったのは高い医療技術。人類が試行錯誤をしながら積みあげてきた科学の力だ。

そうやって君はこの世界に生まれてきた。すごいよ。ほんとにすごい。未来そのものだ。

「では、新生児室にいきましょうねえ」

看護師に運ばれていく保育器を見送りながら、征貴が興奮気味に言った。

「お義母さんももうしばらくいてくれたら、赤ちゃんに会えたのにな。あ、お義母さんより先に赤ちゃんに会っちゃったことは、黙っといたほうがいいよ。また揉めると思うから」

賢児は聞いていなかった。保育器が廊下を曲がっていくのを見ていた。

あの子が大きくなったら。賢児は心に誓った。いろんなところに連れてってやりたい。科学機関の一般公開とか、研究者の講演とか。世界がどんなに広くて大きいかを教えてやりたい。

携帯電話がポケットで振動した。賢児は征貴に目で挨拶して、エレベーターホールに移動した。そこなら通話をしていいことになっている。

かけてきたのは梨花だった。

「……ごめん、もしかしてまだ会場？」

そう言われて、自分がシンポジウムを抜け出してきたことを思いだした。

「いいえ、実は姉が病院に搬送されまして」

梨花は、えっ、と驚いている。

「ごめん、そんな時に電話して。大丈夫？」

「大丈夫です。さっき無事に生まれました。寺内さん、会場に戻ったんですか？　僕はもうそこにはいないんですが――」

「私はまだ会社。あのさ、桜川さんが、羽嶋くんに今から来いって言ってるんだけど無理かなあ」

「今から？　無理じゃないですけど。でもどうして」

「中長期計画の最終期限、明日でしょ。その前に直せって」

「直すってどこを」

「ほら、羽嶋くん、私の案を部長会議に出す前に、長期計画のほうに一ページ加えたでしょ。あなたの言うところの似非科学商品を段階的に減らしていって、将来的には健全な商品ラインナップをめざすっていうビジョン。あそこが逆鱗に触れたの。こんな手ぬるいことで本当に収益を出せるのか、羽嶋にもう一度、目から血が出るほど考えさせろって。まあ、こうなると思ってたけどね」

梨花の溜め息が聞こえた。

「あのとき私も畑中さんも反対したじゃん？　でも羽嶋くん、聞かなかったでしょ。だから畑中さんと相談して今回は羽嶋案でいこうって決めたの。部署異動してきたばっかだし、この前の事故対応でも貢献したし、ちょっとくらいは羽嶋くんの意見を言う場面があってもいいんじゃないかって。……ああ、ごめん、嘘つけないわ。正直に言うと、こう思ったのよ、このアホ、いくら言っても聞かないんだったら、桜川と正面衝突して大怪我すればいいって」

「アホ……？」

梨花にそんな言われ方をする覚えはない。

「畑中さんも、まあ、監督責任を問われることは覚悟で、こういうやつを商品企画部に放りこんだのは桜川さんなんだから、責任とってほしいって思いもあるみたいで、まあ、要するにそういうことよ。とにかく、お姉さんのほうが大丈夫なんだったら、すぐ来て。

課長昇進、ふいにしたくないでしょ?」

電話はそこで切れた。

賢児は携帯電話を握ったまま、エレベーターホールをぐるぐると歩き回った。似非科学商品を減らすことのなにがいけないのか。これでも譲歩したほうだ。本当ならすぐにでも廃止したいくらいだ。

梨花のつくった商品戦略では相も変わらずマイナスイオンドライヤーが主軸になっていた。科学的に実証されてもいないものを商品に搭載して二万円という値札をつけて売りだす。そんなことが許されていいはずがない。

今は消費者庁や公正取引委員会に摘発されなくてすんでいる。でもいつか柴田電器の足かせになる日が来る。インチキ商品を買わされていたことに顧客が気づいたとき、鳴り響く電話の激しさは、先週の事故対応より凄まじいだろう。

梨花も梨花だ。譲の話を聞いて、科学の素晴らしさに心打たれていたくせに、桜川に言われたら、あっさりあっち側に戻るのか。安易なやり方で短期間に利益を上げる方法はないかと血眼になる。そうして手を伸ばした先にあるのが、人類の進歩と逆の方向だなんて、一流企業の社員が聞いてあきれる。

行きたくないと思った。譲に再会して、鳥澤の講演を聞いて——科学のはしごは着実に伸びていくのだと実感したところだったのに。

でも行かなければ。商人なんだから。金を生み出すことができなければなんの価値もない。

賢児は立ち止まり、エレベーターのボタンを押した。そして、浅くなっていく息を深くしようと努めた。

8

休日の会社はいやになるほど静かだ。手を洗う音ですら響き渡る。

梨花がトイレから戻ると、会議室のほうから、

「どうしたの？　今日はシュッとした格好してるじゃないの」

桜川事業部長の野太い声が聞こえてきた。

会議室のドアを開けると羽嶋がいた。桜川の軽口には答えず、ショルダーバッグからパソコンをだしている。病院から家に取りに帰ったのだろう。

空気が淀んでる。梨花は外の爽やかな空気を吸ってから会議室に入った。

「羽嶋くん、今日は私とデートだったんですよ〜。それでおめかししてるんです」

「ほう、デート」

桜川がにやにやする。

変なセーターを着ている。八〇年代のファミコンのドット絵みたいな模様が編みこまれている。おじさんはなぜ休日出勤に私服を着てくるんだろう。スーツ以外の姿は見ら

れたものではないのに。柴田電器の美容家電事業部をたちあげたのが、この人だなんて、顧客の女性たちが見たら驚くだろうなと梨花は思った。

「寺内をターゲットオンするなんて、羽嶋くんもなかなかやるなあ」

「科学シンポジウムに連れていってもらってたんですよ」

「連れてってくれって言われたので」

羽嶋が言う。まるでしかたなく連れていったかのような口ぶりだ。

「休日に科学の話をねえ。そんなの行っておもしろいの？　羽嶋くんって文系ニンゲンでしょ。寺内さんも」

「才能ある科学者の話は、文系の人間にとっても意義があります」

羽嶋がきまじめに言い返す。

「才能ねえ」

桜川が鼻で笑う。

「そんなののあるなし、君らにはわかんないでしょ。むこうもさ、どうせ一般人にはわからないと思ってテキトーな話してんじゃないの？　だいたいさ、応援したとしてもむこうはこっちになにしてくれんのさ。羽嶋くんが困った時に助けてくれたりするの？　彼らが大事なのは自分の職を守ることだけなんじゃないの？」

羽嶋が桜川を睨んだ。大切なものを傷つけられたような顔で。からかわれているだけなんだから聞き流せばいいのに。梨花は陽気な声で言った。

「楽しかったですよ。初めて聞くことばっかりで。羽嶋くんの親友も登壇したんですけど、これがまたイケメンで」

「そういえば前に聞いたな。同級生が博士号をとったとかなんとか」

桜川は蓼科譲のことを知っているのか。羽嶋が調査部にいたころは、ふたりの関係は今よりも和やかで、プライベートな話もしたのかもしれない。羽嶋が美容家電のことをインチキだと言いだし、桜川が彼に商品企画部への〝島流し〟を命じるまでは。

「そろそろ本題に入りましょうか」梨花は切り出した。「中長期計画のことですけど」

「ああ、それそれ。どういうつもりなのよ」と桜川がいきなり尋ねる。

「どういうつもり、とは？」羽嶋が全身から刺を出すように言う。

もうちょっと態度よくできないのか。梨花は顔をしかめた。仮にも相手は事業部長なのだ。

「すっとぼけちゃって。ほらこれ、君が加えさせたっていう最後のページ」

桜川はせかせかと計画書のページをめくり、紙を叩いた。

「似非科学商品を段階的に削減、将来的には健全な商品ラインナップをめざすっていう、ここ。……前から言いたかったんだけどさ、いったい君、なに考えてんの？」

「なにって会社の未来のことを考えているんです」

「うちの会社の未来？　中途で来た君が？　ほんとに？」

拳でこづきあっているような会話だ。でもこのふたりにはこれが自然らしい。梨花は余計な口をはさまずに見守ることにした。

「私はこの会社から似非科学商品を駆逐《くちく》したいと考えています。インチキ商法を生業《なりわい》とするような零細業者の類ならともかく——柴田電器のような社会への影響が大きいメーカーが、こういう商品を扱うのは社会倫理に反します」

「それは前聞きました」

桜川は鼻をずずと鳴らした。花粉症らしい。ハンカチで鼻を拭いている。

「ごもっとも。正論です。ご立派な主張でございます。で、売り上げはどうすんの？」

「ですからそれは科学的に正しい特長訴求によって……」

「それがここに書いてある案？　たとえばドライヤーからはマイナスイオン機能をはずすってやつ？　でも昨年の顧客調査では、当社製品の購買理由の一位は、マイナスイオンが搭載されていること、だったよね。君が調査部で実施して報告をまとめた調査だよ。覚えてる？　それをはずして他社製品と戦えるの？　ほんとに？」

「マイナスイオンが購買理由の一位に上がるのは、我が社のマーケティング戦略によるところが大きいですよね。莫大な広告投資によって、マイナスイオンをあたかも高付加価値機能であるかのように見せかけてきたわけです。しかし、同じくらいの予算をかければ、我が社の基幹技術である、速乾効果や静音機能も、魅力的な特長として打ち出していけるはずです」

「ふうん。速乾効果や、静音機能ねえ。なんかすごく地味だね。あって当たり前って感じがするし。購買理由でもかなり下位にあったんじゃない？　ねえ？」

桜川に同意を求められて、梨花はうなずく。

「しかし、ここで紹介している外国メーカーの掃除機の例では」

羽嶋は負けずに、桜川の前の計画書に手を伸ばしてめくり、他社事例をまとめたページを指す。

「『吸引力』という特長を前面に打ち出すことによって、消費者に先進性を感じさせることに成功しています。掃除機の『吸引力』なんて、まさにあって当たり前の機能ですよね。だから国内メーカーは、そんな機能では差別化はできないと踏んで、他の目新しい特長——紫外線や熱による除菌といった方面に投資を続けていました。でもそんな効果があるのかないのかわからないような機能よりも、掃除機本来の、ゴミを吸う力をより強くしてほしいという潜在的欲求が市場には根強く残っていたわけです。この外国メーカーはそこを突いて——」

「退屈退屈」

桜川がティッシュで大袈裟な音をたてながら鼻をかんだ。

「僕がわざわざ休日に出てきたのはさ、ビジネス誌の取材にさ、企画担当者が鼻の穴をおっぴろげて答えてるような自慢話を拝聴するためじゃないんだよ。そんなの結果論でしょ。なにが作用して売れたかなんてね、要因が多すぎて、本当のところは誰にもわかんないんだから。同じ戦略で後追いして惨敗した商品もいくらだってあるでしょ。チャンピオンデータだけ見てこれが正解だって早とちりするのはトーシローのやることだよ。それにさあ……」

　桜川はむくりと顔をあげた。

「そもそも美容家電の潜在欲求って、羽嶋くんはなんだと思ってるの？」

「それは」羽嶋は桜川のてかった額を見つめた。

「きれいになることでしょ？　速く乾かして時間を節約とか、音が静かになって家族に迷惑かけないとか、いくらかなえられたって、きれいになれなかったら意味ないでしょ」

「でも、マイナスイオンではきれいになれませんよ。存在すら実証されていないんですから」

「実証なんかされてなくてもいいじゃん。きれいになれそう。効きそう。そういう期待をこめてお客さんは二万円もの金を払ってくれるんだよねえ？」

　桜川がまた同意を求めてくる。梨花は「はい」と羽嶋を見て言った。

「速乾効果や静音機能をうたった商品を買う層というのは、それほど美容にお金を出す気がないんです。なので低価格でしか売れません。あっという間に価格競争にまきこまれて――」

　わかりました、と羽嶋は梨花の話を遮った。

「つまり、金をたくさん出してもらえるような、付加価値があればいいんですよね？　マイナスイオンに代わるような？」

「ほう、そんなすごい商品開発できるの？」桜川の目が光った。

「今はわかりませんが、将来的には……」

「実際にできるかどうかを訊いてるの。開発部は何て言ってるの？」

「開発部にはまだ訊いてません」

「じゃあ夢物語だ」

桜川が計画書を指ではじいた。ホチキスで閉じられた紙の束が、するするとテーブルを滑って、羽嶋の前に流れつく。

「あのね、マイナスイオンの存在や効果が実証されてないなんて、僕も知ってます。この部署で知らない人はいないです。みーんなわかってやってんの」

「そんなの、なおタチが悪いですよ」

「でも顧客がそれを求めるんだからしょうがないじゃないの。我々のあいだにあるデータは、ドライヤーの購買理由の第一位はマイナスイオン、それだけだよ。なのに君はそこを見ないようにしてるね。なんで？　仮にも元調査部のエースがどうして顧客の意見から目をそむけようとするの？　住宅設備の仕事してたときはさ、むこうの企画担当にあんなに吠えてたじゃないの。客観的データを受け容れろって。自分たちがつくりたいものじゃなく、求められるものをつくれって」

「住宅設備と、美容家電じゃ、顧客のタイプが違います」

「どう違うの」

羽嶋は黙った。計画書に目を落としている。桜川も黙って回答を待っている。

「コーヒーでもいれてきましょうか」

梨花が緊張に耐えかねて腰を浮かせたとき、羽嶋がうめくように言った。

「真剣に向き合ったってしょうがないってことですよ。……ジンの欲求になんて」

「ん？　ナニジンだって？」

桜川が眉をひそめる。羽嶋は唇を嚙んでじっとうつむいている。

「なんて言ったの？　聞こえなかった」

桜川が梨花に尋ねる。梨花はしかたなく腰をおろした。

「未開人、です。羽嶋くんがよく使う用語です。科学リテラシーを持たない……マイナスイオンドライヤーを買うような人たちのこと。そうですよね？」

何で通訳しなきゃならないわけ？　梨花は羽嶋の横顔に目をやった。

桜川が背を椅子にギイギイと押しつける。

「なるほど。要するに君は馬鹿にしてるわけだ。うちの美容家電を買ってくれる人たちを」

「違います」羽嶋がぱっと顔をあげる。「ありもしないものに騙されている彼らの欲求にひきずられて、似非科学商品をつくるのはメーカーとして間違っていると言っているだけです」

「へえ、ひきずられちゃいけないの？　なんで？」

桜川がわざとらしく首をかしげた。

「顧客が欲しがってる商品をつくるのがメーカーでしょ？　君、もうさ、自分が何のためにこの部署に来たのかわからなくなっちゃったんじゃないの？」

「私は会社の未来のために似非科学を――」

「だったら、それなしで、どうやったら売れる商品になるのか、僕を説得してみせなさいよ」

桜川が大声をだしたので、梨花までどきりとした。この事業部長はふだんの物腰こそ柔らかいけれど、攻撃モードに転じるとめっぽう強い。矛先が自分に向くと身がすくむ。

「金だよ、金。先立つものがなくちゃ会社は回らないんだから」

金、という言葉を聞いて、羽嶋が桜川を見返した。

「科学が好きなのはいい。シンポジウムに遊びに行くのも結構。プライベートが充実していてよかったですこと。でもさ、こっちは君と似非科学との正義の戦いなんて正直どうだっていいんだよ。そんなことよりさ、柴田電器が君を雇うのにどれだけ金を使ったかをさ、もうちょっとまじめに考えてほしいんだよね」

桜川は自分の鞄から電卓をひっぱりだしてテーブルに放った。ガチャンという音がオフィスにこだまする。

「羽嶋くん。ええ？　羽嶋くんよ。入社時の契約交渉で、君が要求した年収は約六百万円だったね。現在君は三十一歳だ。日本の企業では解雇は簡単にできないから君に定年まで居座られることを想定すると二十九年間はその金額を支払うことになるね。単純計算しても一億八千万円。昇給分や福利厚生分を含めればもっとかかる」

桜川が電卓を叩くと、羽嶋はびくりとした。さっき恫喝されたときは動かなかった顔の筋肉が、パチパチという音が響くたび、ひきつっていく。

「あ、忘れてた。人事部は転職エージェントに、君の紹介料として年収の半分を支払ったんだった。プ、ラ、ス、三百万、と。暴利だよな。まあ、しょうがない。一般公募なんかした日にはクズみたいな履歴書が何千も集まって、シュレッダーにかけるだけでも派遣社員ひとり分の人件費がかかっちゃうからね」

えげつないなと梨花は思った。

新卒で入った自分たちはこんな数字をつきつけられることはない。ポテンシャルだけを評価され、頭を撫でられるように育てられてきた。気になるのは同期より自分の給料が高いか安いかくらいだ。でも中途採用者は違う。職務経歴書に自分の値段を書きこみ、面接でその値を吊り上げて入ってくる。

「つまり、我々はこれだけの金で君を買ったんだよ」

桜川は九桁の数字が並んだ電卓を羽嶋に向ける。

「こっちから頼んで来てもらったわけじゃない。君が売りこんできたんだ。自分はそれだけの価値のある人材だってね。それを信用して、僕は重役たちを説得して二億近い金を君に注ぎこむと決めたんだ。だからさ、早いとこ儲けさせてくれなきゃ困るんだよ。

そうじゃなきゃ、君はあのとき僕を騙したってことになる。ありもしないものを売りつけたってことになっちゃうよ」

「ありもしないもの……」

そう呻いた羽嶋に、桜川は追い打ちをかける。

「あ、ちなみに、やるなら勝てる勝負でお願いしますよ。うちの事業部はもうこの前の謝罪広告に金ガッポリ持ってかれて……まったく、菅原《すがわら》の野郎」

と、桜川は例の事故商品を企画した担当者の名前を忌々しそうに口にした。

「自分の生涯賃金よりもでかい損失だしやがって。おかげで寺内が企画してそこそこ当たった美顔スチーマー、あれで積みあげた貯金がパアだよ。あの金があったら、ちょっとは冒険ができたかもしれないのに、なあ？」

桜川は梨花のほうを向いてニヤリとした。

冒険という言葉が胸を突く。今日の昼に蓼科譲が口にしていたのと同じ言葉だ。

民間企業は科学者たちみたいに国からお金をもらえるなんてことはまずない。仲間が骨身を削って稼いだ一円二円をかき集めて市場という賭場《とば》に張らなければならない。冒険。チャレンジ。試行錯誤。そんな悠長なことも最近は許されなくなってきている。回収しなければ次はない。しかもそのサイクルはどんどん早くなっている。立ち止まって考える余裕などないくらいに。

桜川の視線が頬に食いこむ。寺内、お前もだよ。その目がそういってる。お前はこの一ヶ月なにをしていた？　同じ部署に居座って年ばっか食いやがって、新しい課長ひとり御せないのか？

わかってますとも。……でも私にも考えというものがある。

「そうですね」梨花は肚《はら》を決めていった。「私たちに冒険なんて贅沢なものはできません。でも、羽嶋くんは来月から課長になるわけで、課長が納得していない中長期計画を進めるのは部下としてはやりにくいです。なので、こういうのはどうでしょう？　再来週の新ドライヤーの商品評価調査で彼の考える未来の商品ラインアップを顧客に評価してもらっては？　十分程度の質問くらいだったら、今からでも入れられますし、予算も余分にかからずにすみます」

羽嶋には現実と折り合うまでの時間が必要だ。無理やりねじふせてもいい商品はつくれない。

「あ、そ」

桜川はあっさりとうなずいた。

「じゃあ、そうしたら。そこでいい結果が出たら、僕も聞く耳を持つかもしれない。さ、もう帰ろ。娘と餃子つくる約束しててさ」

桜川はまたティッシュで鼻をかむと、慌ただしく出ていった。会議室はとたんに静かになった。

羽嶋が批難めいた視線を梨花に向ける。

「どうして勝手にそんな約束するんですか」

「羽嶋くんってほんとに真性のアホだね」

梨花はその顔を睨みかえす。

「あれだけ強気の反抗するからには勝算があるのかと思ってた。なんで似非科学の話になると算盤がはじけなくなるわけ？　桜川さんのいうとおりだよ。羽嶋くんはお客さんが何を求めてるのか、なんにもわかってない。わかろうともしてない。そんなね、あなただけの正義のために、部のお金を遣うわけにはいかないの」

傷をえぐるような言い方になった。羽嶋の顔が敵意で塗り固めたようになる。気まずい空気が流れ、目をそらした先に、桜川のマフラーが見えた。椅子の背にかけたまま忘れられている。

「とにかく……これで現実がわかったでしょ。こっちも客観的な数字を持たなきゃ。じゃなきゃ、桜川さんどころか、私だって説得なんかできないからね。前にも言ったよね。私はここの美容商品に誇りを持ってるって」

「誇り？」羽嶋の顔が歪んだ。「どんな誇りですか？」

「今のあなたにはわからないと思う」

梨花はマフラーをひっつかんで会議室を出た。桜川はオフィスの出口の新聞ラックの前で立っていた。興味のある記事でもあるのか、新聞を手にとって眺めている。梨花がマフラーを渡すと照れた顔で微笑んだ。

「ああ、どうも、ありがと」

「こちらこそありがとうございます。無理を聞いてくださって」

「いやいや、まあなんとか……うまく育ててやってよ」

桜川はマフラーを首に巻くと、読んでいた新聞をたたんだ。

〈日本の科学　信頼に傷〉

そんな見出しがちらりと見えた。

一ヶ月半くらい前にノーベル賞級の成果だと騒がれ、その後、画像流用の疑義が生じていた科学論文の記事だ。当の研究所がその事実を認めたらしい。

まだ疑義が発生する前、テレビに取材されていた女性研究者の長い髪は、くるくると流行の形に巻かれていた。女子力高いなあ、うちのヘアアイロンを使ってくれてたらいい宣伝になるんだけど、とパブリシティの案まで考えたのを覚えている。

梨花は新聞を眺めたまままつぶやいた。

「不正、ほんとだったんですね」

疑義そのものは一月以上も前頃からネットを中心に取りざたされていた。梨花が参加しているSNSにもゴシップ記事という形で流れてきているから、科学に興味がなくても知っているという人は大勢いるだろう。でもデマだと思っていた。日本有数の研究所がバックについているのだ。そんなことがあるわけがない、と。

桜川が新聞をラックに戻すと一面に、会見にのぞむ理事長の写真が載っているのが見えた。

「引き続き調査を継続、だとさ。金を無駄に遣いやがって」

桜川が苦々しげにつぶやいた。

「なんか意外です。科学者って不正から一番遠い人たちだと思ってました」

「遠いもんか。データの偽装も論文の捏造も今にはじまったことじゃないよ。しかし、まあ、どいつもこいつも……」

桜川は鼻を鳴らしながら関西弁で吐き捨てた。

「アホばっかやな」

ゴルフ焼けしたその頬にほんのわずか赤みがさす。桜川は疲れたように首を振り、エレベーターホールに出ていく。

新聞を持って会議室に戻ると、羽嶋はさっきの姿勢のままでいた。計画書を睨んで考えこんでいる。梨花と目も合わせようとしない。未開人め。そう思われているのかもしれない。

謝る気はなかった。でも、関係を修復しておく必要はある。これからふたりで商品評価調査に向けて頑張らなければならない。梨花は新聞をテーブルに置いた。

「例の大発見、不正だったみたいだよ。知ってる？」

羽嶋は新聞を見もせずに答えた。

「知ってます。でもまだ研究不正だったと決まったわけではないですよ」

「え……。でも記事によると、論文中の画像が、違う実験の画像の使い回しだったって。それって完全にアウトでしょ？」

「仮置きしておいた画像を、実際の画像と差し替えるのを、うっかり忘れただけかもしれない。あるでしょ、民間企業でもそんなことしょっちゅう」

「いや、外向けの資料ではまずないよ。何重にもチェック入るし」

「科学って専門が細分化しているし、著者以外の人間がチェックを入れるのは難しいんだと思います。ミスくらいありますよ」

羽嶋は強い口調で言った。科学者が不正を犯すなどということを受け容れたくない。考えたくもない。そんな風に見えた。羽嶋は続けて言った。

「現在彼女は休養中だそうです。マスコミに騒がれて心労がたまったとかで」

心労、ねえ。羽嶋の抱いている心のもやもやがわかった気がして梨花は記事を見つめた。

二週間前に会社で起きた事故商品の企画担当である菅原は休養などできなかった。すでに別部署に異動していたものの、休日出勤して事態の収拾に協力していた。

今回の事故が高頻度でドライヤーを使用するスポーツクラブという特殊な環境下で起きたものであること。家庭内での使用頻度であれば問題ないということ。開発部の社員と実験を繰り返し、その二つの事実を確かめ、支社内の調査委員会では自ら説明していた。消費者庁にも毎日のように足を運んだ。

彼ひとりに責任があったわけではない。もし別の人間があの商品の企画担当だったとして、今回の事故を想定できたかというと難しいだろう。貧乏くじを引かされたなというのが社内のおおかたの意見だ。でも彼は逃げなかった。休むわけにはいかないと壊れたレコードのように繰り返し言う彼を、総務部長が強引に産業医にひきずっていき、鬱状態にあるという診断を得て休職させたのはつい数日前だ。

今回、事態がいち早く収束したのは、開発当時のことを知る彼が問題を抱えこまず、開発中の情報をすぐに社内に公開したことが大きかった。桜川は「でかい損失」だといったが、過去に柴田電器が犯した手痛い失敗からすれば軽くすんだほうだと梨花は思う。

私たちは顧客に見られている。クレーマーまがいの電話をかけてきたりネットに誹謗中傷を書きこんだりする客はまだいい。それより黙って騒動を見守る大多数の客のほうがずっと怖い。彼らは不満を言ってこない。ただ静かに商品を買うのをやめる。そして家族や友人が柴田電器の製品を買おうとしたら、やめなさい、と首を振る。あそこの商品は信用できないから。一度そうなったら、どんなに謝罪広告にお金をかけても顧客には届かない。会社はじわじわ弱っていく。ものを売ってお金をもらうという仕事はそういうものだ。

「マスコミもマスコミですよ。ノーベル賞級の成果だって祭りあげておいて、ちょっと瑕疵《かし》が見つかっただけで袋だたきにするんですから」

「祭り上げた？」梨花は眉をひそめた。「そうだったっけ。どっちかというと、研究所のほうが彼女をマスコミに熱心に売りこんだように見えたけどなあ」

その反作用については考えなかったのだろうか、と梨花は考える。自分だって、商品を宣伝する時には、どんなに自信があっても、問題が起きた時はどうしようかと心配でたまらないというのに。

「だとしても叩きすぎですよ」と、羽嶋が抵抗するように言った。「こんな、立派な科学者の人たちがこんな会見の場に引っ張り出される姿は見たくなかったです」

羽嶋の目が新聞に移った。理事長が写っている写真を見つめている。不正があった、という事実が確定するのを誰よりもおそれているのは彼なのかもしれない。梨花は溜め息をついた。

「なんか、ごめん。空気を和やかにするつもりが逆になったね。桜川さんが、論文のデータ偽装なんてよくあるって言ってたから、科学ファンにとってはあるあるネタっていうか、軽い話題なのかなって思っちゃって」

「桜川さんが？」羽嶋が目を見開く。「あの人がなんでそんなこと」

「だってあの人、研究者めざしてたじゃん？　そういうの詳しいみたい」

「えっ、そうなんですか？　全然知らなかった。理系出身っていうのは知ってましたけど。あの人が研究者？」

「知らなかったの？　専門がなんだったかは忘れたけど大学院出てたはずだよ。修士までだったかな? 家が関西のほうの大地主で両親が大学教授で、いいとこの坊ちゃんなんだよ。いつか、酔っぱらったときに言ってた」

「それが、どうしてメーカーなんかに」

「さあ。あきらめたんじゃない? それに、三十年前っていったら、メーカーってすごい勢いだったからねえ。ものづくりに強いニッポンっていうの? 給料もよくて、研究者の卵がたくさん就職してきたって。……でも、桜川さんは入社してすぐ商品企画部に配属されてるし、その後は広告部、次がマーケティング部だし、今じゃ理系の片鱗もないよね。あ、でも美容家電事業をたちあげたときは、広告代理店相手に数字のことでかなり喧嘩したらしいよ。ちょっとした伝説があってね」

「伝説?」

「あー、ちょっと待って。これ話しはじめると長くなるから。コーヒー買ってくるわ」

梨花はエレベーターホールへ行くと、自販機で缶コーヒーをふたつ買った。

そうか、桜川はなにも話していなかったのか。

オフィスを通りながら、スチール棚を見上げる。一番隅にささったファイルの名前をちらりと見る。五年も前に桜川がつくって、埃をかぶっている新事業プランだ。あれを桜川が言いだしたときは冗談かと思った。そんな時代が来るはずがないと。事業部長会議でも一笑に付されたと聞く。でも桜川は本気だったのかもしれない。いや、もしかして今でも。

羽嶋をここによこしたのは島流しなんかじゃなくて、来るべき時代に備えてなのだろうか。だとすれば、どこまで彼に話せばいいのだろうか。

――まあなんとか、うまく育ててやってよ。

彼をどう扱うか、自分のやりようも見られているのかもしれない。梨花は温かい缶をふたつ胸に抱いて、ちょっとのあいだ考えこんだ。

9

麻酔が切れて、美空が一番に考えたのは赤ちゃんのことだった。

助かったんだろうか？

救急車に乗ったところまでは覚えている。

ソファでテレビを見ていたら下半身に異変を感じた。破水かなと思った。でもそれにしては重い感触だった。トイレに行って確認すると大量の血だった。やばいやばいやばいという自分の声が頭のなかにこもって警報みたいに鳴り響いた。

母は買い物でいなかった。でも幸い、征貴が実家に来ていた。彼が救急車を呼んでくれ、到着するまで「大丈夫、大丈夫」と肩をさすってくれた。

美空はずっと泣き叫んでいた。明日には帝王切開する予定だった。健診でも「順調です」と言われていた。なのに、なんでこんなことが起きるんだろう。

――いざという時は赤ちゃんだけでも助けて。救急車で運ばれながら訴えた。征貴はどうしたらいいかわからないという顔で手を握っていた。

もし赤ちゃんが助かったら、と美空は朦朧としながら祈った。今度こそちゃんとした母親になります。育児書を買って、今までこわくて使えなかったネットも使えるようにして、たくさん勉強します。そのうち、額に汗が滲んで、意識が遠のいていった。

今は病室のベッドに横たわっている。お腹に手をやろうとして動くと痛みが走った。お腹に大きな傷がある。じゃあ、帝王切開したのか。赤ちゃんは？　どこにいるの？

「あ、目が覚めた？」

征貴の声がした。美空の顔を覗きこんでいる。

「……赤ちゃんは」

「大丈夫。無事に生まれた。予定通り帝王切開で」

「生まれた……」

美空は目を瞑《つむ》った。何の実感もなかった。

「赤ちゃん、どこも悪くないって。呼吸が安定するまで保育器に入ってるけど、体が回復したら授乳もできますって」

体から力が抜けると傷が痛みだした。征貴がベッドに触れるわずかな振動ですら、体に伝わると堪え難い痛みになった。

数時間後、看護師が赤ちゃんを連れてきて、枕元に寝かせてくれた。

征貴は、かわいいね、と言いながら撫でていた。美空もそう思ったが、長く首を横に曲げていられなかった。我が子に会えた嬉しさよりも痛みのほうが気になる自分が情けない。

――下から産まないと母性が生まれないでしょ。

妊婦友達の久美ちゃんはそう言っていた。ほんとなのかもしれない。他にはなんて言ってただろうか。こわくて思いだせなかった。

夕飯が運ばれてきたが箸をつけられなかった。痛みで何度も気を失い、気づいたら朝になっていた。看護師が来て明るい声で言った。

「血圧も脈拍も正常に戻りましたよ。傷の治りがよくなりますから、できるだけ歩いてトイレに行ってくださいね」

こんなに辛いのに歩いてなんて無理、と泣き言を言おうとしたとき、

「早く体が回復したら、母乳もあげられますから」と、看護師が言った。

そうか。赤ちゃんはまだ何も飲んでいないんだ。無理だなんていってる場合じゃない。

焦りがこみあげてきた。看護師がまた言った。

「夜遅くに泣きはじめたので、新生児室でミルクをあげておきましたよ」

「えっ、ミルク？」

全身にショックが走った。初めて飲んだものが母乳じゃなくてミルクだったなんて。

母乳育児の大切さを、助産院であれだけ教えてもらったっていうのに。

——ミルクを飲むことに慣れてしまうと、母乳を飲まなくなってしまう、そういう赤ちゃんも多いんです。

あの助産師さんはそう言っていた。最初が肝心なのだと。

「今日の午後、ベッドに起きあがれるようでしたら、赤ちゃんつれてきます。そのときに授乳指導しましょうね」

「他のお母さんはいつから授乳してるんですか」

「人によりますけど、産んで数時間後くらいでしょうか」

美空は泣きそうになった。うちの子だけなのか。ミルクを飲まされたのは。

「赤ちゃん、早く連れてきてください。母乳だけで育てたいので」

「焦らなくて大丈夫ですよ。まずはお母さんの体の回復が大事。赤ちゃんが泣いたらこちらでミルクを足しておきますから」

どうしよう。このままだと、うちの子は母乳を飲まない子になってしまう。

看護師は血圧計や体温計を持って隣のベッドに移動していった。隣に寝ているのは、美空と同じ日に入院したという女性だった。自然分娩で赤ちゃんを産んだらしい。もう活発に病室を出入りしている。美空は、彼女と看護師の会話に耳をすました。「母乳、順調に出てるみたいですね」と言っているのが聞こえた。

美空は何度も寝返りを打って、全身麻酔で固まった体をほぐした。痛かった。でも早くしなきゃ。他のお母さんに追いつかなくちゃ。

助産院で教えてもらったことを懸命に思いだす。

――大きな総合病院ってね、ミルクでも育てられます、なんて簡単に言ってくるの。騙されちゃだめよ。母乳で育てるのが一番自然なんだから。

あの優しそうな助産師さん――花代《はなよ》さんはそう美空に教えてくれた。


花代さんと初めて会ったのは、二週間ほど前のことだ。

家から十分ほど歩いたところに、その助産院はあった。見た目はふつうの民家だ。玄関のドアは木製で温かみがあった。隅野助産院、という文字と花のイラストが描かれている。

チャイムを鳴らすと、「はあい」と歌うような声がして、五十代くらいの女性が出てきた。クマのアップリケを縫いつけたエプロンをしている。

「見学に来ました。……あの、電話でも予約していて」

美空がいうと、女性はにっこりした。

「小森美空さんですね。お待ちしていました。さ、中へどうぞ」

案内されるまま靴を脱いで、板張りの廊下を歩き、座敷へと入った。

ふつうの家みたいだ。消毒液のにおいも金属が触れあう音もない。どこからか、お味噌汁のにおいも漂ってくる。ここで産めたら、と美空は心を躍らせた。自宅で出産したような気持ちになれるんだろうな。

母親が毎朝見ている朝の連続テレビ小説。あれに出てくる女性たちも、みんな自宅で出産している。畳の上に布団を敷いて、浴衣姿で横たわった妊婦が、母親や産婆さんに励まされて陣痛に耐える。子供が生まれると家族が大喜びする。

昔の出産は母子ともに死ぬことが多かった、と賢児は言っていたけれど、でも、ドラマを見ている限りでは大丈夫そうな気がする。

「改めてご挨拶しましょうね。私はこの助産院の長をしている助産師で、隅野花代と申します」

女性は花模様の紙に刷られた名刺をだして、またにっこりした。

「花代さんって呼んでくださいね」

ふわりと笑う花代さんに、美空は必死に言った。

「私、ここで産みたいです。だめですか？」

花代さんは頰に手を当てて、考えるような顔をした。

「そうしてあげたいけど、お電話では臨月で逆子だって言ってたわね。そういうリスクのある妊婦さんをうちで引き受けるのは無理なのよ。お産の時に何かあったら、病院への緊急搬送も遅れてしまうし」

花代さんは続けて、助産師にも臨月の逆子を治すのは無理なのだと、賢児と同じことをいった。じゃあやっぱりだめなのだ。美空は落胆して下を向いた。

「でもね、うちは産後院みたいなこともしているから」

「産後院？」

「産後のお母さんたちのケアをする場所。病院はお産が終わったら一週間で出されてしまうでしょう？　退院した後、誰にも頼れないっていうお母さんたちも結構いるのにねえ。そういう人たちにここに泊まってもらって、食事や入浴のお世話をさせてもらうの。今も二階にふたり、そういうお母さんがいるのよ」

「あ、でも、私は今、里帰りしてるから……」

「大丈夫。通いの方でもケアさせてもらってます」花代さんは胸を叩いた。「初めての育児をするお母さんは不安でいっぱい。とくに母乳で悩まれる方が多いわね。だからうちでは、母乳相談に力を入れてます」

「やっぱり母乳で育てたほうがいいんでしょうか」

「そりゃあ、もちろんですとも！　母乳って哺乳類が持っているすばらしいシステムだもの。とくに、産後一週間だけ出る初乳には、病気から赤ちゃんを守ってくれる免疫成分が含まれているんです。だから最初が肝心なの」

「へえ、そうなんですか」

免疫成分とか哺乳類のシステムとか、花代さんの使う言葉はなんだか科学的だった。

賢児とも意外と気が合うんじゃないだろうか、と美空は思った。

「だから初乳を飲ませてもらえなかった赤ちゃんは……どうしてもねえ……肥満や気管

支炎やアトピーなんかにもなりやすいの」

花代さんは痛ましい顔をして言った。

「まあ、それでも体質的に出にくい、というお母さんもいるので、みんな悩んでしまうのね」

「そういう場合はどうするんですか？」

「とにかく頑張ること。出なくても頑張って飲ませるの。母乳が出ないお母さんなんていないんですからね。あなただって、工場でつくられるミルクよりも、愛情のこもったお乳を飲ませてあげたいと思うでしょう？　最近増えている子供の学力低下や学級崩壊なんかも、楽をしてミルクをあげてしまう母親が増えているからだって、科学的な指摘をする専門家もいるのよ」

花代さんは美空の前に膝を進めると、手を優しくとった。

「だから母乳のことで悩んだら……遠慮なく相談に来てちょうだい。ちゃんとしたお母さんになれるよう、いっしょに頑張りましょう」

温かい手だった。美空はほっと息をついた。

最初が肝心。花代さんは言っていた。

だから頑張らなくちゃいけない。今が一番の頑張り時なんだ。

夕方、看護師が赤ちゃんを美空の胸に抱かせてくれた。授乳の方法も教えてくれた。

でも出なかった。どんなに頑張ってもたったの一滴も出ない。赤ちゃんがぷいっと横を向く。

「帝王切開のせいでしょうか」美空は震える声で尋ねた。「だから出ないんでしょうか？」

久美がそう言っていた。下からちゃんと産まなかった母親は母乳が出ないと。

「いいえ、そんなことはありません。帝王切開と母乳の出る出ないは関係ありませんよ。退院まで時間がありますから、焦らずにやっていきましょう。もし出なかったとしても、ミルクで育てられますから、心配しないで」

いやだ、と叫びたかった。ミルクで育てるなんて楽をしたら、まともなお母さんになれない。花代さんだって言っていたじゃないか。

――母乳が出ないお母さんなんていないんですから。

あきらめちゃだめなんだ。この子をちゃんと育てたいのだ。自分はできのいい子にはなれなかった。自分みたいにはしたくない。

父は初めての子である美空を、目に入れても痛くない、というほど可愛がってくれた。でも、内心では賢児を誇りに思っているのが美空にはわかっていた。

闘病中も、父は賢児を頼りにしていた。投薬のこと、手術のこと、転院先のこと、いつも賢児の意見を聞いていた。母や美空には相談してくれなかった。店の会計や葬儀の取り仕切りについても賢児に言い残した。賢児は頭を抱えながらも、わからないことは懸命に調べて解決していた。立派だと美空は思った。

この子にも賢児みたいになってほしい。この世界のいろんなことに興味があって、たくさん勉強する。そういう血がこの子にも流れているはずなのだ。それを台無しにしたくなかった。自分が努力しなかったせいで、学力低下とか学級崩壊とか、そんなのはいやだ。

自分は馬鹿だけど、ガッツだけには自信がある。頑張らなくちゃ。死にものぐるいで、この子のために。

10

賢児が仕事を終えて家に帰りつくのは、だいたい深夜だ。

駅前から自宅の前までつづく商店街は暗く、居酒屋やビストロの軒先だけに、電灯がぽつぽつとともっている。

あれから三日がすぎた。譲に再会し、姪《めい》っ子が生まれ、桜川に呼び出された——やたらと忙しかった日曜日から。

この二日間は、梨花と会議室にこもって、商品企画部の棚におさめられている膨大な数のファイルに目を通している。よくこれだけたくさんの顧客調査をしたものだ、と賢児はページをめくりながら舌を巻いた。

桜川が美容家電事業をたちあげたのは二十年も前のことだ。梨花によると、その時、桜川は賢児とさほど変わらない年齢だったという。

最初に手がけた商品はドライヤーだ。新カテゴリーの目玉商品として絶対に成功させなければならない。そんな意気込みのもと、桜川は徹底的な市場調査を行っている。

調査会社は今ほどたくさんなかった。桜川はアメリカから調査手法に関する資料を取り寄せて、独学で勉強しなければならなかった。少ない予算でできるだけ精度の高い回答を得るために努力した跡が、ワープロ文字の資料のあちこちから窺えた。

まずは社内の一般職の女性から意見をきく。それをもとに質問用紙をつくり、人材会社を通じて、美容意識の高い女性対象者を十人ほど集め、ひとりずつインタビューする。定性的な情報の収集ってやつだ。髪を洗ったらどうやって乾かしますか？　タオルで拭くだけですか？　それともドライヤーを使いますか？　いつですか？　どんなシチュエーションですか？　何分くらい使いますか？　使う場所はどこですか？　ヘアスタイルに気を遣う女性の美容行動を把握するために、ありとあらゆる質問を投げかける。その回答をもとにして、

「会社勤めをする女性が朝使うドライヤー」

という、ざっくりとした商品コンセプトをつくる。どんな機能に重点を置いて開発したらよいかを決定するための定量調査の設問を組み立てていく。得られた結果は、開発部を説得するための材料とする。試作品は、ふたたび美容意識の高い女性たちを集めた

調査で披露され、その意見をもとに、デザインや価格や販売戦略の細部を詰めていく。やっとのことでできあがった商品を売るための広告を発注する。

「その広告案を決める会議でね、広告代理店が提案してきた案を、桜川さん、一目見るなりゴミ箱に突っ込んだんだって」

三日前、梨花はそう賢児に語った。桜川の伝説っていうやつだ。

同席していたマーケティング部の担当者は、生きた心地がしなかったらしい。それはそうだろう。当時はまだ、テレビや雑誌に広告出稿をしたいという企業はいくらでもあったと聞く。広告代理店の社員は肩で風を切って歩いていた。たちあがったばかりの美容家電事業の仕事など、彼らにとってはおいしくもなんともない。うちではできません、と言われてもおかしくはない。

桜川が文句をつけたのは、代理店がつくった市場分析資料の内容だった。

――あんたら、こんなインチキな数字で私を騙せると思ったのか？

桜川は真っ赤な顔で怒鳴ったという。

「インチキって？」

賢児は眉をひそめた。まるで自分みたいな言い方だ。

「むこうの出してきた広告評価調査の数字っていうのがね、何から何まで、彼らのつくった広告案に都合のいいものだったんだって。つまり、結果ありきの調査だったっていうわけ」

「ああ……」

「羽嶋くんは調査会社にいたからわかるでしょ。今でもたまにあるよね、そういう不自然な調査報告書」

「たまにどころじゃありませんが」

賢児は苦々しい過去を思いだしながらうなずいた。市場調査会社にくる依頼の半数とまではいかないものの、かなりの数の企業が意識的にしろ無意識的にしろ、自分たちに都合のいい結果を求めていた。

「すでに完成してしまった商品や、どうしてもコンペを勝ち抜かなければならない広告案の調査の場合は、結果ありきじゃないと困るわけです」

「羽嶋くんもやったことあるの。そういう、データ偽装」

「やりませんよ。でも、『大変よかった』という評価に丸をつけやすくするためにスケールの向きを工夫するとか、設問を誘導的な流れにするとか、グレーなテクニックはいくらだってあります。こちらから教えはしませんが顧客がそうしたいと言い出した場合は断りようがありません」

調査結果が出てから、こんな結果を上司に報告できない、とごねられる場合もある。そういう場合は都合の悪いデータは奥にひっこめられる。調査概要も併記されない。何人に調査したのか、どんな設問があったのか、それすらわからなくしてしまう場合もある。

「企業の役職者には統計の知識がない人が多いですから、部下がだしてきた一番いい結果のグラフを見て、満足して終わりなんです。この商品は売れないだろうなんてデータ、社内の誰も知りたくないですしね」

「でもそれって何のためにやってるかわからないよね。客観的に見えるけど、おそろしく主観的」

「そうですよ。まさに似非科学の手法そのものです」

賢児は吐き捨てるようにいった。

「なんか売れそう。なんかいい商品をつくったっぽい。そう思いたい人たちを、いい加減な数字やデータや専門家の話で麻痺させて誤魔化すなんてわけないことです。本人が一番騙されたがってるんですから。もし売れなくても、不況だからとか、顧客に見る目がないんだとか、言い逃れはいくらでもできます」

調査会社にいたころはそんな顧客にも調査報告書を売ってきた。梨花には、やりません、と言ったが、ほんとうは不本意なデータ操作も何度かやらされた。

広告代理店の営業社員に、他に調査会社なんていくらでもあるんだと脅されたこともある。金を払ってんのはこっちだよ？　なあ、ちゃっちゃっとデータいじってくれよ。偽装だなんて物騒なことというなよ。クロス集計のやりかたひとつで数字なんか変わるんだろ？　どこだってやってることじゃないか。その時の担当者が悪かっただけなのかもしれないが、思い出したくない過去だ。

「桜川さんはね、その広告代理店の営業にこう言ったんだって。なけなしの金をはたいてあんたらの広告に数千万円もの金を注ぎこむんだよ、なのにインチキな数字でなにを判断しろっていうんだって。……で、ここからが桜川さんらしいんだけど」

さんざん相手を罵倒した後、桜川は急に恥ずかしそうな顔になって、いや、でも、これはやりすぎだった、と慌てた様子で、ゴミ箱から広告案を拾いあげたのだそうだ。

——広告案に罪はなかった。僕がよくないと思っても、それは主観でしかないですものね。だからこそ、ちゃんと調査にかける必要があったんですがね。

桜川は、埃を払ったそれをテーブルに載せ、クリエイターに平身低頭謝った。

——調査をやり直せとはいいません。これ以上予算がだせないのはそちらも同じでしょうから。でも、これの元データがあるでしょう？　こんなへんてこなグラフに落とし こむ前の。それくだされればこっちで分析して、この広告案でいくかどうか検討しますから。

「それでね、桜川さんが元データを再分析したら、認知度も想起率もやっぱりそれほどよくなかったらしくて。一目見て、ゴミ箱に突っこんだ桜川さんの勘は正しかったんだよね。そりゃそうだよ。あれだけ徹底的に調査してつくった商品なんだもの。広告が描いている女性像と、実際の顧客像がズレてるってことくらい、企画担当だったらすぐにわかるよ。あなたの広告のほんとうの評価はこれこれでしたって、そのクリエイターにつきつけて、やり直しさせたんだって。代理店側もよくそこまでつきあったと思うけど、インチキを暴かれたっていう後ろめたさがあったんだろうね。他の事業部の仕事まで失いたくなかっただろうし」

「たしかに桜川さんらしいですね」

ただ喧嘩をふっかけただけじゃない。ぐうの音も出ないほど完璧な分析結果を突きつけたのだろう。

「でも、その広告が大ヒットしたんだからすごいよね。そのときのクリエイター、名前が売れて独立したらしいよ。美容家電事業部も、今じゃあ、柴田電器を支える収益の柱のひとつだしね」

住宅設備商品をいっしょにやったときもそんなふうだった。そして桜川はつねにその喧嘩に勝ってきた。だから誰も逆らえない。

梨花が賢児の顔をなだめるように見た。

「こんなことというと怒るかもしれないけどさ、羽嶋くんって若いころの桜川さんに似てるんじゃないかって思うんだ。ふたりとも客観的なデータを重視してやってきた。羽嶋くんだってここへ来るまではそうだったんだよね？ だから、敵対する必要はどこにもないと思うの。羽嶋くんに美容家電を任せようとしているのだって、そりゃ羽嶋くんは不本意だろうけど、でも桜川さんなりの理由があるんだって私は思うな」

ふたりとも客観的なデータを重視してやってきた、か。

賢児は暗い舗道に目を落として歩いた。

今日の午後、賢児は分厚いファイルから、二十年前の資料を見つけだした。

そこには美容家電事業たちあげの経緯が、若き日の桜川の署名入りで書き残されていた。

当時の柴田電器の稼ぎ頭は照明器具や白物家電の事業部だった。好感度の高い女優に母親役を演じさせたテレビコマーシャルをお茶の間に流し、主婦の心を摑む。それが柴田電器の基本的な商売のやりかたで、最大の収益源だった。

一方、ドライヤーなどの美容家電は小物家電といわれ、総合家電メーカーとして、一応はだしてます、というくらいの扱いだった。単価が低いので売り上げも少なく、「そんなチマチマした商品に投資する必要があるのか」という意見も多かったという。

しかし桜川は、重役会議に人口推移の予想グラフをはじめとする、たくさんのデータを持ちこんで、この分野を事業化する必要性を説いた。

――少子高齢化の流れはもう止めようがありません。日本は近いうちに単身世帯だらけになるでしょう。柴田電器の軸足も、家族で買う家電ではなく、個人が買う家電に徐々にシフトしていかなきゃなりません。とくに注目すべきは女性です。男女雇用機会均等法によって女性の社会進出は進み、初婚年齢は上昇、年をとってもきれいでいたいという欲求が高まり、美容にかける金が増えます。しかも、これは日本だけじゃない。世界的な傾向です。美容家電市場は拡大する一方なんです……。

しかし重役たちも、当時の事業部長たちもにやにやするだけで、まともに話を聞かなかったという。女性が社会進出する？　お茶汲みやコピーしかできないあの子たちが？

どうせ結婚したらすぐに家庭におさまるのがほとんどだろう。

でも、すべて桜川のいうとおりになった。

今では、照明器具も白物家電もまったくだめだ。その後に登場したデジタル家電事業部ですら、右肩下がりの数字を食い止めるのに必死だ。海外市場でも安価な製品をくりだしてくる外資メーカー相手に苦戦している。

それにくらべて美容家電事業は堅調だ。世界の電器メーカーに先駆けて市場を開拓したのもよかった。とくにアジア市場では、強い購買力を持ちはじめた中国や台湾やインドのキャリアウーマンたちに馬鹿みたいに売れている。美容家電と聞いてまっさきに思いだすメーカーは「シバタ」。昨年おこなわれた世界規模の市場調査ではそんな結果も出ている。

桜川は功績を買われて事業部長にまでのしあがった。そして調査部を新設した。客観的なデータに裏打ちされた市場分析と商品企画プロセスを社員全員に徹底させるためだ。消費者調査を専門とする会社から、賢児を好待遇で引き抜いたのもそのためだ。

でも、そこまでデータにこだわってきた桜川が、なぜ似非科学商品を――インチキそのものを売ることを是とするんだろう。どうしてそんな商品を自分に担当させるのだろう。どうしてもそこがうまく飲みこめない。

やっぱり金のためなのか。

賢児は歩きながら、居酒屋の赤提灯に目をやって、入社した日のことを思い出した。研修が終わると、賢児は桜川に会社近くの居酒屋に誘われた。桜川はビールのジョッキをいくつも空けて、他の事業部長の悪口をさんざん言っていた。

——あいつらが見るのはデータじゃない。ありもしない夢物語だ。そういうやつらが今でも大きい顔して歩いてやがる。

悔しそうにスルメやエイヒレを嚙みながら、桜川は言った。

——年食ったやつらだけじゃない。若いやつらはもっとひどい。名の通った企業に入って、額に汗してまじめに働きさえすれば報われると思いこんでいる。でもさ、他人様から金をいただくってのはもっとえげつないことだろ？　自分の一番大事なものをズタズタに切り裂かなきゃいけないことだってある。そうだろ？

居酒屋の濡れたテーブルに肘をつきだして、桜川は賢児に同意を求めた。

——だから、僕は理解できないね。いい大学出たお坊ちゃんやお嬢ちゃんが、わざわざメーカーなんてあこぎな商売を選ぶ理由が。

だから、てっきり桜川も自分と同じ、経済的に豊かではない家庭の出身なのだと思いこんでいた。でも違ったのか。両親が大学教授だったのか。賢児を自分の派閥にひきこむために庶民のふりをしていただけなのか。

マンションにつくと、賢児は自宅のある二階を見上げた。老朽化した壁には細かいヒビが入っている。築三十年はたっている。もうすぐ耐震補強のための工事が必要になるらしい。修繕積立金だけでは足りないので追加の負担金を出すよう、管理組合から連絡が来ている。父のわずかな遺族年金は母の生活費に消える。負担金は賢児の給与から出す他ない。

しばらく実家から離れられない。こんな年になるまでいるなんて思わなかった。しかたない。無駄な金を使わないためだ。もう預金残高を減らしたくはなかった。

この十年、金のことばかり考えている。

あれが始終、頭のなかに鳴り響いている。今は姉が使っている父のレジの音。

チャキチャキガシャーン。

ひどくなりはじめたのは、賢児が私立大学に合格した日からだ。入学手続きの資料を持ち帰った賢児に、母は暗い顔で「学費は出せない」といった。

前々から具合が悪かった父が、実は癌だったということを、母はそれまで誰にも——父にさえ言いだせずにいたらしい。ついでに店に借金があることも打ち明けられ、賢児は立ちすくんだ。もう少し早く言ってくれれば私立なんか受験しなかったのに。しかしすぐに頭を切り替えた。奨学金を借りよう。アルバイトをしよう。とにかく早く就職しよう。できるだけ給料のいいところに。そのために大学四年間を使おうと思った。英検や簿記など、就職の役に立ちそうな資格は片っ端から取った。遊びの誘いは断り、ゼミの卒業旅行も行かなかった。友達はできなかったが構わない。今にはじまった話ではない。それに親がかりで大学に来ているやつらとなんて、どうせ話なんか合わない。

それから二年続いた父の闘病生活は金が出ていくばかりだった。医療費や生活費を工面するだけならまだいい。賢児を追いつめたのは母の浪費だった。

──癌にきくサプリメントがあるらしいの。

──腕のいい気功の先生がいるんですって。一度診てもらったらいいと思うの。

知人や友人たちに吹きこまれるまま、母は金を使った。あちこちの訪問販売や通信販売で母が記入してくる名前や住所が名簿業者に転売されたのだろう。その手の広告がどっさり届くようになり、母は勧誘されるがまま「医療の嘘を暴く」とか「癌は無理に治療するな」とか、真実を教えてくれるというふれこみのセミナーに参加し、健康食品を大量に買いこんで帰ってきた。

──病院以外に癌の治療ができるところなんてないんだってば。

賢児は声を荒らげて母親に詰めよった。

──よく考えてみてよ。癌に効果があるサプリメントや食品がほんとにあるんだったら、厚生労働省が奨励してるはずだろう？　国は医療費を減らしたくてたまらないんだから。

でも、もしかしたら効くかもしれないじゃないの、と母は泣きながら言った。ほらこの広告にも書いてある。医者に見放された癌が一ヶ月で消えましたって。医者に手術なんかさせたらだめだってこの本に書いてある。あのひとたちはとにかく切りたいだけなんですって。薬漬けにして儲けたいだけなのよ。手術や抗癌剤で死期が早まったケースはいくらでもあるんだって。

——いくらでもあるって、どのくらいの割合であるんだよ。この本には一例か二例しか書いてない。手術をしなかったら長く生きたはずだなんて後からどうとでも言える。

こんなのを信じて預金がゼロになったら入院費だって払えなくなる。

しかし、説き伏せようとすればするほど、母は、あんたは冷たいと賢児をなじるようになった。

——お金お金って、あんたはそればっかりね。お父さんの命のことなのよ。いくらかけたっていいじゃないの。

母は店の帳簿を見なくなった。とにかく現金が必要なのだからと、父の集めた鉱物たちに安値をつけて売りさばいた。利益率は下がる。レジの金は母が持っていってしまう。父が銀行から借りた融資の返済が滞《とどこお》り、賢児のバイト代や、高卒でアパレルショップで働きはじめた美空の給料から払った。

美空は店で着る服を買う金にも苦労したらしい。でも不満は言わなかった。それどころか、母が買ってくる怪しげな商品を見ると、「大丈夫、今度は効くよ」と笑っていた。

未開人たちめ。賢児は心で何度も叫んだ。ポストに何度も突っ込まれる住民税の督促《とくそく》状。少しでも時給の高いバイトにありつこうと求人誌をめくりながら過ごした幾つもの晩。

お金がほしい。お金さえあれば。何度そう思ったことだろう。

賢児が父と話して手術しようと決めた時も、開腹して癌が全身に転移しているとわかった時も、母は父が助かると信じていた。通帳をとりあげた賢児の胸を、母は強く突いて抗議した。

――あんたには人間らしい心がないんだ。

健康食品やミネラルウォーターの箱で、足の踏み場もなくなったリビングに突っ伏して母は身を震わせて泣いた。賢児はぼんやりと母を見下ろしていた。疲れていた。あと一時間したらバイトに行かないと。それしか考えられなかった。今夜行けば皆勤賞だ。バイト代に報奨金がつく。

その夜遅く、父は容態が急変して亡くなった。

――うちのお金がゼロになる前にいなくなろうと思ったのかもしれないね。

葬儀場で美空がぽつりとつぶやいた。お父さんは商売人だったからと。

賢児は遠くのできごとのように聞いていた。似非科学商品にどれだけ金が吸いとられたのかなんて考えたくもない。母に健康食品や気功師を紹介した知人たちが葬儀に現れ、「あなたよくやったわよ」と母に声をかけるのを眺めながら立っているのがやっとだった。

許さない。似非科学を。弱っている人間を食いものにする奴らを。

父が死んでからの五年間は自分たちの生活を立て直すためだけに過ぎた。科学どころではなかった。家族が住む古い分譲マンションと、その階下の店舗。このふたつを手放さずにすんだことが今となっては奇跡に感じられる。

賢児は大学卒業後、外資系調査会社への就職に成功した。ベンチャーに毛が生えた程度の規模の会社で、給与は多くなかった。サービス残業も多かった。でも賢児にとっては入社してすぐ現場を踏ませてくれるありがたい環境だった。

最初から大手企業を狙わなかったのは専門職につきたかったからだ。自分にはコミュニケーション能力が求められる職種はむいていない。大手に新卒で入れば営業や広報や総務に回されてしまうかもしれない。でも中途採用で大手企業に入れば専門職として扱われる。高収入を狙うこともできる。

大学の奨学金は就職して数年で返しおわった。実家暮らしではほとんど金は使わない。通信費と書籍代くらいだ。友人はいないから飲み代もかからない。今では面白いように通帳にお金が貯まっていく。

でも。

賢児はマンションの一階の自動ドアに貼られた〈星のかけら舎〉という店名を眺めた。未だにあのときの傷は残っている。母とはろくに話ができないし、金を使うのはまだ怖い。この店だって変わり果ててしまった。会社では似非科学商品を売れと命じられている。でも桜川と衝突しようが梨花にアホと言われようが、父を奪った似非科学商品を受け入れることはできない。

あと二週間足らずで対抗案を考えださなければならないというのに自信はない。異動してきて一ヶ月もたっていない課長候補になにができる。考えれば考えるほど追いつめられていく。

また負けてしまうんだろうか。似非科学に。

「お、やっと帰ってきた」

声をかけられてふりむくと、譲が立っていた。薄いコートの襟に寒そうに顎《あご》を埋めている。

「なんで？」

賢児は思わず言った。なんで譲がここにいるのだ。

「実家に荷物をとりに帰ってきてさ、ついでに寄った」譲は照れくさそうに言った。

「賢児、いるかなと思って」

「いつからここにいたの？」

賢児はさりげなく自動ドアの前に立った。店の様相が変わっていることを、譲には見られたくなかった。

「三時間前かな。家のほうに行ったらおばちゃんがいて、賢児は遅くなるっていうから、そこの定食屋で夕食すませてきた」

「うちで待ってればよかったのに」

「うん、まあでも、おばちゃんとふたりでいるのも気まずいし」

譲は肩をすくめて笑った。

「この辺をうろうろしてたんだ。懐かしかったよ。……あ、科学館の前にも行ってみたよ。あそこでよく賢児と遊んだよなあ。とっくに閉館時間で、外からしか見られなかったけど、ほとんど変わってなくて感動した。図書館も見てきたよ。あそこで卵子と精子の受精のしくみについて調べたよな。賢児がそれ作文に書いて、教室で読みあげて、えらくおばちゃんに怒られたやつ」

「ああ、あれか」

賢児は苦笑いした。治ったはずの額の傷がかすかに痛む。

「賢児って言ったら、まっさきにあの作文を思い出すよ。あれのおかげで、賢児のお姉さん、あの彼氏……なんだっけ、名前？」

「須山」

「ああ、そうそう。須山とも別れたんだろ？　賢明な判断だよな。それって賢児があの作文を書いたからだよね。やっぱりあれはやって正しかったんだよ。思ってることを胸に溜めておくなんて、賢児にはできないだろうし……」

賢児は我慢できずに額に手をやった。傷に触れる。須山に襲撃されたことは結局、譲には言わずじまいだった。目を伏せてつぶやく。

「うちの父親も譲と同じことといってた。石に晶癖があるみたいに、人間には生まれつき、自分でもどうしようもない衝動というものがあるって。石に晶癖があるみたいなものだって」

「へえ、さすが賢児のお父さんだな」

「伝えようとし続けていればいつか必ず伝わるものだとも言ってた。でも……」

賢児はその先を言うかどうか迷って黙った。

「でも？」

譲がコートの襟をかきあわせながら尋ねる。そのひんやりした口調に誘われて賢児は、

「そうはうまくいかないもんだよな」

思わず弱音を吐いた。

「この世には自分から騙されたいってひとがわんさかいる。似非科学商品を売りつけてどこが悪いんだって堂々というやつもいる。大手家電メーカーの事業部長がだぜ？　世も末だよ」

言いながら、今になって裏切られた気持ちになる。入社面接で初めて会ったとき、桜川は賢児に言ったのだ。

――科学が趣味なの？　へえ、おもしろいね。僕、そういうやつ大好きだよ。気が合いそうじゃないか。

それなのにどうして。どいつもこいつもあっち側に寝返る。目の奥が熱くなる。疲れているんだろう。ここ何週間もろくに休んでいない。譲に会えて気持ちが緩んでいるせいもある。

「ともかく、今のおれの周りはそんなやつばっかりなんだ。譲はさ、うちの父親を今でも尊敬してくれてるみたいだけど、あの人だって最後は……」

「賢児のお父さんがどうかしたの？」

「来いよ」

賢児は身を引いて、店舗の自動ドアに貼られた〈星のかけら舎〉という店名を譲に見せた。

「父親が死んだ後、しばらく母親がやってたんだけど、とうとう赤字が大きくなって、五年前からは美空が継いでる」

「へえ、そうだったんだ。どうりで店名がかわいくなってる」

「パワーストーンの店なんだ」

「え？」譲の眉がはねあがる。

「小学生のころ、ふたりしてさんざん笑ったよな」

賢児はポケットから鍵束をだした。

「石を持ってるだけで幸せになれるなんて有り得ないのに、こんなのに騙されるのってどんな馬鹿だろうって。だから、うちの美空がパワーストーンの広告を熱心に見てるってことが、譲にばれたときはほんとに恥ずかしかったよ。そしてさ、今も事態はそんなに変わってないんだ。譲のいる科学の世界はどんどん未来にむかって進んでるかもしれないけど、おれのまわりの世界は二十年前とちっとも変わってない。むしろ後退してる」

通電していない自動ドアを、賢児は力をこめて押し開けた。

照明を点け、譲を招き入れる。

鉱物を満載していたスチール棚は今はひとつもない。白い木製の棚が壁に並び、小ぶりの鉱物が、お洒落な瓶や陶器の皿にゼリー菓子や飴玉のように盛られている。

陳列されているのは同じ鉱物。でもラベルには、化学式や結晶系や硬度といった専門知識は記載されていない。かわりに効能が書かれている。

幸運。浄化。安眠。美容。才能開花。恋愛成就……。

「びっくりしただろ。科学とは真逆の方向で。でもさ、父親がやってたころより儲かってんだよ。ファッション雑誌にも何度か載ったしね。おかげで在庫もすっかりはけた。三年前からは黒字にもなってる。店の借金も去年完済した」

譲はしばらく店内を眺めてから言った。

「賢児、こういうの一番嫌いじゃなかった？」

「うん」

賢児は壁にかかっている数珠《じゅず》状のブレスレットを指さした。

「あれを美空がつくって父親に渡したのがはじまり。いつ病状が急変してもおかしくないって時だった。小さめの煙水晶の標本をワイヤーでつないでつくったようなやつだったけど」

「煙水晶って、石英に地中で天然の放射線があたって変色したやつか」

「その放射線が遺伝子にはたらきかけて、細胞から癌を消してくれるんだって」

「いや、放射線は石のなかには残らないよ。水晶を変色させたあとは通り抜けてしまうはずだ」

「そんなこと説明して通じると思うか？」

賢児は思わず笑った。

「美空は……どうして植物が緑なのかもわかってないんだぜ。あいつが中学生の時にさ、中間試験の勉強をしてたときだと思うけど、光合成のしくみを教えてくれって言われてさ、葉緑体の説明をはじめたら、あいつイライラしやがって。ヨウリョクタイなんて難しい話はどうでもいい、光合成のことだけチャチャッと教えてくれって言いやがった」

「葉緑体なしで光合成の説明か。そりゃ難しいね」

「つい、この馬鹿って叫んで、美空が殴ってきて大喧嘩だよ。暴力をふるったのはあっちなのに、母親が叱ったのはおれだけで、金輪際《こんりんざい》あいつを姉と呼ぶのはやめようと思った」

「ああ！　それで呼び捨てにしてたのか。何でなのかなって、ずっと思ってた」

「でも、父親は美空からそのインチキなブレスレットを受け取った。おれが見舞いにいった時も腕につけてた。息をひきとるまでずっとだ。この店をパワーストーン専門にすることだって許したらしい。その場にいたわけじゃないけど、でも……たぶんほんとうなんだと思う。美空は馬鹿だけど、嘘はつかないから。驚きだろ？　っていうか、失望しただろ。だってあの父親がさ……いくら美空のこと可愛がっていたからって……」

譲は変わり果てた鉱物たちを眺めていた。しばらくして、ぽつりといった。

「科学の世界だって同じようなものだよ」

「同じ？」賢児は眉をひそめた。

「科学にもっともらしい効能をくっつけて売るようになってるってことさ。この研究は社会の役に立ちますってさ。著名な科学者だって国の研究機関だってそんなことをやりはじめてる。いや、やらざるを得ないんだ。そうしないと研究費がとれないから。今、騒ぎになってる論文の画像流用の件だって背景にはそういう事情がある」

譲はそういって眉間に皺を寄せた。シンポジウムで見せた微笑みはどこへ行ってしまったのかと思うほど深い皺だった。

「このままじゃ科学は危ないって僕は思う」

賢児は譲の言葉の意味をしばらく考えた。

そして首をまげ、かつて鉱物標本の棚が置かれていた店の中央を見た。二十年前、譲はそこで橄欖岩をもらった。自分はそれを見ていた。視線を戻し、何度かためらった後、賢児は尋ねた。

「論文の画像流用の件って、やっぱり不正なの？」

「まあ、十中八九そうだろうね」

譲はあっさり言った。その質問をされるのはもう慣れっこのようだった。賢児は最後通告をつきつけられた気分になった。

「そう……なんだ……」

「今回の論文だけじゃなくて、彼女の昔の論文にも同じような不正が見つかった。ミスだって言い張るのはさすがに無理がある。科学に疎《うと》い人たちからは、彼女自身に再現実験をやらせてあげてほしいって意見も出てるみたいだけど、やったとしても成功はしないだろう。おそらく今まで一度も成功してないんじゃないかな。まともな研究者はみんなそう踏んでると思う」

「でも……でもさ、そんな見当がついてるんだったら。なんで研究者の人たちは大声で言わないのかな？　不正に決まってるって」

テレビでもネットでも、公のメディアに登場する科学者は、今回の事件についてはっきりとしたことを言わない。それがずっと疑問だった。いや、全然いないというわけではない。ブログやSNSなどで一般人に向けて状況を解説してくれている人もいる。でも、沈黙している科学者のほうが圧倒的に多い。

「あれは不正だって、科学者の大多数が断定すれば世論も落ち着いて――傷も浅くてすむと思うんだけど」

思わず、錐《きり》を押しこむような口調で言ってしまった。

譲は押しこまれた錐を、ぐい、と押し返すように言った。

「無理だよ」

「推測だけでものをいわない。それが、科学者が科学者たるゆえんだろ？」

そのとおりだ。賢児は黙った。

「それにさ、賢児は知らないかもしれないけど、科学論文の捏造なんてよくあることなんだよ。もっと悪質なケースだってたくさんある。またか、っていうのが正直なところだよ。今回は研究者が若い女性だってところに、たまたまマスコミが面白がって食いついただけだろ？　だから馬鹿みたいだよ。こんなことくらいであんなに騒ぐなんて」

譲の言葉は清流のようにひんやりしていた。でも、賢児は濁った水を飲みこんだような胸の悪さを感じた。なぜだろう？　ついこの前、同じようなことを、賢児も梨花に言ったというのに。

「でもさ、科学者の行動原理をよく知らない一般人にしてみたらさ」賢児は言った。「科学者のイメージが崩れたっていうか、自分たちのこととなると真実を探究する手が鈍るんだなって、そういう風に思うんじゃないかな。世界に名だたる研究所だから、なおさらさ。内部調査のやりかたもなんだか生温い感じがするし……」

〈日本の科学　信頼に傷〉という見出しの記事が載った新聞を会議室に持ってきたとき、梨花の顔には失望がひろがっていた。その失望は、シンポジウムで彼女にともった科学の光の輝きを曇らせていくように感じられた。

「そもそも論としてさ、論文を投稿する前に共著者がデータをチェックしなかったなんてことあり得るわけ？　まっとうな企業じゃありえないよ、そんなこと」

自分の言葉が鋭くなっているのを感じて、賢児はあわてて言った。

「いや、ほら、おれらはさ、そういうミスが利益に直結するから、だから、不正が起こった時なんかはすぐに、担当者のパソコンを差し押さえてデータとかを調べたりもするし――」

「不正の確証もないのに、一人前の研究者相手にそんな失礼なことできるわけない」

「いや、でも、会社の金でつくったデータは会社のものだろ？」

「民間企業では通るやり方かもしれないけどさ」

最後のほうを、力をこめて譲は言った。

「なるほど、そっか。おれたちとは違うよな」

どこか納得のいかない思いを無理に飲みこみながらつぶやくと舌がピリピリした。

京都本社のホールで、羽嶋部長を演じた日々が脳によみがえる。

理屈に合わない話を繰り返す顧客に声を荒らげて、梨花に叱られた日々のことだ。あの写真をはさんだ手帳に触れてなんとか言い返すのを堪《こら》えた。胃酸が喉を逆流してきて舌が痺れた。

あの日、被害者たちに頭をさげた後、夜遅く古ぼけたホテルに戻った賢児は、ロビーの照明が消えているのに気づいた。それを見たら急にわけのわからない虚しさが湧いてきた。灯油の臭いで神経がおかしくなっていたのかもしれない。買ってきた安物のスーツを玄関のゴミ箱に押しこみたくなった。

こんな馬鹿なことやってられない。こっちが下手に出ていると思ってつけあがりやがって。明日、始発の新幹線で東京に帰ろう。そう考えたとき、ロビーのソファに梨花がもたれかかっているのに気づいた。彼女は身を起こした。その目を見た時、賢児はうなじに汗がにじむのを感じた。

逃げるの？　と、その目が言っているように思えたのだ。似非科学商品を廃止するなどと偉そうに言っておいて、商品事故の後処理くらいでくじけて、もう逃げるのかと。

「さっきからなに怒ってるの？」

譲が賢児の目を覗きこんだ。

「別に怒ってないよ」

「いや、怒ってるね。喋り方聞けばすぐわかるよ。昔と全然変わってない。胸に溜まってることがあるんだったら、はっきり言えよ」

賢児は譲を見つめ返した。情けない気持ちと懐かしい気持ちがいっぺんにこみあげる。昔と全然変わっていないのは譲も同じだ。科学館の外階段で美空の密会を目撃した日もこんな感じだった。賢児が重苦しい気持ちになっているのを、譲はすばやく見抜いた。

そうだな、と賢児は細い声をだした。

「おれが怒ってるとすれば、それは譲が怒ってないからだ……と思う」

「僕が怒ってない？　なにに？」

「不正に対して」

「ああ、だって、それは」譲が笑った。「さっきも言ったろ。今回の事件が不正だっていうのはあくまで推測で、確証はまだ得られていないって」

「違う。今回の事件の真相なんてどうでもいいんだ。そうじゃなくて、おれにとって肝心なのは、譲がどう思ってるか、だよ」

なぜか泣きそうになった。父が死んだときだって泣かなかったのに。

「おれは譲に怒ってほしい。もし不正だったら許せないって。野次馬根性のワイドショーの司会者の口からじゃなくてさ。自分に一番近い科学者から聞きたかったんだ。なのに、なんでそんなクールにしてるんだよ。不正なんてよくあることだなんて平気な顔で言うなよ。笑って話したりなんかするなよ。不正なんてあっちゃいけないことだろ。こんなことで騒ぐなんて馬鹿みたいだ？　騒ぐことだよ。おれたちからしたらさ。だって科学を信じているから」

その言葉は声にならなかった。

譲は黙った。どう答えたらよいか考えているようだった。しばらくして、譲は静かに言った。

「賢児は江崎玲於奈《れおな》って知ってる？」

賢児は深呼吸をして気持ちを落ち着かせてから言った。

「ノーベル物理学賞受賞者の？」

「そうそう。その江崎玲於奈がね、自分の仕事は巨人の肩の上に立って成し遂げられたものだ、って言ってるんだ」

「巨人？」

「先人たちの積み重ねのことだ。初めに言ったのはニュートンだっていう説もあって、とにかく、科学者がよく使う言葉なんだ。彼はこうも述べてる。自分の肩の上でもまた新たな仕事がされているって。その繰り返しで科学は発展してきたってことだよ。長い時間をかけて」

それって、と賢児は思った。自分がはしごと呼んでいるものと近いかもしれない。子供のころから首が痛くなるくらい熱心に見上げてきた、科学のはしご。

鳥澤文彦のことが思い浮かんだ。シンポジウムの日、鳥澤が難解な科学用語を用いながら連れていってくれた太陽系の彼方。日常と地続きの驚異的な未来。

「だからさ、不正なんかしたって虚しいだけだよ」

譲の声がして、賢児の意識は宇宙からパワーストーンの店に戻ってきた。

「それに、不正といちいちまともに戦えっていうのは現実的じゃない。年にどれだけの科学論文が投稿されてると思う？　同じ分野の研究者にそのすべてをチェックさせるのか。研究のための時間を削って？　予防のためにさまざまな規制をつくれば、まじめな研究者たちの自由だって奪うことになる。それこそコストの無駄だと思わないか」

「たしかに」と、賢児はつぶやいた。

でも丸めこまれている気がしてならなかった。不正に対して怒りを持つこと。不正とまともに戦うこと。その二つは別の問題ではないだろうか。

「心配しなくてもさ、インチキな研究はどうせ、後世の精査に堪えずに消えていくよ。

その研究者が自分の研究人生を無駄にするだけのことだ」

たしかに、と今度は言えなかった。そのインチキ研究者のために、どれだけの金が失われるのか？　電卓をパチパチとこれ見よがしに叩く音が頭のなかに響く。桜川の甲高い声も聞こえる。

――あの金があったら、ちょっとは冒険ができたかもしれないのに、なあ？

別の野卑な声も降ってくる。

――なんだその目つき。

泉州の板金工場にいた男の声だ。商品事故の被害者の父親だと名乗っていた。連れてこられた賢児に、膝をつけ、と命じた。

頭をさげろ。土下座をしたら許してやる。男は言った。黙っていたら灯油をかけられた。同行した鶴ヶ谷が、言うとおりにしろと囁いてきた。今だけだ。命だけは守っとけ。しかたなく膝をつき、頭をさげた。須山にだって頭をさげなかったのに。申し訳ございません、と言った。でも目だけは瞑《つむ》らなかった。向こうからは見えない。だから絶対に瞑らない。汚れた床を睨みつづけた。それがせめてもの抵抗だった。灯油の臭いがしみて涙が出た。

それでも耐えた。

これで謝罪はすんだと思った時、後頭部にギザギザした靴の裏側が押しつけられた。もっと頭さげろ。髪が乱れた。押しつける力に抗いながら、額をゆっくり床につける。

古い傷がきしむように痛んだ。

金をもらった。それと引き換えに差し出したものが欠陥商品だった。その報いを賢児は会社を代表して受けた。でも科学者はそれをしなくていいのか。

「どうした？　ぼうっとして」

譲に言われて、賢児ははっとした。

「いや、なんでもない。ちょっと仕事のこと思いだしただけ」

「凄い目してたよ。柴田電器ってそんなに忙しいの？」

「うん、まあ……。頭が痛いことがあって、このところ残業続きなんだ」

「ああ、それは僕もだよ。研究も忙しいけど、とにかく最近の大学は事務手続きが多くてさ。海外の研究所みたいに事務専任のスタッフがいればいいのにってみんな言ってる」

それって幾らで雇えるものなのだろう。

「手続きってなんの？」

「研究費獲得のための書類だよ。採択率が低いから申請するほうも必死でさ。もらえなきゃ次年度から実験もできないから」

実験ってどのくらい金がかかるんだろう。そう思いながら賢児は尋ねた。

「そんなに厳しいの？」

「厳しいなんてもんじゃない。みんな必死だよ。この研究は社会の役に立ちますって、マスコミでもなんでも使ってアピールして、世論を味方につけなきゃ金は降ってこない。

あんな世界的に有名な研究所でさえ、それをやらなきゃいけなかったんだ」

「それで派手な記者会見をやったってわけか」

賢児は棚のほうへ顔を向けた。美空が鉱物たちにつけたラベルを見る。

「科学にもっともらしい効能をつけて売るってそういうことか」

「その上、成果も出さなければ若い研究者は生き残れない。今回の彼女がどういうつもりで画像流用したのかわからない。でも、行き過ぎた競争が続けば、そりゃ出てくるよ、データをいじりたくなるやつだって」

だからって、と反論しようとした賢児は、親友の変化に気づいた。

「僕だって怒ってるよ」譲は語気強く言った。「不正が腹立たしくないわけはない。自分は絶対やらない。やりたいとも思わない。でもその一方で正義漢ぶって弾劾《だんがい》できないっていう気持ちもあるんだ。僕だってその競争に溺れそうなんだから」

息を吸って、譲は続けた。

「失望しただろ。知らなかっただろ。科学者がこんなに金に振り回されてるなんて。無理もないよ。僕だって院に進むまでは実感できなかったから。ほんとはさ、マスコミはこういうことこそ深く追及すべきなんだ。いや、他人まかせはよくないな。自分で本を書いたりして、そういう問題を発信できればいいんだけど、なかなか方法がなくて」

「発信か」賢児はつぶやいた。「それで事態がよくなるのかな」

譲が答えようとした時、賢児の携帯電話が鳴った。

「ごめん。仕事かも。ちょっとだけ確認する」

賢児は携帯を開いた。差出人は梨花ではなかった。久しぶりに画面に表示されたその名前を、思わずじっと眺める。

『美空さん、無事出産したってメールもらった。おめでとう。お祝いを届けに伺いたいんだけど、いつだったら大丈夫かな？』

思わず譲を見た。いつか私もその譲くんに会ってみたいなあ、と言っていた彼女の声を思いだす。思わぬ偶然に動悸がした。

「仕事の連絡だったら遠慮するなよ。僕はもう帰るから」

賢児は慌てて、「いや、ちょっと待って」と譲を引き止める。「仕事じゃないんだ。譲さ、その、大晦日の夜に、おれといっしょにいた人。見たって言ってたよね？」

「ああ、元彼女だっけ？」

「桐島《きりしま》紗綾っていうんだ。彼女も実は譲のこと知ってて、ていうか、おれが話したんだけど、それでどうかな、もし譲さえよければ、一度会ってみない？」

「え？　なんで？　それに賢児、彼女とは別れたんだろ？」

「彼女、編集者なんだ。出版社で文芸書や新書をつくってる。一般向けの科学本なんかも編集してるんだ」

紗綾を紹介することが譲の助けになるかどうかはわからない。でも、なにかせずにはいられなかった。こんなにも、呼吸が浅くなっている蓼科譲を見るのは初めてだった。

11

美空は退院のしたくを終えて、征貴を待っていた。

あいにく土曜日で征貴は出勤日だったが、午後休をとって、迎えにきてくれることになっていた。

忘れものがないかと、ベッドの下を覗くと、紙袋が目に入った。

病院からのお祝いです、と看護師が持ってきたやつだ。育児用品の詰め合わせ。オムツの試供品や育児雑誌などが入っている。バッグに詰め直していると、粉ミルクの試供品が出てきた。思わず手が止まった。

持って帰るの、これ？

美空の母乳は少しずつ出るようになっていた。一日八回、三時間ごとに新生児室に通った成果だ。「深夜は休んでもいいですよ」と言われたが、勝手に赤ちゃんにミルクをあげられるのがいやで休めなかった。

新生児室に行くと何十分も頑張る。でも、飲ませた後に赤ちゃんの体重をはかるとほとんど増えていない。量が足りないのだ。隣のお母さんが記入している数字と見比べて気が焦った。

「足りない分はミルクを飲ませましょう」と、看護師はしつこく言った。「赤ちゃんが低血糖状態にならないようにしないと」

「ミルクはいやです」

と美空が言うと、看護師は困った顔になった。

「重大な後遺症が残ることもあるんですよ?」

そう言われると、おそろしくて、看護師から哺乳瓶を受け取ってしまう。でもミルクを必死に飲んでいる我が子を眺めていると、悔しくて涙があふれた。

病室に戻って携帯電話をネットにつなぐ。たちまち自分がひどい母親に思えてくる。ネットの育児掲示板によれば、乳幼児突然死症候群、というものがあるらしいのだ。それまで元気だった赤ちゃんが突然亡くなってしまう病気だ。母乳で育てていないと、この病気になる確率が上がる、と書いてある。

「ミルクに含まれる成分が原因」「口で吸う力が育たず呼吸がうまくできなくなるらしい」「赤ちゃんを守れるのはお母さんだけです」……。

お母さんたちが書き込んでいる情報を読むだけで背筋が寒くなっていく。

やっぱり情報って大事だ。ネットを使えるようになってよかった。隣のベッドの女性のおかげだ。美空の携帯電話を病院の無線LANに繋ぎ、育児掲示板を見たらいいよと教えてくれたのだ。

美空は粉ミルクの試供品を摑んだ。ベッドの脇のゴミ箱まで持っていく。こんなのいらない。手を離そうというところで、看護師が病室に入ってきた。怒られそうな気がして、コートのポケットに押しこむ。家に帰ってから捨てよう。

「小森さん、母子手帳に、午前中の退院診察の結果、記入しておきました」

「あ、はい。……お世話になりました」

看護師が立ち去ると、美空は母子手帳を開いた。乳房の状態という欄に、不良、という文字が記入されていた。胸がどくんと嫌な感じに鳴る。

中学校のころを思いだした。理科は「1」だった。美空の通知表には「2」や「3」の数字のハンコばかりが押されていた。理科はほんとうに苦手だった。授業をまじめに聞いていても、さっぱり頭に入ってこない。

光合成のところで早々につまずいた。植物が光を浴びると細胞の中の葉緑体がデンプンをつくる、という説明文が飲みこめなかった。なぜ光で栄養をつくるのか。ヨウリョクタイって生き物なのか。それとも臓器みたいなもの？　授業が終わった後、理科の若い教師に質問しに行ったら、「教科書のとおり覚えとけばいいんだって」と、頭を小突かれた。「生物の生合成のことなんて、まともに説明してもお前になんかわかんないだろ？　それよりお前、スカート短すぎないか？」

帰ってから、賢児にも訊いてみた。弟は、「だからさあ、ヨウリョクタイがさ……」と、溜め息をつきながら解説をはじめたが、わからない言葉は抜いて説明して、と頼んだら、途端に「馬鹿か？」と鼻で笑われた。カッとなってつい手が出た。弟の頰を殴った時、骨同士がキインと鳴ったのを覚えている。思わぬ会心の一撃。賢児はそれ以後、美空を姉と呼ばなくなった。

試験が終わり、終業式がきて、美空が帰ると、テーブルに「よくできました」がぎっしり押された小学校の通知表が置いてあった。賢児のだ。美空はそれを見ないようにしながら、おずおずと母に「2」や「3」ばかりの通知表を見せる。頑張ったんだけど、と言いながら。大学に行くのは無理だろうなと思いながら。

病室に誰かが入ってきたのに気づいて美空はホッとした。征貴だ。いつもみたいに、大丈夫だよ、と言ってほしかった。でも、

「用意できた？」

早足でベッドに近づいてきたのは、賢児だった。高校生のときから着ているジャンパーが目の前に迫り、美空は母子手帳を急いでバッグに隠した。

「なんで、あんたが来んの」

「征貴くん、午前中の客が遅刻してきて、まだ出られないんだって。代わりに迎えにきた。おれ今日休みだから。携帯に連絡来てない？」

疲れているみたいだった。無精髭は生えているし、髪もボサボサだ。目の下にクマもある。残業続きなのかもしれない。

「見てなかった。退院診察受けてたから。しかしよりによって賢児？」

「なんだよ。不満なの？　不満なら帰るよ？」

「まあ別にいいけど。賢児でも。お母さんは？」

「家を出られないって。ちらし寿司の出前が来るとかで」

「あ、そっか、今日は叔母さんたちが玲奈《れいな》を見に来るんだったね」

玲奈。赤ちゃんの名前だ。征貴が、円形脱毛症になるのではないか、と心配になるくらい悩んでつけてくれた。賢そうでいい名前だ。美空も気に入っていた。

「退院日に押しかけてくるなんて、思慮が足りないんだよ」賢児が言った。

「いやだったら、いなくていいよ。あんたいると険悪になるし」

「いやだけどいるよ。未開人だけにしとくのは危険だから。行きたいって電話がかかってきたときだって、おれは反対したんだぜ。インフルエンザが流行ってるから、もう少し後にしろって。新生児にうつったら大変だって。でも大丈夫って言い張ってさ。なんとか断ったんだけど、おれがいないときにしつこく電話してきたみたいでさ……」

賢児は顔をゆがめた。本当は家の敷居すらまたがせたくないんだろう。

十三年前、父が癌だとわかったとき、叔母は「無農薬野菜で癌が消える」という本を買ってきて母に勧めた。叔母にとって父はたったひとりの兄だ。助けたいと必死だったのだと思う。

「そう邪険にしなくってもいいんじゃない？　お父さんの仏壇に線香もあげたいんでしょ。お母さんだって叔母さんに会いたいだろうし」

「でも、美空がまだつらいだろ？　腹切ったばかりなんだしさ。退院診察、どうだった？」

いつになく姉を気遣うようなことを言う。でも、不安な様子を見せようものなら母子手帳を見せろと言われかねない。不良という文字を見られたくなかった。美空は「もうすっかり元気」と軽く受け流した。

「まあ、いいじゃないのさ。出産祝いももらえるかもしれないしさ」

「今さら金なんかいるか」

賢児は吐き捨てた。美空は肩をすくめる。お金の話をしたのは失敗だった。

叔母が紹介したルートを通じて、母が無農薬野菜を定期的に買っていたことがわかったのは、父の死後間もなくだった。販売元から届いた請求書を、当時大学生だった賢児が青い顔で美空のところに持ってきた。請求額は半年分溜まっていて十五万円だった。けっこう多いなと他人事のように思った。こんなことはもう慣れっこで、辛さを感じる神経が麻痺していた。

賢児にバイトのシフトを増やしてくれとは言えなかった。もうびっしりなのだ。授業以外はバイトで埋まっている。あれでは授業中は眠くてたまらないだろう。

大学辞める。賢児は何度も言った。私立なんか受けたおれが悪かったのだと。その肩を、美空は突き飛ばし、「大丈夫だって」と笑った。来月は私のボーナス出るし。高卒のボーナスなんてたいした額じゃないけどさ、全部突っこめばなんとかなるって。

よく乗りきったと思う。毎日のように電話をかけてくる税務署との戦いもきつかった。借金の返済を滞らせてでも納めなさいと徴収官は言った。明日までに二十万円を払わなければマンションを差し押さえます。通帳にお金がない？ ならどっかから借りてください よ。思いあまって叔母夫婦にお金を貸してくれ、と電話した。でも断られた。賢児くん、私立大学に行ってるじゃないの。奨学金だってもらってるんでしょ？ そんなに困ってないんじゃないの？

「あのね、叔母さん、奨学金っていうのはもらえるものじゃなくてね、将来、賢児が働いて、利子をつけて返さなきゃいけない借金なのね」と説明する美空から、賢児が受話器をひったくって切った。そして、ただ一言、もういい、と言った。「おれが稼ぐ。給料のいいところに必ず就職する。だからそれまで美空が持ちこたえて」

叔母夫婦は今でもうちに来たがる。一流企業に転職した甥っ子が誇らしいようで、何事もなかったかのように賢児に話しかけてくる。

――実家暮らしだもの、自由になるお金がいっぱいあるでしょう？

去年の正月に来たとき、叔母は無邪気に言った。

――最近多いんだってねえ。お金を全部趣味に注ぎこんじゃう男の人。あなたも気をつけなさいよ。このままじゃ、生涯独身になっちゃうわよ。

賢児はお雑煮の椀の上に箸を叩きつけた。そして自室にひきこもった。こっそり覗いたら、ノートパソコンで科学番組の録画映像を見ていた。子供のころとまったく変わらない。

賢児は美空をせかして支度を終わらせた。そして、嫌なことがあるとすぐにこれだ。

「あ、そうだ」

バッグを肩にかけながら、ほんのついでみたいに言った。

「紗綾からメール来たんだ。お祝いを持って行くの、いつがいいかって」

「なんで紗綾ちゃんが、あんたに？」

そういえば賢児が叔母に怒ったのは、紗綾と別れてすぐ後だったな、と思いだす。紗綾によれば、ふたりが決裂したのは日付が大晦日から元旦に変わる瞬間だったらしい。そのわずか十二時間後に、生涯独身になっちゃうわよ、なんて痛いところを突かれたってわけだ。そりゃひきこもりたくもなる。

「美空が出産報告メールなんか送るからだろ？」

「あ、そっか。なんか悪いね。気まずいでしょ？　私から返事しとく」

「いや、いい。おれがする」賢児はすばやく答えた。「じゃ、おれ、一階に行って会計済ませとくから」

賢児は荷物を持って、逃げるように病室を出て行った。ありゃ久しぶりに連絡がとれて嬉しいんだろうな。

結婚の話まで出ていたのに別れた理由を、忙しくてすれ違いが多かったせいだ、と紗綾は美空に報告した。でもたぶん原因は賢児だ。そうに決まってる。

そろそろ行かなくちゃ。

美空は新生児室に玲奈を迎えにいった。病院の産着を脱がせ、美空が選んだ花柄の服を着せると、やっと、うちの子という感じになった。

「小森さん」

看護師がやってきて、美空の手に哺乳瓶を渡した。

「これ、メーカーのサンプル品です。ミルクで育てるお母さんにお渡ししてるんです。よかったら使ってください」

ガラスの哺乳瓶はひんやりとして冷たかった。人工的な感触。はあ、と美空はうつむきながら受け取った。そうしないと、また怒られそうだったから。

明日にでも隅野助産院に行こうと心に決めた。

12

科学館に来たのは久しぶりだ。

賢児は自転車をとめて古ぼけた外壁を見あげた。

建物は築五十年で古い。最上階のプラネタリウムドームが屋根になっていて、ずっと昔に設計された宇宙船みたいに見える。はるか彼方の惑星から旅してきたかのように傷だらけだ。色のあせたドームのむこうに曇り空が見えた。

正面玄関のガラス戸を開けると、ロビーから呼ばれた。

「賢児」

譲は入り口に展示された振り子を眺めていた。ゆっくりと揺れる真鍮製の玉の下にはフランス人の肖像が飾られていた。この振り子を使って地球の自転を証明したレオン・フーコーだ。

「ここ、再来年度末に閉館するんだってね。全然知らなかった。さっき実家寄ったときにうちの母親に聞いた。……なんで？」

「老朽化。耐震性に問題があるんだって。この前の震災の後に決まった」

賢児は中央の階段を見上げた。ペンシルロケットの模型をおさめたガラスケースが見える。昔と配置はほとんど変わっていない。

「建て直せばいいのに。この区に科学館はひとつしかないんだから」

「予算がないんだろ」

「科学館条例で設置が定められてるはずだろ？」

「その条例も廃止だってさ」

「じゃあ移動教室は？　小学校のころ、教師に連れられて来たよな？　裏庭の実験場で流水の三作用の観察をしたの覚えてる？　地下の実験室で金属や水の温まり方を実験したり、プラネタリウムで太陽系の学習したり、屋上に天体望遠鏡を出して土星の輪を観たこともあったよね。ここで科学の楽しさを学んで研究者になったって人にも会ったことあるよ。僕だってそうだし。……そうだ、ここで指導とか研究とかしてた専任スタッフは？」

「他の施設へ異動じゃないかな。廃止に反対する区民運動もあったんだ。でも転職活動が忙しい時期で協力できなかった。できたのは嘆願書への署名くらいで。ごめん。地元にいたのに何もできなくて」

そうか、と譲は、振り子に目を戻した。すぐ横をコイワシクジラの骨格標本が泳いでいる。通称ミンククジラ。薄暗い館内でその標本だけが光を集めて白く光っている。

「子供時代が丸ごと消えちゃうみたいだね」譲がつぶやいた。「覚えてる？　そこの外階段で賢児のお姉さんが須山と会ってるの目撃したんだよな。その後、図書館に行ってさ。ははっ。今思うと笑えるよね。小学生が受精について調べるなんて」

「もういいって、その話は」賢児は腕時計に目をやった。「紗綾、遅いな。美空に出産祝い渡してから来るって言ってたけど、引き止められてるのかも。あいつ話長いからな」

「いいよ。ゆっくり見てるから。二階行かない？　気象観測装置とかあったよね。さすがにもう動いてないかなあ」

譲を追いかけて階段を上がる。二階には生物標本を展示するコーナーがある。ガラスケースの中に藻類や貝類の標本がじっとしていた。剝製《はくせい》のワシが目をカッとひらき、ケースのあいだを歩くふたりを狙うように見ている。

「わ、懐かしい」

譲がしゃがんだ。南極の石だ。黄銅鉱、水晶などの標本にならび、白と黒がまだらになった岩が展示されている。

「よく、ここでしゃがんで見てたなあ。足が痺れちゃってさ」

「これ、なんていう鉱物なの？　昔はただ南極の石だってだけで喜んで見てたけど」

「ペグマタイト。巨晶花崗岩ともいう。大昔の地球でマグマがゆっくり冷えて固まったのを深成岩っていうんだけど、その中にたまに大きな空洞ができる。そこにいろんな微成分が集まって結晶に育ったの」

「それ、昔から知ってた？」

「うん、図鑑に載ってたし」

「へえ」賢児は心の底から感心した。「おれは調べもしなかったな。鉱物標本屋の息子なのに。研究者の素質がなかったんだ」

「そんなことないと思うけど。めざしてみればよかったのに」

「あのころもそう思ってた？」賢児は思わず言った。「だってドラゴンクエストやったときにさ」

「ドラクエ？」

「いや、やっぱ、いい。どうでもいい話」

「ふうん。……なんか、賢児さ、この前は変わってないって言ったけど、でもやっぱり前とは違うんだな。あんまり笑わなくなったね。昔はしょっちゅう笑ってたのに。しょっちゅう怒ってもいたけど」

「ははっ」賢児は声だけで笑った。「会社員って、笑いたくなるようなことってあんまりないよ」

「そう？　柴田電器なんか安定してて、羨ましいけど」

「家電市場なんか縮小の一途だって。業界は吸収合併ばっかだし」

「じゃあ、なんで家電メーカーに入ったの」

「それは――」

賢児は階段の下を見た。そこにペンシルロケットの模型が展示されている。日本の宇宙探査の道を開いたという小さなロケットだ。かつて、この近所にあった民間の機械メーカーが開発に協力している。それでこの科学館の一番いいところに展示されているのだろう。

「四年前、ちょうど転職先を探してた時にさ、柴田電器がプレスリリースを出してたんだよ。宇宙空間における照明器具の開発に協力したって」

「宇宙産業ってやつか」

「そう。大手電機メーカーみたいにコンピュータとか電子部品とかつくってるとこがロケットとか探査機の開発をやってることは昔から有名だけど、でも家電メーカーが宇宙産業に参入するっていうニュースは――見た時すごいなって思ったんだ。だって家庭用のテレビとか冷蔵庫とかをつくってるとこがだぜ？　日用品の会社がだよ？　宇宙で暮らす時代がいよいよ来るのかって。商人――ビジネスマンであっても宇宙開発に直接携われる時代になったんだなって」

そこまで一気に喋って、賢児はペンシルロケットから目をそらした。

「……でも、おれが入社してすぐに撤退が決まった。まあしかたない。会社の体力がどんどん落ちてるし。収益がすぐに見込めない事業に予算を突っ込むわけにいかないんだろう」

「それは残念だったね」

譲は慰めるように言った。

「でも、それでもそんな一流企業にいるなんてすごいよ。僕も、博士課程なんかに進まないで適当なところで就職しとけば、年収六百万円くらいはいったのかなあ、ってよく考える。好きなことを仕事にしたことに後悔はないけど、でも、研究がうまくいかない時なんかはやっぱり考えちゃうかなあ」

六百万円くらい。譲があっさり言った一言が胸にひっかかって賢児は目を床に落とした。その「くらい」にたどりつくのでさえ、自分の力ではやっとだった。死にものぐるいだった。

「この二十年、すごく長かった」賢児は思わずつぶやいた。

「そう？　僕はあっという間だったな」

丈の長い窓からさしこむ午後の光が、譲を照らしていた。彼の日に灼けた額を見てふいに思った。彼はまだ、ここで遊んでいたころのままなのかもしれない。好きなことを仕事にするってことは、そういうことなのかもしれない。

賢児は「そろそろ降りようか」と言って、階段に向かって歩きだした。譲はその後をついてきた。緊張しているようだった。

「そういや、桐島さんとはなんで別れたの？　詮索するわけじゃないけど、会話のなかで地雷踏んだら悪いと思って」

賢児は一階を見おろした。紗綾がまだ来ていないことを確認してから答えた。

「婚約指輪を買う買わないで喧嘩になって」

「え、そんなことで？」

「譲は覚えてる？　うちの父親が持ってたダイヤモンドの原石」

「覚えてるよ。礫岩の中に埋まってるやつね」

「うん、マグマが地表に高速で運んできたそのままの姿のやつ。おれにとってダイヤってあれなんだ。だから、原形をとどめないほど加工された宝飾品にはさほど価値を感じないっていうか」

「それで喧嘩？　まあ、鉱物標本屋の息子っぽい理由ではあるけど、でも、そこでポンと金出すのが男の甲斐性じゃないの」

「男の甲斐性とか、古いよ。今は女のほうがよっぽど甲斐性あるよ。紗綾も費用は折半してもいいとまで言ってたんだ。でもおれはきらきら光るだけのものに金なんか出したくなかった」

「はあ。そんなケチケチされたら別れたくもなるな」

「ケチじゃない。価値があると思えば金くらい幾らだって出す」

譲はあきれたように肩をすくめた。そしてフォローするように言った。

「まあ、たしかに宝飾品のダイヤって不純物がほとんどないもんな。何億年も前の空気や水が封じこめられてるってのが天然ダイヤの面白いところだから」

「だろ？　そんなに混じりっけなしがいいなら人工ダイヤにすりゃいい。なにもわかってないくせに天然天然って馬鹿みたいだ」

譲と話していると、父と店で話していた時間を取り戻したようだった。こうして礫岩のなかにあるのを見るのが一番好きです、と目を細めて言っていた父は、家族でただひとりの理解者だった。ずっとそう思っていた。

「でも、そんなことで別れたなんて人、初めて見たよ」

譲は階段の一番下の段にトンと足をつけながら言った。

「そうかな。理系にはいっぱいいるんじゃないの？」

「いやー、それは偏見だ。理系だって婚約者にはダイヤくらい買いますよ？」

へえそうですか、と賢児がむくれた声をだしたとき、桐島紗綾が玄関のガラス戸を開けて入ってきたので、ふたりはぴたりと会話を止めた。

「ごめんなさい。遅れちゃった」

紗綾は踵の高いブーツで床をけって近づいてきた。急いで来たのか、頬が上気して赤い。ふんわりとしたストールを首に巻いているのが暑そうだった。

ふたりの前まで来ると、紗綾は、本を読む少年少女の絵柄が印刷された名刺をさっと出した。読書家なら誰でも知っている有名なロゴマークだ。

「大鹿出版の桐島紗綾と申します。お噂、よくうかがってました。お会いできてとっても嬉しいです」

「蓼科譲です」

譲は名刺を見つめている。編集者という肩書きに気圧《けお》されているようだった。

自分も同じだったなと賢児は思った。

紗綾と出会ったのは、柴田電器に転職した後で、サイエンスカフェの会場だった。三年前のことだ。

それまで賢児は、科学イベントに参加したことがなかった。店の借金を返し、奨学金を返し、安定した企業に入り、ある程度、貯金がたまるまで禁止。そう自分に命じていたのだ。譲に偶然会ったらどうしようという恐れも心の片隅にあった。もし会う時は、堂々と名刺を出せる。そんな身分になっていたかった。

初めて訪れたサイエンスカフェの会場は、二十人ほどしか入れない狭いスペースだった。コーヒーを飲みながら、科学者の話を聞けるようになっていて、一般人が参加しやすい雰囲気がつくられている。同じテーブルになった賢児に、もしかして科学業界の方ですか、と話しかけてきたのが紗綾だった。

いいえ、と賢児は激しく首を横に振った。一般人です。テレビの科学番組を録画して見るくらいで……。私も同じです、と紗綾は微笑んだ。

「今度、科学本を編集することになって慌てて勉強してるんです」

彼女はプロジェクタを片付けている講師を指さし、今度あの先生の本を出すのだと言った。

会場から出ると、紗綾は「なにか食べて帰りません?」と誘った。賢児は「どうして?」と尋ねた。編集者ってもっときらびやかな人種だと思っていた。賢児のような普通のサラリーマンを何の理由もなしに誘うとは思えなかった。

「情報収集させてほしいんです」

紗綾は真剣な顔で言った。賢児は断った。参加したのは今日が初めてだし、科学には詳しくない、提供できる情報などないと。紗綾はそれでもいいと食い下がった。

「科学の本を買うのはそういう人たちですから」

ふたりは駅前のレストランに入った。名刺を出すと紗綾はほっとした表情を浮かべた。

「あ、柴田電器さんとは雑誌のパブリシティで何度か」

変な人だったらどうしようか、と内心不安だったらしい。そこから空気が柔らかくなり、ふたりは科学の話題を交換しながら夕食を摂った。慌てて勉強したと言うわりに彼女は科学業界に詳しかった。死にものぐるいで本を読んできたらしい。編集者ってこういうものなのかと賢児は内心驚いた。

紗綾は、譲についても、あらかじめ調べてきたらしい。今も譲に所属している大学の名前を確認している。

「砂島研究室にいらっしゃるんですよね」

「よく知ってますね」

「どんな研究をしてらっしゃるのかなあって、お名前を検索してきたもので。現在はどういうポジションなんですか？」

「任期制の研究職に就いています。今の研究室は来月から二年目突入でして、来年には職探ししないといけなくて。実はちょっと焦ってます」

「そうなの？」賢児は思わず尋ねた。

「うん。下手したら無職かもね」譲はおどけて言い、そして紗綾に説明した。「任期制の研究職っていうのは、プロの研究者になるためのキャリアパスなんです。大学や研究機関を渡り歩いて研究の幅を広げるっていう。でも、その渡り歩くっていうのが結構大変で……」

紗綾は真剣な顔でうなずいている。

「二十年くらい前にはじまった科学振興政策で、大学院にいっぱい学生を入れて博士を増やしたんですよ。でも卒業後のポストはそんなに増えなかった。結果的に、路頭に迷う人がたくさん出たというわけです。たとえ任期制の職に就けたとしても年収は四百万円くらいしかなくて。低いでしょ？」

　譲は恥ずかしそうな顔をした。

「ひとりで暮らしていくのがやっとという感じです。企業に就職した同級生が、結婚したり子供ができたりしたって聞くと、正直焦りますよ」

「いや、そんな、低いってことはないと思いますけどね」と、紗綾がフォローのつもりなのか、首をかしげながら言った。「三十代の平均年収ってそのくらいですし」

「まあ、そうかもしれませんが」

　譲は素直に言ったが、賢児はムッとした。

「会社員のおれたちといっしょにするなよ。任期制ってことは、その後の生活の保障はないんだぜ。それとは別に研究費の獲得競争もある。ものすごく過酷な世界なんだよ。精子のレースみたいに」

「精子のレース？」と、紗綾が眉をひそめる。

「何億匹もの精子が泳いでいく映像を子供のころ見たんです。いきなり言われてもわかんないですよね」と譲が説明し、おかしそうな顔になる。「賢児って昔からこうなんですよね。直球すぎるっていうか、受け手のことをあんまり考えてないっていうか」

「大丈夫。慣れてますから」紗綾がにっこり笑った。「でも、そっか、研究者の世界ってそういう感じなのか。マイペースってイメージがありましたから意外です」

「研究は楽しいですよ。研究の内容で競いあうのも楽しいです。でも研究費を取り合うのは僕は苦手で——研究にも集中できない時もあります。この先、生き残れるかどうか正直わかりません。もう三十一歳だし、今さら企業に就職もできないし」

自分の置かれた状況を率直に語る譲の顔を、賢児は見つめた。

大学から大学院に進み、博士課程を修了するまで九年はかかる、と聞いたことがある。博士号をとるには莫大な学費がかかります、と父も言っていた。それだけの時間と金をかけてめざしたものになれなかったとしたら、どんな気持ちがするものなのか。科学者になることを早々にあきらめてしまった賢児にはわからない。

生きるってことはそれだけでものすごい競争なんだ、と子供のころ譲は言った。図書館の視聴覚室でビデオを観ていたときだ。

「あっ、そうだ。お土産持ってきたんでした」

紗綾が鞄をごそごそとまさぐった。ピンク色のクリアファイルが飛び出してきたのを、すばやく手で押しこみ、底のほうから薄い本を取り出す。

「私が編集した本です。科学者さんに見せるのはちょっと緊張ですけど」

有孔虫《ゆうこうちゅう》の写真集だった。海に生息している小さな原生動物で、美しく精巧な形をした石灰質の殻を持っている。

「あ、これ、出たんだ」賢児はつぶやいた。「有孔虫の本、ずっとやりたいって言ってたよね。気づかなかったな。本屋に行く暇なくて」

「八万部」と、紗綾はにやりとした。「有名なイラストレーターさんが気に入ってくれて、テレビで紹介してくれて、それで一気に」

「それでも八万部か」と、譲が微妙な顔をする。「百万部くらい売れてるのかと思ってました。ネットでよく書影を見るから」

「いやー、今どき百万部なんてほとんどありませんよ」

紗綾はひらひら手を振った。その横顔を賢児はそっと見た。

細く尖った顎が懐かしかった。頰は別れたときよりふっくらしている。忙しいのかもしれない。紗綾は徹夜が続くと、明け方に牛丼屋に駆けこんでビールと焼き肉定食を注文するのが習慣なのだ。

「それに、ネットで話題になったからって売りにつながるわけでもないんです。やっぱりテレビは強いですよ。賢児くんは馬鹿にするけど」

「でたらめばっかり流すからだよ。NHKの科学番組は別だけど」

「健康情報番組がとくに嫌いみたいで……」

「コラーゲン鍋を食べて次の日には肌がツルツルとかさ、未だにそんな古くさい似非科学情報、流してるんだぜ」

「あ、それ、おとといの放送だよね？　私も見て、昨日同僚と食べに行ったよ。今朝は肌の調子よかったけど」

「そんなわけないだろ」

ふたりのやりとりを聞いていた譲がおかしそうに笑い、言った。

「いくらなんでも翌朝に効果が出るってのはないですね。経口摂取したコラーゲンは体内でアミノ酸に分解されて、体中のいろんなタンパク質の生成に使われちゃうんです。肌への効果は、かなり長期にわたって摂取しないと有意差は認められないんじゃないかな。あ、ちなみに化粧品はもっと効果ないですよ。コラーゲン分子は経皮浸透しませんから」

「えー、私、持ってますよ？　コラーゲン化粧水。肌に浸みこんで効くっていうやつ」

「なんでそんなもの持ってんの？」賢児は紗綾を横目で見た。「肌に浸みこむような成分が化粧品に入ってるわけないだろ？　これ、似非科学と戦う業界の常識」

「は？　なに、その似非科学と戦う業界って」

譲が笑いながら「まあまあ」となだめる。

「経皮浸透する化粧品があったら、それはもう医薬品だってことですよ。長期間の治験を経て厚労省に認可されないと販売できない。薬事法でそう決まってます。つまりまあ、そこまで人体に影響あるものを化粧品メーカーが売れるわけがないってことで」

「へえ、そんな法律があるんですか……。知らなかった。六千円もしたから効くと思ったんだけどなあ」

いくら譲が解説しても、紗綾は腑に落ちていないという顔をしている。賢児は思わず言った。

「あのさ、化粧品の価格の内訳なんて、ほとんどが広告費と容器代だよ。これ、マーケティング界の常識。それに肌のハリがなくなったのは年相応。そういう現実から目を背けたい女を騙して金をふんだくるのが美容業界のやり口なんだよ」

「ちょっと聞きました? ひどいですよねー」

「あはは」譲がまた笑った。「よくそんなんでつきあってたね」

「つきあってるときは、この人の前では美容とか健康とかの話は極力しないようにしてましたから」

「仕事の話もだろ」

賢児は言った。紹介する以上、譲には伝えておかなければならない。

「大鹿出版は、科学的根拠のない怪しげな本もたくさん出してる。血液型占いとか、星座占いとか。紗綾はさすがにそっち方面に手を出すほど愚かじゃないと思うけど」

「あのさ、あんまり馬鹿にしないでよね。どんな本だって編集者が一生懸命つくった本なんだからね。賢児くんのいけないのはそういうとこだよ。なんでもかんでも似非科学憎しでジャッジして」

紗綾が毅然とした声をだしたので、譲が目を見開いた。

賢児は慣れている。同じような口論を今まで何度もしてきた。でも、紗綾が次に発した一言はぐさりと胸に突き刺さった。

「正義のための戦いって人を傷つけることもあるんだからね」

二週間前のあれを思いだしたのだ。君と似非科学との正義の戦いなんて正直どうだっていいんだよ、という桜川の叱責。そういえば明日は例の商品評価調査だ。憂鬱な気分がこみあげる。

「ちょっとトイレ行ってくる」

空気が張りつめたのを感じたらしい譲が階段をトントンと上がっていく。賢児は黙っていた。ふたりきりになって、何を言えばいいかわからない。紗綾は鞄からタブレット端末をひっぱり出すと言った。

「で、私にどうしてほしいの？」

「え？」

「譲くんに会わせた理由。こんなとこに呼び出したりして」

「ああ」賢児は緊張した。父に譲を会わせる時も同じように緊張したっけ。「彼、どうかな？」

「どうって？」

「紗綾は、科学本を何冊か編集してるだろ。研究者をめざす中高生に夢を与えるような、結構いい本も出してる」

「ええ、出してます、いい本を」

「だから、なにかいい繋がりができないかって思ったんだ」

賢児は階段を見上げた。

「譲とおれはさ、子供のころ、ここによく来てたんだ。譲はそのころからすごく頭がよくてさ、父親は商社マンで、母親は中学の理科の教師で、科学雑誌のニュートンなんかがソファにポンって置いてあるんだ。ああもうなんか全然違うんだなあって思ったよ。だって、うちの居間に置いてあるのは女性週刊誌だぜ」

「賢児くんのお父さんだって鉱物標本の店やってたじゃない」

「あの人は商売人だったから」賢児は頬をひきつらせながら笑った。「譲に橄欖岩を渡したのだって将来の顧客になってもらうためかもしれないし、おれに科学者になることの難しさを教えたのだって……手堅い職業に就かせて家計を支えさせるためだったんじゃないかな。少なくとも、息子に好きなことをやらせるために投資を惜しまないってタイプじゃなかったよ」

「子供に好きなことをやらせるって聞こえはいいけど、残酷な結果に終わることもままあるよ。実力主義の世界だってこと知ってたから、あえて息子に厳しいこと言ったんじゃないの？」

実力主義。紗綾のいる世界もそうなのだろう。夢に破れて散っていった人をいやというほど、彼女も見てきたのだろう。

「でも、おれは、譲を助けたいんだ。自分にはできなかったことを、やり遂げてもらいたいんだ。だから、紗綾が、もし譲に興味があるんだったら……」

「前から思ってたけど」紗綾は溜め息をついた。「賢児くんってほんと譲くん譲くんだね。血脇守之助みたい」

「は？　チワキ？　だれそれ」

「野口英世の恩人。資金を援助したり職を斡旋《あっせん》したりして、野口英世を有名な研究者にした人。知らないの？　科学ファンなのに」

「そんな人、伝記に出てきたかな」

賢児は子供のころ読んだ野口英世の一生を思い返した。

野口英世が、アメリカ留学のための渡航費を遊興に使い果たしたという有名なエピソードに、その恩人らしき人物が出てきた気がする。たしか、もう一度金を出してくれたのだ。子供向けの伝記には、名前までは書かれていなかったけれど。

「話はわかりました」紗綾はうなずいた。「私も新しい著者を探していたところ。譲くんには前から会ってみたかったし、いい繋がりになれるように頑張ってみる。でも、私はまだ譲くんの文章を読んだことないし、本人にその気があるかどうかも確かめなきゃ」

わかってる、と賢児はうなずいた。もし本を出せたとしても、八万部でヒットなどと言っている状況では、印税収入はそれほど期待できないだろう。でも、出版をきっかけに人脈がひろがって、次の職に繋がるということもあるのではないか。ビジネスの世界ではそういう話をよく聞く。

「ありがとう。恩に着るよ」

「気にしないで。こっちも助かる。あ、譲くん、出てきた。なんか見てる」

階段の上を見ると、譲はペンシルロケットの模型を眺めていた。

「そうだ」紗綾が思いだしたように言った。「美空さん、大丈夫？」

「美空?」

「さっき会ったんだけどね。なんかいつもと様子が違ったんだよね」

「疲れてるんだろ。産んでまだ二週間だから。しかも玲奈がなかなか寝ない子で」

「気になること訊かれたの」紗綾が眉を八の字にした。「ほら、うちの妹も去年出産したじゃない? 美空さんがまだ妊婦さんだったころ、お店に遊びに行ったときに、うちの妹、母乳が出なくて悩んでるんですって話をしたことあったんだよね。その後どう? って、今日質問されたの。今は完全母乳でやれてるみたいですよって答えたんだけど、まずかったかなあ」

「まずいってなにが」紗綾の言いたいことがわからなかった。

「もしかしたら美空さんも母乳出てないのかなと思って。プレッシャーかけちゃったかなって」

「出ないってことはないだろ。ミルク飲ませてるとこ見たことないし。それに母乳の出る出ないなんて体質だろ? 他人と比べて気にすることか?」

「気にしてるっていうか、やけに前向きなのが気になったんだよね。ネットで育児情報を集めてるみたいだし。すごく熱心に」

「それくらいするだろ。今時の母親はみんな」

「でもあの美空さんだよ? 私が勧めても、ネットはこわいって、繋ごうともしなかった美空さんだよ」

賢児は黙った。言われてみればそうだ。入院するまではネットなんてやったことなかったはずだ。接続方法を誰に教わったんだろう。

「余計な心配だとは思うんだけど」

「本人は大丈夫だって言ってた。……すっかり元気だって」

退院日のことを思い返してみる。美空はどんな顔をしてたっけ?

「賢児くんには隠してるのかもしれないし」

「なんで」賢児は眉をひそめた。「おれに怒られるから?」

「馬鹿にされるから」紗綾は目をぱちりと開いて言った。「私は反撃できるけどさ、美空さんってできないでしょ」

「は? いや、すごい言い返してくるよ。凶暴な感じで」

「そう見えるかもしれないけど、実際はちゃんと言い返せてないんじゃないかな。私って頭悪いからっていつも言ってるし」

「はっ、そんなの口だけだよ。殊勝なこと言って可愛く見せたいだけだって。あいつ、ほんとは頭悪くなんかないんだ。それを、恋愛なんかにうつつを抜かしてさ……」

「あなたってほんと」と、紗綾は目を瞑った。「近くにいる人の気持ちに寄り添おうとしないよね。譲くんの気持ちは必死に汲もうとするのにさ」

「なに? おれ、責められてるの?」

紗綾からそこまで言われたのは初めてだった。思わず尖った声になった。

「そんな風に思うんだったら、おれに言わなきゃいいじゃん」

「私だって言いたくなかったよ。でも、今回ばっかりは、家族にしか助けられないことかもしれないから。……ね、美空さんを追いつめないでね。出産したばかりのお母さんって、すごくナイーブだから」

「知ってるよ。ホルモンが急変動してるんだろ」

「私にもできることがあったら言って。話を聞くくらいしかできないかもしれないけど、でも、賢児くんよりは、美空さんの心にうまく寄り添えると思うから」

賢児は返事をしなかった。こんなに鋭い言葉を吐く女だったろうか。つきあっていたときはそうではなかった気がする。

譲が階段を降りて戻ってきた。

「ごめん、つい見入っちゃって。あれ、賢児、どうしたの？ 顔色が悪いけど」

「あの、ちょっと考えてみたんですけど」と、紗綾が言った。「譲さんって、ブログとかやらないんですか？」

「やってませんけど、なんで？」

「譲さんが解説してくれた似非科学の話、面白いなって思ったんです。科学者から聞くと説得力あるなって。ブログにしてみたらどうでしょう。一般の人が科学に興味を持つきっかけにもなるだろうし」

「いやー、僕の話なんか面白くないと思いますけど」

「いえ、絶対面白いです」紗綾はタブレット端末を譲に見せた。「この前、出てらしたシンポジウムの動画、実は拝見してきたんです。ここまでお話が上手だったら、文章もきっといいって予感がするんです。読んでみたいなあ。どうですか？」

譲は意見を求めるようにこちらを見た。

賢児はショックからまだ抜け出せていなかった。でも、譲の顔に照れくさそうな微笑が浮かんでいるのを見て、力強くうなずいた。譲はほっとしたように言った。

「ご期待に添えるかどうかわからないけど、でも暇を見つけてやってみます」

「やったー」紗綾が子供みたいに歓声をあげる。「読むの、楽しみにしてますね」

肩の荷を下ろしたという顔で、科学館を見回している。

「それにしても素敵ですねえ、ここ」

「でしょ？　僕らの子供時代のすべてですよ」

「ほんとに素敵。今度、写真の撮影で使おうかな。理科が好きな女子の本とかつくりたいんだよね」

賢児は曖昧に微笑んで「いいんじゃない？」と、うなずいた。もうすぐ閉館するのだとは言えなかった。譲もその話題には触れなかった。

「上、行ってみません？」そう言って最上階を指さす。「プラネタリウムの前に、太陽系の勉強ができるレトロな装置があって、ボタンを押すと恒星や惑星がペカッて光るんです。まだあるよな？」

「うん。冥王星がまだ惑星のままだけど」賢児はうなずいた。

「隕石とか日時計とかもあって、雰囲気いいですよ」

「わー、見てみたいです。行きましょう」

紗綾ははしゃいで階段を上がっていく。譲もその後に続いた。踊り場の窓から光がさしこんでいる。賢児は溜め息をついて胸にいくつか溜まった不安を隅に追いやった。そして、ふたりの背中を追った。


ふたりと駅で別れたのは夕方だった。賢児は帰り道を急いだ。

本格的に春が近づいている。外はまだ明るかった。商店街には飲み屋を探してそぞろ歩く人たちがたくさんいて賑やかだった。

自宅のドアを開けた途端、「しーっ」と蛇《へび》が威嚇《いかく》するような音がした。母が玄関のすぐ横の台所から半身を出して、唇の前に人差し指を立てている。

「なんだよ、びっくりするな」

「玲奈ちゃん、やっと寝たとこなの。静かに」

そうだった。この家は今、赤ん坊中心に動いているのだ。

玲奈は一度起きてしまうと、何時間も泣く。やっと泣きやんだと思って、そっと布団におろすと、また火がついたように泣く。そのたびに母は言った。

「美空はよく寝る子だったのに。なんでこんな神経質なんだろう。賢児に似たのかしら」

「叔父から姪に斜めに遺伝したのかもね」美空がにやにやする。

「遺伝子が斜めに供給されるか、アホ」賢児がむきになって言い返す。

そんなやりとりを最近では何度もしている。

賢児は台所にひっこもうとする母に尋ねた。

「美空は？」

「和室でいっしょに寝てる。……起こさないであげてよ。あの子、ほとんど寝てないんだから」

「わかってるって」

病院で口論したのをきっかけに、母はよく話しかけてくるようになった。昨日は賢児のために夕食が用意されていた。玲奈がやってきたことで世話好きな性格が戻ってきたのかもしれない。

賢児は和室のふすまをそっと開けた。

布団が一組敷かれている。美空が横向きに寝ていた。その胸のあたりに、玲奈が寝かされていた。枕元に携帯電話が置いてあった。検索履歴を見てみようか。そう思いかけてやめた。いくらなんでも勝手に覗くのはまずい。

和室を出ると、居間の窓際に置いてあるデスクトップパソコンが目に入った。

母が買った安いやつだ。知人に「通販するのに便利よ」と勧められたらしい。賢児に相談すると怒られると思ったらしい。こっそり買って、征貴に頼んでネットに接続してもらったものの、すぐ使わなくなり、今ではとりこんだ洗濯物がモニターの上にひっかけてある。

その電源が珍しくついていた。

「ねえ」賢児は母を呼んだ。「これ、誰が使ったの？」

「美空」という答えが返ってきた。「いろいろ調べたみたいで……産後にいい食べ物とか。おかげで献立考えるのが面倒でしかたない」

賢児はキーボードを叩いてウェブブラウザを開き、履歴を確認した。紗綾の言っていた通り、育児掲示板のURLがたくさん並んでいた。

そのひとつひとつを開いていく。

「胎内記憶というものがあります。帝王切開で生まれた赤ちゃんは、子宮にメスが入ったときの恐怖を覚えているそうです」「予防接種は受けないで。人間が生まれつき持っている天然の免疫が弱くなってしまいます」「知らないんですか？　赤ちゃんに市販のボディソープなんて絶対だめです。肌から毒が浸みこみますよ？」「異常分娩で生まれた子供は受験で不利になるそうですね」……。

なんだこれ。医者でも看護師でもない母親たちが、それぞれが信じる科学を教えあっている。似非科学情報を見慣れている賢児でさえ頭がくらくらする。

タチが悪いのは、保健所で教えられるような、医学的に根拠がある情報もまじっていることだった。これでは他のガセネタも正しく見えてしまう。しかもこの情報の量だ。

正しいかどうかの精査なんていちいちできない。まして美空はネットをはじめたばかりだ。あっという間に騙される。

賢児はふたたびふすまを開けて、美空の枕元に歩み寄り、肩に手をかけた。そのまま揺り起こすつもりだった。でも、顔を見て手が止まった。眉間にぎゅっと皺を寄せて目をつむっている。

今起こすのはかわいそうだ。和室をそっと出て、しばらく自室で明日の調査の準備をしながら美空が起きるのを待った。しかし、いつまでたっても玲奈の泣き声はしなかった。

母が寝室に入る前に、「今夜は珍しくよく寝てる」と、ホッとしたように言った。深夜まで待っても、美空と玲奈は起きなかった。明日は早い。賢児はメールで集合時間を確認した。朝八時に調査会場だ。明日、帰ってきてからにするか。

ベッドに潜りこんだ時、

——美空さん、母乳出てないのかなと思って。

紗綾の言葉がふっと浮かんできた。でもそれ以上は考えられなかった。この二週間ほとんど休めていない。疲労がこみあげてきて、賢児は意識を失った。

13

翌朝、調査会場に着くと、賢児はまずインタビュールームに入った。部屋の中央に丸テーブルが置かれ、まわりに椅子が六つ配置されているのを確認する。奥に女性が座っていてパソコンを準備していた。

今日行うのはグループインタビュー調査だ。定性調査の手法のひとつで、発売前の商品を評価する際によく使われる。複数の対象者に集まってもらい、司会者を通じて色々な質問をぶつけ、忌憚《きたん》のない意見を聞くのだ。

おはようございます、と女性が立ち上がった。

「商品企画部に異動されたそうですね。今日評価する商品は羽嶋さんの企画したドライヤーですか？」

彼女は調査部が手配した調査専門の速記係だ。賢児とは前の会社からのつきあいだった。

「いや、私が出すのは商品ラインアップ案です。ドライヤーは寺内っていう女性社員が企画したもので。もう裏に来てますかね？」

「ええ、いらしてました。あ、それと……」記録の女性は録音マイクに拾われることを気にしたのか、近くによってきて小声で言った。「白山堂の営業も来てますよ」

「ああ、いつもの栗原《くりはら》さんでしょ？」

「いえ、唐木《からき》さんです。担当が替わったそうで。一応、お知らせまで」

唐木。顔が強ばった。重苦しい気持ちで廊下に出る。ただでさえ気の張る調査なのに、その上、唐木か。

控え室のドアを開けながら、前とは違うんだと自分に言い聞かせる。もう下請けじゃない。自分のほうがクライアントだ。

「あ、羽嶋くん、おはよう」

梨花は司会者と談笑していた。

「おはようございます」

賢児はコートをハンガーにかけながら、唐木がニヤけた顔をして座っているのを確認した。

「羽嶋くんは初めてだよね。こちら、白山堂の唐木さん」

「いや、存じ上げてます。前にも何度かお仕事させていただいたので」

唐木が椅子に座ったまま「ども」と会釈した。賢児より二歳ほど年下のはずだが相変わらず横柄だ。金払ってんのはこっちだ。ちゃちゃっとデータいじってくれ。そう言われたことが昨日のことのように頭によみがえる。

「調査で使う広告案、羽嶋くんにも一枚渡してもらえます?」

梨花が言うと、唐木は「え?」という顔をした。こんなやつにですか、という顔だった。賢児は内ポケットから名刺を出した。

「三年ほど前に柴田電器に転職しまして、現在は寺内と同じ商品企画部におります」

唐木は目を丸くして賢児を見つめた。そして次の瞬間、すっと立ち上がって、名刺を両手で受け取った。

「それはそれは、存じ上げませんで、失礼しました」

すぐにブリーフケースから広告案を出すと、賢児に差し出す。

「桜川が彼を前の会社から引き抜いたんです」梨花が説明する。「来月からうちの課長です」

「ええーっ、この才色兼備の寺内さんを追い抜いてですか？　どんだけ優秀な方なんですか」

唐木が大げさに驚いてみせる。

「彼、住宅設備事業の盛り返しに貢献したんですよ」

「そうでしたか。いやー、前の会社にいらしたときもね、うちが抱えてる難問を電光石火のごとく解決してくださってね。その羽嶋さんを引き抜くなんて、さすが見る目ありますね、事業部長は。さ、お座りください」

次から次に歯の浮くような台詞が飛び出してくる。賢児は唐木の顔を見ないようにしながら椅子に座った。

時間になると、女性たちが次々にインタビュールームに入ってきた。

今回の対象者は、「一年以内にマイナスイオンドライヤーを購入しようと思っている女性」だ。サンプル数は六名。今回評価する商品の価格が比較的高価格帯であることから、年収は四百万円以上に設定している。ターゲット顧客の中心であるヘアケア意識の高い女性に意見を聞きたいという梨花の希望で、使っているシャンプーの値段が二千円以上であること、という厳しい条件も追加している。

賢児たちは隣接するモニタールームに移動した。ふたつの部屋はミラーガラスで仕切られていて、調査対象者の様子を覗き見ることができた。

「はー、ドキドキする」梨花が胸を押さえた。「一年以上かかったもんね。唐木さんにも何度も広告案つくりなおしてもらったし」

「大丈夫ですよ。前の調査でもいい結果でしたし、微調整だけでいけますって」

またつくり直しじゃ困るものな、と賢児は毒づきたくなった。広告代理店の営業からすれば、梨花が広告案にオーケーを出しさえすればいいのだ。それで多額の出稿費が入る。商品が売れようと売れまいとどっちだっていい。そりゃデータも偽装したくなる。

調査は順調に進んでいた。梨花の企画したドライヤーは今のところ高評価を得ている。新たに搭載した機能――マイナスイオンの量を二倍に増やす発生器が女性たちの購買意欲を強く刺激している。インテリア雑貨のデザイナーと組んでリニューアルしたというデザインも評判がよかった。

「あー、よかった。デザイン提示、今回が初めてだったから」

梨花がふっと力を抜いて笑う。賢児はその横顔をじっと見つめた。これがマイナスイオンドライヤーの調査じゃなければなと思う。

調査会社にいたときも、柴田電器の調査部に入ったときも、こういう笑顔を何度も見てきた。仕事が楽しいと思える、唯一の瞬間だ。

長年温めてきた企画が商品になって顧客の厳しい目で評価される。それはとても緊張する一瞬だ。辛辣《しんらつ》な感想を浴びせられ、激昂する担当者もいる。なぜこの商品の良さがわからないんだと、モニタールームにいることも忘れて大声をあげるのを力ずくで制止したこともあった。

「そろそろ羽嶋くんの商品ラインアップ案だね」

梨花の顔がふたたび張りつめる。

「玉砕する覚悟はできてる？　代替案はつくってきた？　あの後、桜川さんに言われたでしょ。だめだった場合に備えて、マイナスイオン搭載のラインアップもつくっておけって」

賢児は答えなかった。そんなもの必要ない。似非科学を使った商品なんて柴田電器にはふさわしくない。今夏は梨花の企画したドライヤーを売ればいい。でも、そこまでだ。そこからひとつずつ廃止して、数年後にはすべてなくしてみせる。

科学館の閉鎖。譲の浅い息。……もうたくさんだ。ほんものの科学が侵されつづけるのは。

モニタールームのドアが開いた。みしみしという足音をさせて桜川が入ってくる。隣の唐木が緊張した空気をまとった。

「これ、今日の調査フローです」梨花が紙を回す。

「ああ、どうも」

桜川の陽気な声が聞こえた。マスクをしているのでくぐもっている。

「あー、暑い暑い。地下鉄が遅延してててさ。走ったよ。でも羽嶋くんの一世一代の勝負には間に合ったみたいでよかった」

賢児は軽く会釈だけして、インタビュールームに座っている女性たちに視線を向けた。司会者が商品ラインアップ案の紙を配っている。

二週間もデータの山に埋もれて練ってきた案だ。

大丈夫だ、と賢児はスーツの内ポケットに手をやった。そこに黒い手帳がある。美空の写真も挟んである。パソコンの画面に並ぶ似非科学情報の履歴が浮かび、あわてて首を振る。忘れろ。今は考えるな。

怖じ気づいたら負けだ。今日は勝たなければならない。失敗は許されない。

「この商品ラインアップ案を見て、どう思われましたか？」

司会が言うと、女性たちは紙を見つめた。

「うーん、なんかすごそう」

「すごそう？　どういう意味ですか？」

「この、速乾効果っていうの、『今までの半分の時間で乾くので、熱が髪に当たっている時間も半分に減ります』って、説得力ありますね。……うん」

「買ってみたいと思いましたか？」

「えー」女性は顔をしかめる。「そうだなあ。買わないかなあ」

賢児は思わず腰を浮かした。司会が女性の発言の矛盾をつく。

「さっき、夏に発売予定のドライヤーを見た時は、言ってましたよね。髪が傷まない機能はうれしいって」

「言いました……言いましたけど……」

「あの」と、別の女性が手をあげた。「私はこっち、いいと思いました。『完全静音を実現』ってドライヤー。『小型なのでバッグに入れて出勤でき、会社の化粧室で使えます』って、欲しいです。大事なコンペに勝てるように直前に髪を直して気合い入れたい時もあるし」

よかった。握っていた拳から力が抜けた。

「前にアイディアを聞いたときよりよくなってる」と、梨花が隣で言った。

「でも、できるの、これ？」

桜川の質問に賢児が答えた。「三年あればなんとか、だそうです。もちろん、きちんとした実証実験もしてもらいます」

「へえ、よく言わせたね。できません、があいつらの口癖なのに」

思わず笑みが浮かぶ。開発部に粘り強く交渉した甲斐があった。

「うちの技術者って売り場と距離をとりたがりますからね。だから市場の切迫感がいまいち伝わらない」

梨花が腕組みをしながら言った。

「自分の仕事がいくらに換算されるかを知りたくないんだろうよ。さあ、いくらになりますかね、羽嶋くんのお値段は」

司会が評価シートを配った。女性たちに、この商品群がいくらだったら買いたいかを、記入してくれと頼んでいる。

大丈夫だ、と賢児はこの二週間のことを思い返す。開発部の既存技術を掘り起こすのは地道な作業だったが収穫も多かった。我が社には事業化できそうな技術が沢山眠っている。似非科学に頼らなくても充分やっていける。

「まずは速乾機能のドライヤーに値段をつけてください」

司会に指された女性が紙を持ち上げた。

「五千円……かな」

そんなに安い値段？　胸をえぐられる。でも、この女性はもともと速乾機能を支持していなかった。ここからだ。司会は次の女性を指した。

「私は五千五百円くらいですかねえ」

六千円。四千五百円。購入希望価格が次々読みあげられる。司会は完全静音のドライヤーについても尋ねたが結果は似たようなものだった。さっき欲しいと言った女性も、四千円という価格をつけた。

「会社で使えるって、携帯用ってことですよね。サブのドライヤーってイメージ。だったらあんまり高くないほうが」

賢児は手元の紙に目を落とした。開発部に見積もらせた原価がメモしてある。

「赤字だね」桜川が言った。「型落ちする前からこんな価格じゃ、量販店の棚に置いてもらえるかどうか。……これ見せてきて」

桜川は梨花に紙の束を渡した。他社のパンフレットだ。梨花はそれを見てためらうような表情を浮かべたが、桜川の顔が真剣なのを見て、モニタールームを出ていった。

「なにするんですか」

賢児は尋ねたが、桜川は答えなかった。

梨花が女性たちにパンフレットを配りはじめた。どこの商品だ。賢児は目をこらした。通販で売られている胡散臭いドライヤーだった。細胞を活性化する風が出るとかゲルマニウムの粒子が配合されているとか、明らかな似非科学商品だ。訪問販売の商品もある。

彼女たちはパンフレットに見入り、「これいいかも」などと囁きあっている。

「三万円くらいしそう」

「いや、もっとするんじゃない？　十万円以上……」

賢児はあわてて手帳を開いた。美空の写真がテーブルに飛びだす。ピースしながら無邪気に笑っている。落ちつけ。そう言われた気がして、一瞬手が止まった。冷静になんなよ、と。しかし冷静になどなれない。負けるわけにはいかないのだ。賢児は美空の写真を、どいてろ、と脇によけた。白いページを破って指示を殴り書きして、戻ってきた梨花に渡す。

「これ司会に渡してください」

「羽嶋くん」梨花が溜め息をついた。「残念だけど今回は負けだよ」

「持ってってあげなさいよ」桜川が投げやりにいった。

梨花は桜川をじっと見た。そして、黙ってメモを受け取って出ていった。

司会がメモを受け取り、読み上げる。

「これらの商品がうたう効能は、科学的根拠が乏《とぼ》しく、効果は期待できないものと思われます。それでも購入したいと思いますか？」

女性たちは黙った。水をさされた空気が漂う。教室で作文を読んだ時と同じだ。羽嶋くんがまた厄介なことをいだした。だれにも求められていないことをしてクラスの和を乱している。

しばらくして女性のひとりが「でも」と、抗《あらが》うように言った。

「ちょっと怪しいほうが……効く気がしません？」

他の女性たちが肩の力を抜く。ほっとしたように口を開く。

「柴田電器さんの商品の前で悪いけど……大手メーカーのものって安全は安全なんでしょうけど書いてある効果がなんか弱腰で」

それは過大広告をしていないからだと賢児は胸の中で言い返す。

「説明書にも禁止事項ばかりだし、萎《な》えるっていうか」

それは不慮の事故が起こらないようにするためだ。

「科学的根拠がないっていうけど、科学も結構怪しいですよね。例の世紀の大発見だっていう万能細胞も結局は存在しないみたいだし……」

「いや、まだないって決まったわけじゃないらしいですよ」

「じゃ、マイナスイオンの存在もこれから実証されるかも」

「されないよ。そんなもの」

賢児はマジックミラーに向かって怒鳴った。

「え、マイナスイオンって存在しないことになってるの？」別の女性が言った。「じゃあ、私が感じた髪質の変化はなんだったのかな」

「気のせいだよ。髪質がそんな簡単に変化するはずないだろ」

賢児の声はむこうには届かない。桜川も梨花も黙っている。

「騙されてるんだ。生まれつき綺麗な女優が出てる広告見て、自分まで綺麗になれるような幸せな錯覚をしてるだけだ」

「錯覚のなにがいけないんですか」唐木が鋭く言った。「幸せな錯覚、結構じゃないですか。こっちは金が儲かる。むこうは幸せになる。反対してるの羽嶋さんだけですよ」

「黙れ！」賢児は足元の壁を蹴りつけた。

ドンという音が双方の部屋に響き、女性たちが顔を見合わせる。

「羽嶋くん」と、梨花が張りつめた声で言った。「最初からそんなうまくいかないって。あと五分あるからここで代案見せようか。つくってきたでしょ？　マイナスイオン機能に新機軸を加えた――」

「代案なんてありません」

「は？　なんで？　今見せなきゃ中長期計画決まらないよ？」

「できません。偽物の科学を売るなんて、絶対に」

梨花は信じられないという顔で賢児を見つめていたが、ふりかえって、会場の係員に調査を終わらせるよう指示した。

「お疲れさん。いやあ、久しぶりにモニタールームで叫ぶ企画マン見たよ。熱くて結構。ゴミ箱どこにある？」

桜川が言うと、唐木がはじかれたように立って隅からゴミ箱を持ってきた。その中に計画案がガサリと投げ入れられる。

「武士の情け。もう二週間あげるから、代案つくってきて」

賢児は息もできずにそれを見つめたが、ハッとして言った。

「すみません。今度こそ高い価格のつく案を考えてきます」

「まあ、もうさ、寺内くんが全部つくっちゃったら？　でさ、羽嶋くんは調査部に戻ったら？　安全なところからエラそうに他人の商品の評価だけしてたらいいじゃない。ついでに四月の課長昇進も寺内に譲ったらいいんじゃない？　あ、明日からもう四月か。

でも僕が人事に言えば今からでもどうとでもなるから。じゃ、唐木くん。広告よろしく」

「はいっ。寺内さんのドライヤー、めちゃくちゃ売ってみせますよ」

「僕はもう帰ります。娘と待ち合わせしてるから」

「あ、表参道ヒルズですか？　三階にいいカフェありますよー」

出ていく桜川を唐木が追いかけていく。

ふたりの声が遠ざかると、梨花が「なんで？」と怒ったように言った。

「期待されてたんだよ、羽嶋くんは。まさかギブアップなんかしないよね？　そりゃ私も代案つくるけどさ、当然マイナスイオン盛り盛りになるからね。それがイヤなら根性見せなよ。こんなんで課長昇進譲られたって全然嬉しくないからね？」

賢児は答えずに手帳を乱暴に摑んだ。床に美空の写真が滑り落ちる。梨花がそれを拾ってこちらに差し出した。

「そんなに科学が好きなら、どこかの科学機関にでも就職すればよかったじゃない。どうして柴田電器に来たのよ？」

「騙されたんですよ、私は」

賢児は写真をひったくるように受け取り、廊下に出た。会場の入り口へと向かう。そこに唐木が立っていた。

「あっ、羽嶋さんもお帰りですか？」

「桜川は」

「トイレです。あの……さっきはすみませんでした」

唐木はそう言って頭をさげた。白々しい。内心では悪いなんて思っていないくせに、と賢児が舌打ちしたくなったとき、唐木はパッと顔をあげた。

「でも、茶化したんじゃないんです。——売れないんですよね。なにもかも。僕が就職してからずっと。いい広告をつくっても。どの企業もジリ貧で、広告出稿量は減る一方です。でも寺内さんはきちっと利益をだして僕に仕事をくれる。だから騙してるなんて言われて、カッとなってしまって」

騙してるのは事実だ。賢児が黙っていると、桜川がトイレから出てきた。ハンカチで手を拭きながら唐木に声をかける。

「いいよ、謝らなくて。こいつの覚悟がないだけなんだから」

唐木は桜川に会釈すると、控え室のほうへ身軽に歩き去った。その後ろ姿が消えてから、賢児は小声で桜川に告げた。

「前の会社であいつのデータ偽装を手伝ったことがあります」

「だから？　そんな密告で今日の失敗をなかったことにできるとでも？」

「桜川さんはそれでいいのかって訊いているんです。データ偽装ですよ。似非科学商品ですよ？　研究者志望だったんですよね？」

「じゃあこっちも訊くけど、似非科学を撲滅して君は何がしたいの？……寺内はね、休みの日は売り場をめぐって化粧品や他社の美容家電買ってるよ。なんのためかわかる？

店に行って、商品を手に取り、レジに運ぶ。顧客の気持ちにとことん寄り添うためだよ。自分の財布を開かなければわからないこともあるって言って」

賢児は黙った。梨花の顔が思い浮かぶ。私はここの商品に誇りを持ってる。彼女はいつもそう言っていた。

「その結論がマイナスイオンだ。女は馬鹿じゃない。親から貰った外見が変えられないことくらいちっちゃいときからわかってる。うちの娘だってそうだ。内心では僕を恨んでるかもしれない。絶望したこともあるかもね。それでも綺麗になれるかもしれないとドライヤーを買う。マイナスイオンがあると信じる。すると髪も柔らかく感じられる。自分を愛おしいと思えるようになる。明日から頑張って働こうと思える。お前が幸せな錯覚でしかないと決めつけたその価値を、寺内は柴田電器の商品として売ると決めたんだ」

桜川はコートを羽織りながら言った。

「彼女は言った。このままだと通販や訪販に客をとられる。むこうの商品は安全性が低い。事故対応も不十分。自分たちが売っているものが似非科学だって知らない輩《やから》までいる。そんなやつらに客を渡したくない、とね。それが彼女の誇りだ。それにひきかえ、羽嶋、お前の商売人としての誇りはなんだ。存在しないものでもいいから信じたい。そんな顧客のささやかな願いをひとつひとつ潰していくことか？」

「私はただ……誠実でありたいだけです」

科学に、と言おうとしたが声にならなかった。

「誠実？　商売人にとって誠実な道はひとつしかないだろ。金を稼ぐことだよ」桜川はマスクを着けた顔をこちらにむけた。「それができなきゃお前の言うことなんか誰もきかない」

玄関のドアを静かに閉めて居間に入ると、テーブルにラップをかけた夕食が置いてあった。母も美空ももう寝たようだ。

ポケットの中のものを出してテーブルに投げだす。手帳から飛び出している美空の写真を見て、賢児は動きを止めた。

賢児が新社会人になるとき、弟を心配した美空は、お守りだと言って自分の写真を押しつけてきた。

──誰かを未開人呼ばわりしたくなったときは、この写真見な。姉ちゃんよりはましだと思えば我慢できるでしょ。

そう言って美空は、賢児の手帳に写真を無理やり押しこんだ。要らないと言うと「勝手に捨てたら殺すよ」と言った。柴田電器に入った後も「もっとかわいいのが撮れた」と新しい写真を押しつけてきた。

効力を発揮したこともある。社会には色々な人がいたが、姉以上の理不尽を言う人間はそうはいなかった。でも、肝心なときに役に立たなかった。モニタールームでの惨めな自分を思い返すと息が浅くなる。

自室に入り、いつものように科学記事を読もうとパソコンを開く。しかし、調査対象者の言葉がよみがえって指が止まった。科学も怪しい、と彼女は言っていた。あの人が科学の何を知っているのか。でも自分も知らないのだ。譲に教えられるまで、科学者も、収入を安定させたいと願う普通の社会人なのだという、当たり前のことに目をむけようとしていなかった。

科学は神聖なもので、科学者はすべてを超越した賢者なのだと思っていたかったのだ。幼いころ科学館で感じたように。それを支えるために自分の一生はあるのだと。

——どうして柴田電器に来たのよ？

梨花の言葉がよみがえる。

柴田電器の中途採用に応募した時、賢児は面接で、「宇宙で何をつくるつもりなんですか」と尋ねた。桜川は破顔して「それは君が考えたらいいよ」と言った。あの笑顔に騙されたのだ。

柴田電器が宇宙産業から手を引いたことを知った時、賢児は桜川に尋ねた。なぜそれを面接で言わなかったのですか、と。業績が右肩下がりなんだからしょうがないだろう、と桜川は悪びれずに言った。愚図愚図言わずに金を稼げ、と。だったらせめて似非科学商品を廃止することに力を注ぎたかった。でもそれも結局できなかった。桜川はあと二週間あげる、と言っていた。まだチャンスはないわけじゃない。でもどうやって？　どうやって勝つ？　それを考えることにもう疲れていた。科学者にはなれない。科学を支える産業にも関われない。似非科学を撲滅することもできない。無力だ。自分にはなにもできない。だったら何のために自分は生まれてきたのだろう。

紗綾の言葉が意識にのぼった。賢児のことを血脇守之助みたいだと彼女は言った。野口英世の研究を支えた人物だとも言っていた。

緩慢に指が動き、名前を検索欄に入力する。ヒットしたページの一つを開く。

血脇守之助。

高山歯科医学院の講師兼幹事だった彼が、医術開業試験の勉強をしていた野口英世に出会ったのは、明治二十九年のことだ。たちまち野口に魅了され、自分の月給の値上げ交渉をしたり、歯科医院の経営を引き受けたりして、生活の面倒を見た。就職の世話もした。おかげで野口は高給取りになったが、放蕩ぶりはひどくなっていった。血脇の世話でつくったアメリカ留学の資金を渡航前夜に遊興で使い果たしたという有名なエピソードはここで出てくる。

それでも血脇は見捨てなかった。高利貸しから金を借りてまで、野口を船に乗せた。その献身ぶりはあまりにも行き過ぎていて、読むだけで苦しくなる。

野口が黄熱病で死んだとき、血脇はこんな弔辞《ちょうじ》を読んでいる。

「君の肉体は滅びたりといえども、君の不抜なる魂は不滅の生命として人類の上に永遠の光明を与えるでありましょう」

永遠の光明。血脇は、野口に金を渡すことで、その光明をともにつくらんとしたのかもしれない。そう思いながら、画面をスクロールし、また指が止まった。

野口英世が遺した業績への評価が綴られていた。彼は、梅毒、ポリオ、狂犬病、黄熱病などの研究において数多くの論文を発表し、ノーベル賞を獲るのではと期待されるほどだったが、その主張のほとんどは現在では間違いだとされているという。

でも、子供のころに読んだ伝記では国民的ヒーローだったはずだ。

信じられない思いで先を読む。単なる誤りだったのか、捏造された論文だったのか、今となってはわからないという。結果として野口は科学の発展にたいして貢献しなかったと結論づけられている。その事実は野口の生前に明らかになることはなかった。

それ以上読むのをやめて賢児はベッドに潜りこんだ。背中を丸め、目を瞑《つむ》って、そのまま闇にくるまれてじっとしていた。

14

最近、弟はよく家にいる。

夜は残業しないで帰ってくる。自室にこもって仕事をしている気配はあるが、集中できないのかよく台所に来て麦茶を飲んでいる。今日などは体調が悪いといって有休を取った。昼をすぎても起きてこない。

珍しいな、高熱が出た時でも会社に這って行っていたやつが、と美空は玲奈の服のスナップボタンを留めながら思った。寝不足のせいで頭と指がうまくつながらず何度もかけちがえた。

玲奈を抱っこ紐に入れて隅野助産院に連れていく。体が完全に戻っていなくて足元がふらふらする。

花代さんは今日も笑顔で迎えてくれた。しかし玲奈の体重が平均を下回っていることを確認すると、顔を曇らせた。

「一ヶ月健診にひっかかるかもね。おかしいわねえ。ほんとに頑張ってる？　隠れて甘いものとか果物とか食べてるんじゃない？」

「食べてません」

「じゃあなんで母乳が足りないの。こんなのあなただけよ。一生懸命指導してるのに困っちゃう。……あれ、どうしたの？」

美空は玲奈を抱いたまま床に座りこんでいた。目眩《めまい》がしたのだ。息がうまくできなかった。

「熱でもあるの？」

「はい……実は午前中、近所の内科で診てもらって……風邪ではなかったんですけど」

ストレスではないかと医師は言っていた。でも、それを花代さんには言えなかった。

医師には、ご家族にミルクをあげてもらって、あなたは少し寝たほうがいいとも言われた。でも、そんなことできない。授乳を休んだら、また量が減ってしまう。

花代さんの温かい手が肩に触れた。助け起こしてくれるのかと思ったが違った。花代さんは美空の肩をぎゅっと摑んで言った。

「まさかとは思うけど、病院の薬なんか飲んでないわよね？」

必死に首を横に振る。授乳中でも飲める薬を処方されたが、薬局には取りに行っていない。

「だめよ。母乳に悪いから。熱だろうと頭痛だろうと我慢よ。……待ってて。お白湯《さゆ》、飲むといいわ。持ってくるから」

母乳相談に通って二週間たつ。お金も十万円以上使っている。食事指導からマッサージまでありとあらゆることをしてもらった。でも母乳はまだ足りない。征貴に申し訳なかった。なにより玲奈がかわいそうだ。昼も夜も泣いている。昨日は母に八つ当たりをしてしまった。自己嫌悪でいっぱいになる。

賢児に相談しようかとも考えたができなかった。あいつは病院の医師や看護師と同じ側にいる。彼らに逆らって母乳だけで育てているなどと知ったら怒りだすだろう。

「さ、これ飲んで。水分不足だと母乳も生産されないんだから」

花代さんが戻ってくる。息が浅くなる。もしかしてストレスの原因って花代さん？と一瞬思い、すぐに打ち消した。そんなこと考えたら悪い。

美空はコップを受け取り、ぬるい水を飲みこんだ。

「まずは体操。死ぬ気でやるの。あなた危機感が足りないのよ」

花代さんは美空を立たせ、ひきずるように奥の部屋へ連れていく。いつもは他の母親たちもいて、みな床の上に座り、花代さんの指導のもと授乳をしている。でも、今日はたまたまなのか誰もいなかった。

「改めて言います。母乳はとても大事。最近、少年犯罪が増えてるでしょ？ 母親がミルクなんかで育てるから、キレやすい子が育つのよ。そういう意識の低い母親のせいでね、虐待も増えてます。そのうち子供にゲームばかりやらせるようになるわ。ゲーム脳が増えてるって言うでしょう？ このままじゃ日本はだめになります」

今日の花代さんは苛立っている。美空がふがいないせいだ。

「そもそもミルクっていうのは、牛の母乳でしょう？ それを人間の子供に……それも乳児期の大事なときに与えるなんておかしなことなんです。牛の遺伝子が伝染《うつ》ってしまう危険もあります」

遺伝子という言葉を聞いて、美空は頭に火花が散るのを感じた。

つい最近、賢児から遺伝子について聞いた気がする。玲奈が誰に似ているか、という議論をしたときだ。遺伝子は親から子へしか受け継がれないものだ。だから叔父から姪に移るなんてことはないのだと賢児はしつこく言っていた。

「どうしたの、ぼうっとして」花代さんが呼びかけてくる。

「遺伝子って……伝染らないですよね？」

「伝染りますよ。そう本に書いてあるんだから」

本……。父の闘病中のことを思い出した。

「誰が書いた本ですか？」

母が癌に関する本を買ってくると賢児は必ず著者を確認していた。

「育児の専門家です。だから科学的な内容よ」花代さんは答えた。「なんとしても赤ちゃんたちを守りたい。そんな真摯《しんし》な気持ちで書かれた本です。私は泣きながら読みました。今でも枕の下に置いて寝ています。その本の通りにしていれば絶対大丈夫。いい子が育ちます」

どうしてだろう。花代さんのいう科学は気持ち悪いほど温かかった。花代さんと一体になっていて、間違っていると斬りつければ、花代さん自身から血が噴き出しそうだ。でも、と朦朧とした頭で考える。小さいころから、弟にうるさく聞かされてきた科学っていうのは、そういうものではなかった気がする。

作文事件の少し前、日本人初の女性宇宙飛行士がスペースシャトルに乗ることになったというニュースが流れた。美空は「女でも宇宙に行けるんだね」と、単純に感動していたが、賢児は青い顔をしていた。前にも爆発事故があったのだと心配そうだった。「お祈りしようよ」と美空は言ったが、賢児は首を横に振った。「NASAは万全を尽くしたはずだ。後は科学のはしごを信じるだけだ」信じるだけだという言葉が、そのときの美空にはおそろしかった。

でもきっとそれが科学なのだ。科学者たちは絶対に大丈夫だなどとは言わない。長い時をかけて出した答えを疑って、試して、また疑って。人に褒められたいという欲望も、うまくいきますようにという温かな祈りも、心からしめだして、冷徹につくられた科学のはしごだけが過酷な宇宙へ続いているのだろう。

だとしたら、花代さんの生温かい科学はなんだか怪しい。そう思ったら怖くなった。この人の言うことを信じてもいいのだろうか？

退院してすぐにこの助産院を訪ねたときから、おかしい、と思うことは何度もあった。でも今日までその気持ちを言うことができなかった。つらいときに心に寄り添ってくれた花代さんを裏切ってはいけない。二週間いっしょに頑張ってくれたことをなしにしたくなかった。でももう無理だ。

玲奈を連れて逃げよう。花代さんが授乳クッションを探している隙に、もたもたとコートをたぐり寄せたとき、ポケットからなにか落ちた。

あっと美空は叫びそうになった。粉ミルクの試供品だ。

「なに、これ」

花代さんがサッと拾いあげた。みるみるうちに顔がひきつる。

「あー、やっぱりね。どうりで根性が据わってないと思った。こんなもの持ってるから、あなたはダメなのよ」

「それは、病院でもらって、捨てようと思って、忘れてて」

「今すぐ捨てなさい！」花代さんはごみ箱をひきずってくると、美空に粉ミルクの袋を持たせる。「ほら自分でやるの！」

思わず花代さんを見た。透明な瞳がこちらに向いている。自分を疑うことを知らない瞳。まるで赤ちゃんだった。美空はぞっとした。玲奈が火のついたように泣き出す。

「なんでミルクあげちゃだめなの」美空は透明な瞳をまっすぐ見返した。「子供にひもじい思いをさせるのが、いい母親なの？　なんかそれ、違うんじゃないんですか？」

「はあ？」花代さんが目を見開いた。「私の言うことが信じられないの？」

「信じてたけど、でもやっぱりやめます」

「やめてどうするの。ダメな母親のままでいいの？」

美空は眉間に思いきりしわを寄せた。全身の血が逆流するようだった。誰がダメな母親だ。

「私は」と美空は目にさらに力を入れて花代さんを睨んだ。「賢児の信じてるものを信じることにする」

力を振り絞ってよろけながら立つ。花代さんは、賢児って誰だ、という顔で美空を見て言った。

「あなたは自分からうちに来たのよ」

美空はなにも言わなかった。そのまま隅野助産院を出た。

大股で歩いた。早く家に帰って玲奈にミルクを飲ませる。それしか考えずに歩いた。病院で哺乳瓶をもらっておいてよかった。試供品の袋をぎゅっと握る。パッケージの端がてのひらに突き刺さる。

マンションに戻ると、靴を脱ぐのももどかしく台所に行き、玲奈を抱いたままでお湯を沸かした。試供品の説明書きの通りに哺乳瓶でミルクをつくり、玲奈に咥《くわ》えさせる。慣れない感触に戸惑ったようだったが、すぐに勢いよく飲みはじめた。乾いた砂が水を吸いこむようだった。ごめんね。涙があふれてくる。

のっそりした足音が玄関から近づいてきて影が玲奈の顔に落ちた。

「なに泣いてんの？　台所で」

賢児はジャンパーを着て、財布や通帳を持っていた。生活費をおろしに行ってきたらしい。その目が動き、哺乳瓶の上で止まった。

「あれ……ミルク？」視線は試供品のちぎれた袋に移る。「もしかして母乳足りなかった？」

状況の把握がムカつくほど早い。

「退院してから二週間ずっと？　で、今、初めて飲ませてるの？」

恐怖とも嫌悪ともつかない感情がその顔に浮かんだ。滅茶苦茶責められる、と美空は覚悟した。しかし賢児の言葉は続かなかった。

どうしたんだろう。美空は涙で濡れた顔を上げた。賢児は停止していた。いつもは脊《せき》髄《ずい》反射で口撃してくるのに。不安に駆られて美空は言った。

「ミルクは飲ませちゃだめって言われたの。死ぬ気で母乳をあげろって」

賢児が黙っているのが怖くて、続けて言った。

「じゃなきゃ、少年犯罪や虐待がますます増えてゲーム脳にもなるって」

賢児は顔をゆがめた。それでも何も言わなかった。

「なんで何も言わないの。なにか言ってよ。ねえ。ねえってば！」

美空は足を繰りだして賢児の爪先を蹴った。

「ねえ！　馬鹿だって言えば？　思う存分責めりゃいいじゃんよ。これだから未開人はって。何で黙ってんの？」

賢児は額の古い傷に手をやった。あれは二十年前に須山がつけたものだ。同級生に知らされて美空が駆けつけたときには、スパイクで額をざっくりやられていた。あいつがあれを触るのは、未開人に屈しそうな自分を奮い立たせようとする時だ。

「お願い、何か言って、じゃなきゃ私」

凄まじいまでに自分が自分を責めはじめる。手遅れだったらどうしよう。栄養不足が脳や発育に悪い影響を与えていたら……。

玲奈が貪《むさぼ》るようにミルクを飲む音が響いている。

「死ぬ気で頑張ってなんとかなるなら医者はいらない」

賢児がようやく言った。

「少年犯罪は減ってる。メディアがクローズアップするから増えているように見えるだけだ。虐待は社会の目が厳しくなって発見されやすくなっただけ。その数字を見て発生数までもが増えたととるのは間違いだ。どちらも数字をきちんと見れば嘘だとわかる。ましてて母乳との因果関係なんて証明されてない」

つらそうだった。言葉を発するたびにためらっている。

「ゲーム脳も似非科学だ。提唱者は脳の専門家でもない。でも、なんにせよ」

賢児はしゃがみこみ、玲奈を険しい表情で見た。

「玲奈を病院に連れていこう。異常がないかどうか調べてもらわないと」

それでこそ賢児だ。

あの時もそうだった。須山に蹴られ、顔を血だらけにして、それでも賢児は謝らなかった。地面に這いつくばったまま、須山を睨んでいた。

涙が止まらない。もっと早く話していればよかった。全身の力が抜けていく。ミルクを飲み終えた玲奈を抱え直し、げっぷをさせてから、美空は玲奈をぎゅっと抱きしめた。

それが限界だった。

「玲奈を抱っこして」美空は呻いた。頭がくらくらする。

「え？　でも抱っこってどうやって。なに、美空、具合悪いの？」

「いいから早く。落としちゃう」

賢児は通帳をポケットに押しこみ、玲奈をこわごわ抱きとった。最後の力を振り絞って、美空は賢児の手をとった。玲奈の首を支えさせる。

「玲奈を病院に」

薄れてゆく意識のなかでつぶやく。

「いや、でも、美空は？」

「私はいいから玲奈を、早く」

目の前が真っ白になった。台所の冷たい床が頬につくのを感じた。姉ちゃん、という焦った呼び声が遠くから聞こえた。

15

異常は今のところありません、と医師は聴診器を耳からはずした。

「今のところって？」

「お子さんから離れないで！」と看護師が賢児を咎《とが》める。

言われた通り、診察室のベッドに寝ている玲奈の足を押える。新生児の扱いはわからない。ここに連れて来るまでも神経を尖らせっぱなしだった。小児科についた後も注意ばかりされる。

美空が倒れた後、賢児は玲奈を抱えたまま、あちこちに電話した。母には繋がらなかった。買い物に出ているはずだが、圏外にいるらしい。征貴にも電話したがこちらも繋がらなかった。店にかけ直すと、研修に出ていて夕方まで連絡がつかないとのことだった。

迷った挙げ句、紗綾に頼ることにした。

電話をかけると、幸運なことに近くにいた。隣の街に住む作家との打ち合わせが終わったところだという。事情を話して駆けつけてもらい、美空のそばにいてもらうことにした。

経過を見ましょう、と医師はカルテに記入しながら言った。

「顔色が悪いとか、泣き方が弱々しいとか、異常があったらまた来て」

そんなんで大丈夫なのか。医師の言葉が信じられずに、会計を待ちながらネットで検索した。しかし参考になりそうな情報は見つからない。子供は千差万別なので個々に判断するしかない、という不安な事実がわかっただけだった。こんなんじゃ、目の前にひょいと出てきた怪しげな情報にすがりたくもなる。

タクシーで家に帰ると、母はまだ帰っていなかった。

「おかえり」と、紗綾が和室から出てきた。「大変だったでしょ。慣れないことばっかで。玲奈ちゃん、またお腹空いたんじゃない?」

「しまった。粉ミルク買ってくるの忘れた」

「粉ミルクはあります。ここに来る途中で買ってきた。さっき言えばよかったね。お弁当も買ってきたよ。食べてないでしょ、お昼」

さすが編集者だ。気が利く。

「美空さん、一度目を覚ましたんだけど、また寝ちゃった。かかりつけの内科に電話してみたけど、とりあえずよく眠らせなさいって。あ、粉ミルクはそこに置いた。作り方は缶に書いてあると思う。哺乳瓶はレンジでチンして消毒して。姪っ子を預かった時に教わったの」

抱っこ紐からおろすと玲奈は大声で泣きはじめた。紗綾があやしている間にミルクをつくる。哺乳瓶を受け取ると、紗綾は慣れた様子で玲奈に飲ませはじめた。それを見ていたら力が抜けた。

携帯電話が鳴った。母だった。留守番電話を聞いてあわててかけたのだという。

「新宿まで来ちゃったのよ。美空は母乳相談に行くって言ってたし」

「どのくらいで帰れる?」

「急ぐけど、駅から離れてるからあと三十分はかかるよ」

それまで紗綾にいてもらうのは悪い。とはいえ、ひとりになるのは怖かった。

病院の医師の冷たい顔を思い出す。異常があったら来いだなんてまるで他人事だった。

不安がこみあげてきてソファに座りこむ。

「もし夜に玲奈が急変でもしたら……」

「大丈夫だよ、きっと。ほら、こんなに元気に飲んでる」

「美空、すごい泣いてた。危ないところまで行ってたんだと思う」

もっと早く問いつめていればよかった。自分のことで精一杯だったのだ。

「でも自力で戻ってきたんでしょ。その助産院から。すごいよ。正常な思考能力ももうなかったろうに。賢児くんが言い続けてたおかげだよ。似非科学を信じるなって。美空さんの頭の奥に埋まってたその声が目覚めて、玲奈ちゃんを救ったんだよ」

「でも、そこまで追いこんだのもおれだ。紗綾の言う通りだったんだ。美空は傷ついてた。だから相談しなかったんだ」賢児は手に顔を埋めた。「本当はわかってたんだ。ずっと前から。家族を傷つけてきたって」

父のときもそうだった。母がなにもできない自分を責めているのを知っていた。無力感が健康食品を買い漁らせているのだと気づいていた。

父は「この状態ではもう外出許可は出ないだろう」と息子に冷静に言った。でも娘の前では「家に帰りたい」と弱音を吐いていた。痩せた背中を美空が「きっと帰れる」とさすっているのを、賢児は病室の入り口から見ていた。

「でも自分を止められなかった」賢児は髪をかきむしる。「偽物だってわかってるものに邪魔されて、治療が遅れるのを見ていられなかった」

父が癌を治すというパワーストーンを腕に巻いているのを見たとき、賢児はつい言ってしまった。そんなの効かないよ、と。

――でも、美空がせっかくつくってくれたんだから。

父は弱々しく笑った。それが親子の最後の会話だった。

葬儀の手配を進めながら何度も考えた。他に言いようがあったのではないかと。でも、自分が間違っていたとはどうしても思えなかった。

「それが賢児くんだもの。お父さんもわかってたと思うよ」

紗綾は玲奈を居間に置いてあるベビーベッドに寝かせながら宥《なだ》めるように言った。

つきあっていたとき、もっとこういう話をしていればよかったと思った。そうしていたら、別れなくてすんだかもしれない。婚約指輪の代わりに渡したダイヤの原石も返されずに済んだかもしれない。

さっき、駆けつけてくれた紗綾の顔を見たとき、賢児は安堵で呆然とした。これほど誰かを必要としているとは思わなかった。紗綾は玲奈の頭を優しく撫でている。その背中を抱きしめたくなった。衝動を抑えるのがやっとだった。

「今日は来てくれて嬉しかった。紗綾がいてくれてよかった」

紗綾は手をぴたりと止めた。ふりかえり、賢児を見つめ、何かを考えている。すこしして紗綾は言った。

「ううん、気にしないで。美空さんのためだから」

玲奈が小さな声をあげた。紗綾はベビーベッドをふりかえった。すぐに静かになったのを確認してから、紗綾はふたたび賢児に向き直った。

「うちの母が……おととしの末に動脈瘤の手術を受けたときにね、美空さんがヘマタイトのお守りくれたの。血液に効く石だって。母はすごく喜んでた。気が弱いからホッとしたみたいで」

賢児は目を落とした。ヘマタイト。日本名を赤鉄鉱という。地球のどこにでもある鉱物だ。火星でもアメリカの探査機が見つけている。身につけていたからといって血液に影響があるわけがない。

でも紗綾はそういうことを言っているわけではないのだろう。

おととしの末といえば賢児との結婚話が出ていたころだ。それなのに彼女は母親の手術の事を言わなかった。言えなかったのだ。加工されたダイヤモンドの婚約指輪なんて何の価値もないと主張する男には。

「そうか」と、賢児は微笑んだ。「美空にあとで伝えとくよ」

それからの時間は恐ろしくゆっくり過ぎた。

「もう大丈夫」たまらなくなって賢児は言った。「母も帰ってくるから。仕事の途中だったんだろ？　ほんと、ありがとな」

今度は純粋に感謝の気持ちとして言った。それが伝わったのか、紗綾はうなずいて、鞄にハンカチや携帯電話を入れはじめた。

「あ、そうだ、譲くんのことだけど」紗綾は鞄から顔をあげる。「ブログ、しばらく読んでみたけど、やっぱ文章いいね」

「ああ……。俺も読んでた。二週間でたくさん書いてたよね」

「本を出す方向で依頼してるの。明日の午後に打ち合わせ。あ、でも……アンチ似非科学派の本ってそんなに売れないから会議に通しにくくて。違う方向性になるかも」

「そうなんだ」

どんな内容になるか気にはなるけれど進んでいるなら結構だ。紗綾と譲ならいい本をつくってくれるだろう。科学を支えたいと思う人が増えるような本を。

紗綾は「じゃあね」と言って靴を履き、玄関を出ていった。

ドアがバタンと閉まったとき、もう彼女とは美空や譲を通してしか会うことはないだろうと思った。ふたりの間にはなにもない。彼女にはまだ自分への思いがあるかもしれないと思っていたことが惨めだった。

似非科学と戦えば戦うほどみんな自分から離れていく。

——人が何かを真剣に愛したとき、その気持ちは、伝えようとし続けていればいつか必ず伝わるものです。

二十年前の夜、賢児に父はそう言った。

でも伝わったことなんてない。

賢児は玲奈がよく眠っていることを確認すると、自室に入った。机の引き出しから白い箱を出す。父のダイヤの原石。無骨な礫岩に埋まって鈍く輝いている。見栄えよく磨かれてはいないけれど、内側に秘めた強さを感じる。父がこの石に値段をつけなかった理由がわかる。賢児も、どんなに家計が逼迫《ひっぱく》してもこれだけは手放せなかった。紗綾に贈ろうとするまで。

父は気づいていただろうか。入院が延びるたび、息子の頭でレジの音が鳴っていたことを。あといくら金がいる？　預金残高を心配してばかりいた。その衝動は商売人の父から受け継いだものだ。

でも、ほんとは、たったひとりの父が死ぬ時くらい、金のことを考えずにいたかった。バイトなんかしないで、少しでも長く一緒に過ごしたかった。進路のことや将来のことを相談したかった。

だからこそ似非科学が嫌いだ。懸命に稼いだ金や取り返しのつかない時間を、根こそぎ奪われたことを絶対に許したくない。

なのに、負けてばっかりだ。美空と玲奈をとりかえすのがやっとだった。それだって無傷ではなかった。壁を殴りたい衝動を飲みこんだとき、うしろから物音がした。居間に戻ると、美空が和室からふらふらと出てくるところだった。

「玲奈は？」と、寝ぼけた顔で見回している。

すぐにベビーベッドに玲奈が寝ているのを見つけて、歩み寄る。

「ミルクあげてくれたんだね。お腹いっぱいって顔してる」

美空は手を伸ばして、小さい額を撫でた。そして言った。

「ごめんね、玲奈」

髪が寝癖ではねている。メイクもしていない。よく見たら服が上と下でちぐはぐだ。よほど余裕がなかったのだろう。

「医者はなんとも言えないって。経過観察だって」

「そっか。わかった。でも今のところ元気そうだね」

「美空も死ぬかと思った。いきなり倒れるから」

自分の声が震えているのがわかった。美空はふりかえった。

「ちょっと、やだ、なに泣きそうな顔してんの？　気持ち悪い」

「今夜はおれが起きて玲奈を見てる。だから美空は休んでていいよ」

「いいって。あんたのほうが死にそうな顔してるし。明日は会社に行かなきゃいけないんでしょ？　大丈夫だって。私、体力だけはあるから。玲奈は、今度こそちゃんと私が守る」

すっきりした顔だった。目に力がある。寝ずの番だって平気でやりそうだ。三時間寝ただけでここまで回復するものなのか。賢児はシャツの裾を引っ張った。

勝てないと思った。なんだかんだ言って、今まで家族を守ってきたのはこの姉なのだ。父が死んだときも、税務署員に追い回されたときも、大声で泣きわめいたり、牙をむいて怒ったりしながら、それでも美空は逃げなかった。店を立て直し、着実に借金を返した。

「あ、そういえば、今、起きたとき思い出して、言わなきゃと思ったんだけどね」

と、美空が言った。

「妊娠してしばらくしたときだったかなあ、駅前で須山に会ったんだ」

「須山？」賢児は顔を強ばらせた。「あいつ会いにきたのか」

「ていうか、近所に住んでんだよ。普通に。知らなかった？」

思わず額に手をやる。前髪に隠れた肌のひきつれを確かめる。

「子供二人つれてて、可愛かったなあ。……あ、奥さん、すごい美人なんだって。私も子供産まれるんだよって言ったら喜んでくれてさ。弟は元気かって訊かれたよ。久しぶりにまた会いてーなって」

「なにが会いたい、だ。あんなことがあったのによく言うよ。ほんと、未開人の考えることはわかんないよ」

「須山言ってたよ。あの時、美空とできちゃった婚とかにならなくてよかったなって。あいつなりに感謝してんだと思う」

「美空にふられた負け惜しみだろ」

美空に蹴られたときの、須山の間抜け顔をまだ覚えている。よほどショックだったのだろう。呆然と美空を見つめていた。

「ううん。須山の気持ちわかる。私も、征貴に出会えて、玲奈が生まれて、ほんとによかったと思ってるから。いや、ほんと。エロ人の賢児のおかげだって、ふたりで言い合ったよ」

「馬鹿にしやがって」

「なんでそうとるのかしら」

「もういい。疲れた。夕飯まで寝る」

賢児は美空に背を向けた。そして、ここ数日考えていたことを口にした。

「おれ、会社辞める」

美空はちょっと黙ったが、あっそ、と言った。

「金はある。お母さんや美空に迷惑はかけないから」

「まあ、向いてないなりによく頑張ったんじゃない？」

預金残高を思い浮かべる。あれだけは取り崩したくなかったが、おかげでしばらくは生活に困らない。そのあいだに転職先を探せばいい。今度は科学とも似非科学とも関係ない企業にしようと思った。そんなものがあるのかどうかはわからないが。

「好きにしな。一度しかない人生なんだから」

姉はベビーベッドの脇にあるテーブルから何かをつまみあげた。

「あ、そうだ、これ、紗綾ちゃんの？　和室に落ちてた」

それはピンク色のクリアファイルだった。見覚えがあった。科学館に行ったときに紗綾が持っていた。

「ああ……そうだと思う。後でおれが送り返しとく」

美空を看病しながら枕元で仕事の資料を見ていたのだろう。手に取ると、ポストイットが貼ってあるのが透けて見えた。文字が読める。賢児は眉間に皺を寄せた。

なんだこれ。

〈科学本を買うのは科学好きだけ〉と走り書きされてある。小さい字で、〈もっと刺激的な内容〉とか〈例：キャラクターを前面に〉とも書かれていた。会議で出た意見を書き留めたように見えた。〈説得〉という文字もある。

動悸がした。説得ってなんだ。紗綾に問い質そう。携帯電話を探そうとして思いとどまった。

無駄だ。会議に企画を出すまでに進んでいるのだ。部外者が横槍を入れたところで止まるはずもない。それに自分はもう紗綾と完全に切れてしまっている。

彼女に譲を紹介した責任が心に重くのしかかった。ふたたび携帯電話を探しはじめた賢児に美空が言った。

「あれ、寝るんじゃなかったの？」

「ちょっと問題が起きて」

紗綾のファイルを摑むと、挟んであった紙がばさりと落ちた。新聞や雑誌やウェブに掲載された科学記事のコピーらしい。不穏な見出しを見つめて、賢児はしばらく立ち尽くした。

科学館の玄関扉には、正式に閉館が決定されたことを報せる紙が貼ってあった。そんなことを知ってか知らずか、コイワシクジラの骨は静かにロビーを泳いでいる。

賢児はペンシルロケットが展示されている中二階のベンチに座って待った。

譲は五分遅れて来た。まぶしそうに階段を上ってくる。

「用ってなに？　あんまり時間ないんだ」

賢児は譲が座るのを待って切り出した。

「本を出す話、紗綾から進んでるって聞いて。譲は積極的なのかな、と思って」

「ああ、その話か。うん、出したいけど。……あ、でも、ブログを本にする話はなくなった。似非科学を批判する本は売れないって」

「紗綾が言ったの？」

「うん。でも書いた甲斐はあったよ。反響もあったし、おかげで変な健康食品を買わずにすんだって感想も寄せられてるし」

「さすが譲だ」

賢児は心から言った。この親友は昔から、伝えたいことを相手の心にきちんと届かせる術を持っている。

「別の内容を書く方向で、この後、桐島さんと打ち合わせなんだ」

「別の内容って？」

譲は言いづらそうに目を落とした。

「パワーストーンの選び方っていう本」

賢児は目を見開いた。言葉が出ずにそのまま黙っていた。

「人気の占い師との共著でさ、彼が古くから伝わる石の効能を語って、僕が科学的なコメントを加えて、そうすれば読み物として面白くなるんじゃないかって、桐島さんが」

「そりゃあ……面白がる人はいるだろうけど」

紗綾がそういう企画を提案するところまでは予想していた。でも、まさか——。

「譲は……断るんだよね。そんな、怪しい企画」

「いま出版業は不況なんだって。本を買う人は減る一方で、書店もどんどんなくなってるって」

「いや、それは知ってるけど……」

紗綾の地元に遊びに行ったときのことを思いだした。紗綾は足を止め、自分の一部がもぎとられたかのような顔で数日前まで書店だったという空き店舗を見ていた。子供のころ、この店にどれだけ救われたか、と彼女は言った。きっと賢児にとっての科学館みたいなものなのだ。自分をここまで育ててくれた心のよすがなのだろう。

「うちの会社に赤字を出す余裕はもうない。だから初版の数はかなり絞られるだろうとも言ってた」

でも、それはどこの業界も同じだ。メーカーでもロット数を決める会議はかなり神経を削られる。

ふいに桜川の顔を思いだして息が浅くなった。賢児は今日も有休を取っている。桜川から与えられた最後のリミットは明日だ。それまで課長昇進は保留とするという連絡が人事からも来ている。でももう中長期計画案をつくり直す気力はない。この二週間、何度もつくり直そうともがいたがダメだった。出社したら退職願を出すつもりだ。

「出版後一週間で実売数が伸びなかったら、広告に投資もできないし、次の本も出せないって桐島さんは言ってた」と、譲が言った。

だから失敗しない線を狙いましょうと説得してきたわけか。誠実ではある。現実を告げた上で著者に判断を委ねているのだから。

紗綾はどう譲を売り出すつもりだろう。対象顧客は三十代から四十代の女性だろうな。人とは違う視点を持ちたいと思っていて、会社を出た後に書店に寄り、一時間ほどで読める気軽な本を探している。譲の科学者としての価値などわからないだろうから、前面に出すとしたら、見栄えのいい容姿と親しみやすい雰囲気だろう。それだったら科学に興味のない人も金を――。

チャキチャキガシャーン。

賢児は肩をびくりとさせた。

「どうした？」譲が言った。

「いや……なんでもない」額にじっとりと汗が滲む。

今おれは何をしていた？　譲に値段をつけようとしていた。だめだ。息がさらに浅くなる。それだけは誰にもやらせてはいけない。必死にレジの音を抑えながら、譲を止めなければと思った。でもどう言えばいいだろう。母や紗綾の時のように拒絶されたら終わりだ。

「譲は」できるだけ柔らかい言葉を探す。「本当にそれでいいの？　専門分野の本を書くわけにいかないの？　中高生が読むような」

「岩石に興味がある中高生がどれだけいる？　高校の授業だって受験科目偏重になる一方だしさ、地学を選択する生徒なんてほとんどいなくなってるのに、そんなの書いても無駄だよ」

それを譲が言うか、と賢児は言葉を失った。父の店で目を輝かせていた少年の姿が頭をよぎる。

「たくさん売るためにはさ、一般人の興味関心に寄った内容のほうがいいんだよ。やっぱり売れなきゃ意味がないと思うし」

これは本当に譲の考えなのだろうか。編集者に矢継ぎ早に市場原理を説明されて、自分を見失いそうになっているだけではないか。柴田電器での賢児がそうであるように。

「それに、印税が少しでも入ったら有り難いんだ。実は奨学金がまだ返せてないし」

「奨学金？　譲が？」賢児は驚いた。

譲の家は裕福だったはずだ。学費に困るようなイメージはない。

「博士課程二年目のとき、父親が商社を辞めた。リーマンショックでいろいろあって。それで奨学金を借りた。大学院は金がかかるから」

「知らなかった。いくら残ってるの」

「三百万円。これでも少ないほう。もっと借りてるやつだっている。でも、最近の奨学金は金利も高いし、督促もきつい。次の職が見つからなかったら行き詰まる」

賢児はたまらずに目をそらした。階段の上の標本展示コーナーが見える。昔からちっとも変わっていない。子供時代の譲が、今もそこにしゃがんでいて、南極の石を見つめているように思えた。

その譲が偽物の科学を売ろうとしている。

誰だ、と賢児はつぶやいた。彼にそんなことをさせようとしているのは誰なんだ。

紗綾のファイルに入っていた科学記事の内容が頭をよぎった。

ここ十数年、官僚たちは科学に成果主義を導入し、わかりやすい結果を出すよう奨励しているという。世界大学ランキングとか、ノーベル賞獲得数とか。それに応じて金を出す仕組みができあがりつつある。そうなれば、当然、短期で成果を出しやすい分野に金が集まる。譲のような、すぐには結果が出ない基礎科学の分野は今までよりも困窮することになる。研究者たちは金を獲得するための競争にふりまわされ、研究する時間を失う。そう書いてあった。

でも——たとえそうだとしても。賢児は目を伏せた。

やめろともう一人の自分が叫ぶ。今までも怒りに任せて相手を傷つけてきたじゃないか。今度やったら譲を失うことになる。しかし、それでも止められなかった。賢児は顔をあげた。

「だからって、似非科学の本を売っていい理由にはならないだろ」

怒りを含んだ自分の声が、親友に向かって鋭く飛んでいく。

「誤解してるみたいだけど、僕が書くのは科学的な解説だよ。石の効能を保証するわけじゃない」

「譲はそう思ってるかもしれない。でも、科学者が著者として名前を並べているなら、石の効能だってあると信じる人も出るかもしれない。その結果、その石を持っていれば大丈夫だと勘違いして病気の治療が遅れる人がいたら？」

「大げさだな。もしそうなったらきちんと説明する。本を回収するように出版社に言うよ」

回収と聞いて、肌寒いホールで鳴り響く電話のことを思いだした。引っ掻き続けた手帳のことや、灯油の臭いのするスーツのことも。

「それで済めばいいけど」賢児は顔を強ばらせた。「客っていうのはこっちの思う通りになんか動いてくれない。責任とれって言われたらどうする？……それに、もしだよ？ その本が予想以上に売れちゃったとしたら？ もっと刺激的な内容を書けって言われるんじゃないかな。いるだろ。そういう要求に応えてるうちに、渡っちゃいけない川を渡った人がたくさん」

かつて母がそういう著者の本をたくさん買っていた。賢児も目を通したが、最初は医学や科学をまじめに志していたのだろうと思わせる箇所がいくつもあった。でもどこかで道を誤ったのだ。金のためか。あるいは人がよくて断れなかったのか。

「川を渡らせたほうが、利益が多く見込めるとわかれば出版社はそっちへ譲を押しやろうとするかもしれない。企業っていうのはそういうものだ」

「その辺は桐島さんが気をつけてくれるって」

「そうかもしれない。でも、彼女が守りたいのは科学じゃない」

紗綾が潰れた書店に向けていたまなざしを思い出す。子供たちが近所の書店を気軽に訪れ、本と出会い、胸を躍らせながらページをめくる。そんな未来を守るためなら彼女はきっと何でもする。

「大丈夫だって。もし要求されても、科学者としてはねつけるべきことはきちんとはねつける。大衆に迎合したりしない」

「そうか？」

賢児は思わずつぶやいた。子供のころから変わらない譲の知的な額に目を向ける。心の奥にしまってきた記憶がひきずり出される。

「じゃあ、どうしてあのとき言わなかったんだ」

「あのとき？」譲はきょとんとした。

「賢者の石なんかないって、おれに言わなかった」

「何の話？」譲はいよいよ困惑して、記憶を探るように手をこめかみに当てる。「もしかしてドラクエ？　そういえばこの前も、そんな話しかけてやめなかった？　小学生のときの話か？」

「そんなもの存在しないってはっきり言わなかっただろ。なんで？　面倒だったからか。こいつには理解できないしと思ったからか？」

譲と別れた後、中学の図書室で賢者の石について調べて、賢児は愕然とした。賢者の石が存在しなかったからではない。譲が自分を対等に扱わなかったことに気づいたからだ。

「おれは言ってほしかった。たとえ理解できなかったとしても、譲の知ってることを教えてほしかった」

「いい加減にしろよ」譲はたまりかねたように言った。「僕が似非科学側に行くって本気で思ってるのか。小学生のときにたった一度あったことがその根拠？」

「おれは、ただ譲のことが心配で――」

「心配も行き過ぎると滑稽だよ。大人になってもまだそんななのか。賢児のほうがよっぽど心配だよ。友達とかいる？　いないだろ？」

譲の声が剣の切っ先みたいに、賢児の喉に突きつけられる。

「いないよ。友達は譲しかいない。だから頼んでるんだ。やめてくれって」

「ご忠告ありがとう。胸にはとめておくよ。じゃあ、もう行かなきゃ」

譲は立ち上がり、階段を降りていく。その足が途中で止まった。譲はこちらをふりかえった。そして言った。

「賢者の石がないってわざわざ言わなかったのは、一緒に遊べる残り少ない時間を大事にしたかったからだ」

その目は賢児を見つめていた。

「小さい時から勉強勉強だった。塾でも競争ばっかりで、ほんとに夢なんか叶うのかって不安で不安で、だから、僕にとっては、賢児といる時だけが、子供らしく――純粋に科学を楽しんでいられる時間だったんだ」

譲は大きく息を吸って、続けて言った。

「でも、もうまったく別の道にいるんだね。賢児はきちんとした企業に勤めてる。盤《ばん》石《じゃく》な人生だ。すごいと思うよ。だから今でも科学に無邪気に夢を持ち続けていられるんだろう。でも僕にとってはこれが現実で、精一杯なんだよ。だからこれ以上、理想を押しつけないでくれ」

それだけ言うと、譲は階段を降りていった。

賢児は立ち上がった。でも、そのまま動けずにいた。

自分は間違っていたのだろうか。もう記憶の中にしかいない父に問いかける。父は石にかざしていたルーペを目から離して答える。

――間違ってるかどうかなんて、すぐに結果が出ることではない。だから君は自分の信じるように生きていくしかない。

言われなくてもそうしている。伝えたいことはすべて伝えた。これ以上、譲のために伝えられる思いなんて、もう……。

はっとした。ジャンパーのポケットに手を入れる。薄っぺらい冊子の感触を探り当てる。

「譲！」

賢児は階段を駆け下りた。ふりむいた譲の前に右手を突きだす。

「なに？」

譲は自分に差し出されたものに目をやり、動きを止めた。

「譲、シンポジウムで言ってただろ？　科学っていうのはすぐに成果が出るとは限らないって。そうだよな。アインシュタインの相対性理論だって当時は革新的すぎてノーベル賞を獲れなかった。百年近くたってから証明された理論だってある」

賢児は大きく息を吸って言った。

「科学が前に進むのには時間がいる。百年や二百年や、ときには千年かかるかもしれない。宇宙に普通に旅行できる未来なんてものも、まだ先のことかもしれない。おれが生きてるうちには地球生命の材料なんて見つからないかもしれない。でも、今やっとかなきゃ、続けなきゃ、そんな未来は永遠に来ないことだけはたしかだ。そうだろ？　だったら、おれたちは耐えなきゃいけないんだ。職場で成果を出せって焦らされても、失敗は許さないってプレッシャーかけられても、科学者にだけはそんな思いをさせちゃいけない。全部飲み込んで、黙って金を出すんだ」

そこまで一気にまくしたてると、賢児は息を吸った。

「そうやって科学を支えてきた人たちがいたから、おれたちは無事に生まれて育つことができた。この世界がどんなに素晴らしいところかを知ることができた。これからだってもっと多くのことを知ることもできる。それをおれに教えてくれたのは譲なんだ」

子供のころの自分は、いつも地面ばかり見て歩いていた。同級生とうまくやれない自分のことばかり見つめていた。給水塔のはしごの先に広い宇宙がひろがっていることさえ知らなかった。

でも、譲と出会ってなにもかもが変わったのだ。

「だから金なんか稼がないでくれ」

賢児は懇願するように言った。

「譲にそんなことさせるために、おれは商人になったんじゃない」

親友の手を取って、強引に通帳を握らせる。

「これは譲の金だ。好きに遣え」

譲は困惑した顔で通帳に目を落とし、ゆっくりと開いた。一ページずつめくっていく。

そして、つぶやくように言った。

「これって……どんだけかかって……」

「そこじゃなくて」

賢児は手を伸ばした。途中のページを飛ばして、現在の残高を見せる。

「研究費がどれくらい要るものなのかわからないけど、これだけあれば、しばらくは研究だけしてられるだろ」

譲は、薄い唇を少し開いて、その数字を見つめていた。ゆっくりとまばたきし、そして、はじかれたように顔を上げた。

「正気か、お前？　こんな大金――」

「足りなかったら言え。金はおれが稼ぐ。いくらだって稼いでみせる。だから譲は、譲たちは、おれにできないことをやってくれ」

賢児は手帳を破って暗証番号を書くと、その紙片でキャッシュカードをくるみ、譲のシャツの胸ポケットに押しこんだ。

そのまま、譲に背を向けて、ひとりで科学館を出る。

駐車場に止めてあった自転車に飛び乗って全速力で漕いだ。緑の生け垣も、譲と図書館に向かって歩いた道も、父の店に行くために競争するように曲がった角も、もの凄い速さでうしろへ飛び去っていく。運動不足のせいで息が切れた。背中に汗が噴きでてくる。

マンションには誰もいなかった。美空は玲奈を連れて自宅に戻っている。母は買い物に出ているらしい。

鞄に手をつっこみ、退職願を引っ張りだして破り捨てる。

ゼロになった預金残高をまた増やさなければ。そのためには会社に残らなければいけない。金を稼がないと。自分の給料分くらいは――いや、柴田電器の社員全員を養うだけの利益を稼げなければお前を置いておく理由はないと、桜川は言うだろう。

あきらめかけていた中長期計画案に再度手を入れる。リミットは明日。まだ間に合う。考えるんだ。死にものぐるいで。どうすれば金を稼げるのか。

まず、なぜ本物の科学に基づいた商品が似非科学商品に勝てないのかという点を考えてみる。顧客の女性たちが科学知識に乏しい未開人で騙されやすいからか。

いや違う。そうじゃない。ここ一ヶ月の間、桜川や梨花に投げかけられた言葉を思い出してみる。彼らの言うとおり、おれは自分の主張を通すことだけに囚われていた。顧客の願いと真剣に向き合っていなかった。結果、自分の企画した商品が顧客にとって魅力的な商品かどうかさえもわかっていない。

顧客の願いか。手帳から美空の写真を抜きとる。キーボードの脇に置いて眺める。おれの姉ちゃんは未開の島の女王だ。だからずっと手帳に入れて、おれは未開人と戦ってきた。

だが、今こそ、未開人の、いや、顧客の心に分け入っていく。

人はなぜ偽物の科学に惹かれてしまうのか、について考えてみる。

既存調査のデータを引っ張りだし、「マイナスイオンを支持する理由」という設問の回答を見る。最も多かったのは「髪がうるおう」だ。髪の乾燥を不安に思っている女性が多いということだ。続けて「髪が乾燥する原因」という設問では、「エアコンのきいたオフィスに長時間いるから」という回答が上位を占めている。彼女たちは自分が仕事をする環境を過酷だと感じているわけだ。そこで受けたダメージをマイナスイオンが癒してくれると信じている。戦士たちの傷を賢者の石が回復させるように。

ではなぜ、彼女たちは傷を癒すためにマイナスイオンを選んでしまうのか。本物の科学から目を背けてしまうのか。

待てよ。重要なことに行き当たった気がして、賢児は眉間を強く押さえた。違う。そうじゃない。彼女たちはマイナスイオンを似非科学だと思ってはいないのだ。本物の科学だと思っている。子供の頃、賢者の石が本当に存在すると賢児が信じたように。

そうだ。そんな当たり前のことになぜ気づかなかったんだろう。

彼女たちは本物の科学に背を向けているわけではない。むしろ近づこうとしているのだ。「怪しいほうが効く気がする」という言葉の裏にあるのは未知のものへの憧れだ。

その欲求は本物だ。本物の欲求に、本物の科学で応えていけばいい。

譲が自分に科学の面白さを教えてくれたように。本物で刺激的な世界に顧客を一気に誘いこまなければ。鳥澤の講演を聞いた自分が一瞬で太陽系の彼方に連れていかれたように。

早く乾くだけでも、会社で使えるだけでもだめなんだ。もっと魅力的な価値がなければ。

目を瞑って想像してみる。たとえば、対象者たちの職場よりも過酷な環境があったとして――そこで働く女性が高い競争力を持ち合わせていたとして、彼女の髪が常に美しく保たれていたとしたら？

目を開け、顧客に提供する価値を言葉にしてみる。

〈過酷な職場で働くあなたの髪を美しく〉

どこだ。賢児は顔を上げた。研究船。石油採掘現場。南極基地。棚に並んだ本の背表紙に目を動かして考える。地球上でもっとも過酷な職場。激しい競争を勝ち抜いて選ばれた女性がいるのはどこだ。

賢児の目が壁に貼ったポスターの上で止まった。

宇宙ステーション。

成層圏のさらに上、大気のない空間に浮かぶオフィス。

そこで働くのは女性宇宙飛行士だ。動悸がして、美空の写真に目をやった。そうだ。あの姉でさえ、日本初の女性飛行士の映像を見た時は憧れのこもったまなざしをしていた。究極のキャリアウーマンである彼女たちのために開発をはじめたというストーリーを打ち出せば、梨花のような、ビジネスの第一線で戦う女性の心をも動かせるかもしれない。

これまで集めてきた過去の資料をあさりはじめる。この商品で新市場を切り開きますと言い切れるだけの客観的データを探すのだ。事業部長に予算をひねりださせ、宇宙研究機関に提携を持ちかけることができるだけの強い数字。

自分の値段を思い知らされて、またモニタールームで叫ぶことになるかもしれない。一番大事なものを金に替えるという仕事は似非科学商品と戦うよりもずっと辛いかもしれない。でもやらなければ。

本物の科学で金を稼ぐ。できるだけたくさん稼ぐ。その金を科学にまた注ぎこむ。それができるのは商人だけだ。

技術的な検討は後だ。開発部の技術者に死ぬ気で考えさせればいい。

賢児は止まることなくキーボードを叩きつづけた。

桜川に新しい商品計画案を送信したのは明け方だった。

16

三日ぶりに会社に顔を出した賢児は、一番にメールソフトを開いた。

桜川からの返信はない。いつもはすぐに評価が返ってくるのに。じりじりしながら画面を睨む。

「おはよう」と、梨花が分厚いファイルを抱えてやって来た。「あーもう眠い。明け方まで計画案つくっててさ。やっと眠れると思ったら、すぐに桜川さんから返信がきてさ。そのまま早朝出勤だよ」

賢児は顔を強ばらせた。そうだった。自分も代案をつくると梨花は言っていた。すっかり頭から抜け落ちていた。

彼女にはすぐに返信が来たという事実が、賢児の寝不足の頭を貫く。自分の計画案はまたゴミ箱に突っ込まれたのだろうか。

「羽嶋くんの案、私も見せてもらったよ。まさか宇宙とはね。そうくるとは思わなかった」

梨花があきれた顔で言った。

「それでね、桜川さんからの伝言。……全然ダメだって」

賢児は黙りこんだ。やっぱりゴミ箱行きか。梨花は容赦なく言った。

「市場規模の未来予測が甘い。競合他社の分析も抜けてる。損益分岐点の計算も冷静にできてない。穴ばっかりだって」

「……そうですか」

賢児は額の傷を触った。全然ダメか。でも、あきらめはしない。何度ゴミ箱に突っ込まれても、拾いあげて直す。直し続けてやる。

「でね、これ見せとけって言われた」

梨花は、抱えていた分厚いファイルを賢児の机にどさっと置いた。

「ん……？　なんですか、これ」

「桜川さんがつくった計画案。……まあ、開いてみてよ」

言われた通りに表紙をめくる。〈宇宙利用ビジネスへの新規参入について〉というタイトルが目に入る。思わず目を見張った。

「でも」声が上ずる。「でも柴田電器は手を引いたんじゃ」

「宇宙空間で使う機器の開発からはね。後から参入しても採算はとれないって判断で。でも、桜川さんは、宇宙を利用した一般消費者向けの商品だったら、むしろ家電メーカーのほうが強みを持ってるって役員会で主張したの。今ならトップシェアが狙える。美容家電だっていつまでも収益の柱でいてくれるかわからない。新しい市場を開拓するべきだって。でも却下された。一度失敗したのにとんでもないって、ろくに数字も見てもらえなかったみたい」

急いでページをめくる。賢児が計画案に書いたのよりも詳細な数字が並んでいる。放送、気象、GPS、観光。様々な業界が宇宙を利用したビジネスに参入している様子がくっきりとした数字で描かれている。

その時、桜川がせかせかと歩いてきた。柴田電器のロゴマーク入りの紙袋を幾つも持ち、額に汗を浮かべている。

「あれ、桜川さん、朝イチで事業部長会議じゃ？」梨花が目を丸くする。

「あんな眠たい会議、少し遅れたってどうってことない。ほれ、羽嶋くん、持って。重いんだから」

桜川は紙袋をドサドサと賢児に押しつけてくる。資料がぎっしり詰まっている。付箋がたくさんついている。鉛筆で市場分析が書きつけてあるものもある。

「うちにまだあるから。今度取りにきて。夕飯くらいは出すから」

紙袋の重みで腰が沈んでいる賢児を見て、桜川はにやっと笑い、梨花に「引き続き、頼むよ」と言って出ていった。その後ろ姿を見て、梨花が言う。

「たぶん、まだ諦めてないんだよ、宇宙」

「お、今、宇宙って言いましたね。僕もネタありますよー」

白山堂の唐木が突然やってきて、梨花に子犬のようにすり寄ってきた。お前には関係ない、と言おうとした賢児を遮り、強引に話を続ける。

「うちの部長もね、すごい宇宙好きなんですよ。いつもはハイブランドの服着てるのにね、ロケットの打ち上げ見に行くときは手作りの帽子にピンバッジいっぱい留めて、実況までしてるって噂で」

「実況？」と、賢児は唐木の顔をまじまじと見た。〈紫陽花〉の顔を思い浮かべる。梨花が「わあ、凄く気が合いそうじゃん」と雑に話をまとめ、そして唐木に言った。

「この人、本日付けで正式に課長に昇進したから。よろしくね」

賢児はハッとして梨花を見た。

「なに意外な顔してるの？　当たり前じゃん。計画案が通ったんだから」

「通った？　え、今の通ったってことなの？」

「死ぬほどやり直しさせられるだろうけどね。桜川さん、舌なめずりしてると思うよ。手駒が足りないってよく言ってたから。宇宙に興味のある部下が欲しかったんじゃないのかな。それもただのオタクじゃなくて、金をガンガン稼ぐタイプの」

賢児は黙った。面接で桜川に言われたことを思いだす。

――科学が趣味なの？　へえ、おもしろいね。僕、そういうやつ大好きだよ。

「桜川さんも、まさかその第一弾を美容家電商品にしようとは思ってなかっただろうけど。でも、この先は大変だよ。プライベート全滅。シンポジウムなんて行く暇なくなるね。御愁傷様。でも、とりあえず、おめでとう」

梨花は拳を繰り出してきた。彼女の渾身《こんしん》のパンチを、賢児はてのひらで受け止めた。ずしんと骨に響く。

「これからよろしくね。羽嶋課長。面白そうじゃん、宇宙」

嬉しさよりも先に緊張がこみあげてくる。賢児はうなずいた。そして真剣な顔になって、梨花の顔を見た。

「こちらこそ、よろしくお願いします」

そのまま真夜中まで仕事をした。帰りの電車ではつり革を握ったまま眠った。灯りの少ない商店街を抜けてマンションにたどり着く。

扉を開くなり、居間から声をかけられた。

「譲くんがさっき来てこれ置いてったよ」

母が近寄ってきて、封筒を差し出す。差出人の名前がない。

薄暗い廊下で開く。通帳が出てきた。キャッシュカードと暗証番号を書いた紙も入っている。紙には赤いペンでこう書かれていた。

「これは賢児が稼いだ金だ。自分のために遣ってくれ。でも、ありがとう」

どれだけの時間がすぎただろう。賢児は封筒をスーツのポケットに押しこんだ。マンションを出て自転車に鍵を差しこんだ。

科学館は真っ暗だった。玄関扉も閉まっている。当然だ。もう深夜だ。でもここに来るより他に気持ちの納めようがなかった。

立ち去ろうとしたとき、ロビーの一角だけ電灯がついていることに気づいた。そこに男性が出てきた。顔が照明で輝き、賢児は息を飲んだ。思わずガラス戸を激しく叩いた。男性はこちらを見た。

そのうしろから職員らしき人が出てきた。大股でこちらへやってくると、ガラス戸を少しだけ開けた。

「今日はもう閉まってますよ」

かなり年を取った人だった。

「あそこにいる人……あの人……鳥澤文彦さんですよね？」

「閉まってます」老職員は杓子定規《しゃくしじょうぎ》に言った。

「この前、講演を聞きました。あの、話をさせてもらえないでしょうか。私は……子供のころからここに通ってて」

「いいんじゃない？」と、後ろから鳥澤が言った。「常連さんでしょ。せっかくだから入れてあげたら」

老職員は扉を開けると、賢児を連れて階段を上った。中二階のガラスケースの前にたどりつくと、先に到着していた鳥澤が尋ねる。

「いつ引き取れる？」

「夏休みが終わったら二階から上が閉鎖される。その前に渡すよ」

老職員の口調は子供に対するようだった。彼らの目はペンシルロケットの模型に注がれている。

「今がいいな」

「無理いうな。譲渡先が宇宙機関の職員だって説明してやっと許可されたんだから。待ってなさい。書類をとってくる」

老職員が歩み去ると、鳥澤はガラスケースを開けて模型をとりだした。そして、気づいたように、賢児を手招きした。

「触ってみる？」

「いいんですか」緊張で声がかすれる。

「ずっとガラス越しだったでしょ。僕もそうだった」

模型が賢児のてのひらに載せられる。銀色のボディが鈍く光った。思わずつぶやいた。

「これ造るのに幾らかかったんだろう」

「当時の日本全体のロケット開発費が年間五百六十万円。今だと三千万円ちょっとかな。そんな少ない予算じゃ大型の実験機はつくれないから逆転の発想で小さくしたんだ」

鳥澤は小さな声で、しかも早口で答えた。聞こえづらい。シンポジウムのときと同じだった。

「模型なんて職場に行けばいくらでもあるけど、ここにある、これが欲しかったんだ。僕も子供のころ、よく見に来てたから」

鳥澤は訊かれもしないのに言った。目元が赤かった。抜けられない酒席があって、その後にここへ来たのかもしれない。

「実はガラスを割って盗もうとしたことがある」

「は?」賢児は眉をひそめた。

「未遂だよ。さっきの宝田《たからだ》さんに見つかって約束させられた。勉強して巨人になれ、そしたらやる、正々堂々と取りに来いって。あ、巨人っていうのは、科学のね。どうせできないってタカをくってるようだったので、どうしたらできるか必死に考えた。おかげで自分の境遇のことを考えずにすんでよかったよ。暇だとろくなこと考えないから」

話がわかりづらい。どんな子供だったのかさっぱり想像できない。

「あなたは?」鳥澤は模型を賢児から取り返しながら尋ねる。

「あっ、すみません、申し遅れました。こういう者です」賢児はあわてて名刺を出した。

「ここには友人と来てて。彼も研究者で」

あなたと同じシンポジウムに出ていたと言いかけてやめた。鳥澤はほかの研究者に興味などなさそうだ。

「私は科学が好きで」別の話題に切り替えようとしたが、頭がうまく回らなかった。

「実は昨日、その友人に金を渡したんです」

言わなくてもいいことまで言ってしまう。

「研究費の足しにしてほしかったから。でも返された。拒絶されたんでしょうね。それで、なにを自分の推進力にしたらいいかわからなくなって……」

鳥澤の目が名刺に落ち、それから賢児に向いた。賢児はたじろいだ。高性能の分析器にかけられているようだった。

「いくら渡したの？」

千百二十四万六百七十一円だ。

でも言えなかった。笑われそうで。譲に渡したときは大金だという自信があったのに今は子供の小遣いくらいにしか感じない。

「もったいないな。もらっておけばいいのに」

鳥澤は軽い調子で言い、賢児の顔を見て真面目な表情になる。

「だって、この世に金を稼ぐほどつらいことはないでしょう。酒でべたべたの床から一円、二円、とひっぺがして。僕は二度としたくない。そういうのは好きな人に任せておけばいい」

「いや、私は別に好きとか、そういうわけじゃ……」

「そう？　だって、そうやってかき集めた金をこれぞっていうものに注ぎこむときの、全身の血が滾《たぎ》るような瞬間っていうのは、一度知ってしまったらやめられないものじゃないですか」

　賢児は思わず階下へ目をやった。あそこで譲に通帳を渡した。たしかに今まで味わったことのない一瞬だった。

　血脇守之助もそうだったのだろうか。

　賢者の石が存在しなくても、科学の光なんてものがなかったとしても、ただあの一瞬さえあればよかった。

「あなたを拒絶したんじゃないと思うな」鳥澤は早口で言った。「たぶん、生々しい金の感触に耐えられなかったんだ。気持ちはわからなくもない。でも耐えなければね。じゃなきゃ科学なんてとてもできない」

　鳥澤はペンシルロケットに目をやり、また賢児を見た。

「あ、そういや、僕の惑星探査計画でも寄付を受けつけてるよ。このタイミングで言うと詐欺みたいだけど。まあ、もともと詐欺みたいなものか。惑星探査なんて成功するかどうか最後の最後までわからないものだし」

　鳥澤は口角を上げた。笑っているのか、強ばっているのか、わからなかった。

「でも損はさせません。成功だろうと失敗だろうと、そこに至るまでの行程の厳しさや、それを乗り越えるための叡智を見せつけることができれば、人の金銭感覚なんて簡単に麻痺させられる。だから科学はここまで発展したんです。もっと金を遣え、湯水のように遣ってくれってあなたたちに言わせるように僕らがします」

聞こえづらい声で話しつづける鳥澤を賢児は眺めていた。

礫岩に埋まったダイヤの原石みたいだと思った。あなたはどこから来たのかと来歴を問いたくなる。強烈にそう思った。

「いくらほしいんですか」

賢児が言うと、鳥澤は腕を組んだ。

「そうだな。無事打ち上がったとして、地球帰還後はやりたいことがそれこそ山ほど……」

「だから、いくら？」

鳥澤はおかしそうな顔になり、すぐに鞄から資料を引き抜いた。何枚かめくって顎で指す。

その数字を見て賢児は目をむいた。桁が違う。呼吸が急速に浅くなっていく。思わず頭の中に耳を澄ませる。しかし、レジは何の音もたてなかった。じっと沈黙していた。

17

早く早くとせかせて、美空は手をひろげた。はいはいで寄ってくる玲奈を抱きあげ、ソファまで運ぶ。

「まったく、こんな小さい子に見せてもわからないと思うんだけどなあ」

母のパソコン画面では打ち上げ中継がはじまっている。ロケットがペンみたいにスッと立っている。あの先の部分に探査機が入っているそうだ。小惑星にたどりつくのは四年後だと賢児は言っていた。

「叔父ちゃんは現地で発射を見るんだって」

プライベートで飛行機に乗るのは初めてのはずだ。空港で宇宙ファンの知人と落ち合うと言っていた。仕事先の人で、種子島に詳しいそうだ。

半年前、美空は征貴と玲奈とともに実家に移り住んだ。代わりに賢児は出ていった。今は会社の独身寮にいる。

——もし譲が来たらすぐに連絡してくれ。

家を出るとき、賢児は言った。自分から連絡はできないのだとも言っていた。何があったのか知らない。喧嘩でもしたのかもしれない。まあ、どうせ、賢児が悪いのだろう。でも待っているのだ、また友達になれる日を。

実はこの前、譲くんと駅前でばったり会った。元気そうだったけれど、賢児には言わないでくれと頼まれてしまった。

――いつか賢児の理想の賢者になれたら、自分から会いに行きます。

紗綾ちゃんにだけ、その話をした。そうですか、と彼女は溜め息をついた。本を一緒につくる話があったのだがとりやめになったのだそうだ。でも、お互い力のある編集者と科学者になったら、その時こそ本気の本を出したいとも言っていた。

カウントダウンがはじまる。

賢児は今、どんな気持ちでいるだろう。

「この惑星探査にはね、叔父ちゃんもお金を出したんだって」

宇宙機関に寄付したいと賢児に打ち明けられたとき、母は反対しなかった。今度はあなたの好きにしなさい、とだけ言った。法事の席でそれを知った叔母は、血相を変えていた。――科学なんかにお金を注ぎこむなんてどうかしてるわ。いくら出したのと詰め寄ってもいた。賢児は答えなかったが口が笑っていた。いくらなのかは美空も知らない。

カウントダウンが一桁になった。

「さあ、宇宙に行くよー」

ふざけて玲奈の耳をふさぐ。

ロケットが発射するとき現地では轟音が鳴り響くという。賢児はこれからそれを間近で聞くのだろう。もの凄い迫力なんだろうなと思った瞬間、画面いっぱいに閃光がきらめいた。光はロケットを空に力強く押しあげていく。

まぶしい。

美空は目を瞑りたくなった。でも瞑れなかった。

網膜を灼くようなその輝きから、科学の光から、いつまでも目が離せなかった。

解説

塩田春香

子どもの頃に、将来の夢はありましたか？　その夢は今、叶っていますか？

子どもの頃、何が好きでしたか？　それは今も変わらず、好きですか？

この書き出しを快く思わない読者の方もおられるだろうな、と思いながらこの解説を書いています。夢は努力だけでは叶わないことも多いし、生きていくのは夢とか好きとか言っていられるほど甘くないことが多いからです。

『科学オタがマイナスイオンの部署に異動しました』の主人公で家電メーカーに勤める羽嶋賢児は、熱心な科学ファンで、科学を支える仕事をしたいという信念をもっています。ところが会社のヒット商品である科学的根拠のない美容家電を「すべて廃止すべきです」と発言したばっかりに、その美容家電を企画する部署に「島流し」にされてしまいます。

信念を曲げて科学的根拠にこだわらずによく売れる商品を企画すれば、会社は儲かり、人間関係の軋轢もなくなり、賢児はずっと生きやすくなるはずです。また、学生時代に父を亡くして経済的に困窮した経験をもつ彼は、旅行などしたこともなく、コツコツと貯金をしています。お金がない切迫感や惨めさが身にしみているならばなおのこと、仕事と割り切って、儲かる似非科学商品を企画して売ればいい。でも、それができない。それほどに大好きなはずの科学に縛られ、苦しめられているのが賢児なのです。

「他人様から金をいただくってのはもっとえげつないことだろ？　自分の一番大事なものをズタズタに切り裂かなきゃいけないことだってある。そうだろ？」

これは、賢児を調査会社から引き抜き、商品企画部に島流しにした上司・桜川の言葉です。「偽物の科学を売るなんて絶対にできない」と頑《かたく》なな賢児ですが、科学なんて好きじゃなければよかった、科学を支えたいなんて夢をもたなければよかった、その方がずっとラクだったのに――そう思ったことはないのでしょうか？

じつは私自身、大事なものをズタズタにできずに職を失ったことがあります。「仕事に信頼なんて必要ない。まじめに働く奴はバカだ。好きな仕事なんて、絶対にさせてやらない。君に再就職先を探すなんて無理だから、僕は君を心配してあげているんだよ」――当時の上司の言葉はむしろその後の勤め先でもまじめに働く原動力になりましたが、安定した再就職が非常に困難だった時期で、退職した後、転職を繰り返さざるを得ませんでした。

一方で、同じ就職氷河期世代として苦労してきた友人たちのなかには、仕事は食い扶《ぶ》持《ち》を稼ぐためのものであり、仕事に夢など求めない、信念など必要ない、という人もいます。皆それぞれの正義で働いているので、誰が正しい、誰は間違っている、とは一概に言えない難しさを日々感じています。

大事なものをズタズタにするくらいなら、いっそ食い扶持のためと割り切れる仕事をした方がいい。賢児が「今度は科学とも似非科学とも関係ない企業にしよう」と退職を決意する過程には、好きなことを仕事にした人たちが少なからず味わう苦悩がにじみ出ています。それでも、科学を好きでいることをやめよう、とはまったく思ってもみないことから、どれほど彼が科学を愛しているかが伝わってくるのです。

自社製品が事故を起こして対応責任者にされた賢児が、被害者の父を名乗る男に呼び出され、土下座を強要されたうえに頭を踏まれる場面でも、同じことが読み取れます。子どもの頃、上級生に謝罪を強要され、それを拒んで頭を蹴られて顔を血だらけにしながらも決して謝らなかった彼が、這いつくばって頭を下げ、その頭を足で踏まれる。それほどの屈辱には耐えても、似非科学商品の開発には耐えられない……。

でも、科学好きであるがゆえに苦しんでいるように見える賢児ですが、科学を好きでいることこそが彼を救っている、と考えるのはおかしいでしょうか？　頭を踏まれた夜、彼は科学記事を読むことで自分を保ちます。お金のかかる趣味を持たない彼は、ロケット発射の中継を見たり、科学シンポジウムを聴講したり、科学に接することで、常に精神の均衡を保っているようにも見えるのです。

話は飛びますが、重大な犯罪を起こしてしまった人のなかには、尊厳を踏みにじられる経験を重ねてきたり、ワーキングプア状態で搾取されて世間への恨みを募らせてしまったりした人も多いのではないでしょうか。もちろん、どんなことがあっても罪を犯してよい理由には決してなりません。しかし、もしもその人たちにも自分を支えてくれる軸になる大切なものがあれば、それを大事にし続けられる環境があれば、一線を越えてしまうことはなかったかもしれない。そうしたニュースに接するたびに、やりきれない気持ちになります。

賢児が壊れなかったのは科学があったから――私にはそう思えてならないのです。音楽・演劇・美術などの芸術活動でも、スポーツでも、あるいは家庭でも友達でも、「大好き」がある人は強い。大好きゆえに苦しんだり、間違えたりすることもありますが、その大好きのために、まっすぐに生きる気力を失わずに済むこともあるのではないかと思うのです。

最近、子どもの頃からの夢だった企業に就職できて私生活も順風満帆で会社大好き、とっても幸せ！　という同世代の人に出会って、こういう人もいるのかとびっくりしました。でも、もし自分もそういう人生を歩めていたら、賢児に共感することもなかったでしょうし、仕事に恵まれない人たちのことを「努力が足りない、自己責任だ」と決めつけてしまっていたかもしれない。結局、自分は賢児と同じように、不器用にあちこちゴチゴチと頭をぶつけながら、七転八倒して恥をさらして生きていくことしかできないのだと、最近ようやく諦めがつきました。

それでも、時々ふと思うのです。あのとき、パワハラ上司に頭を下げていたら。「わあ、〇〇さん、すご〜い！」とお世辞のひとつでも言えていたら。もっと生きやすい、もっとチャンスを与えられる、違う人生があっただろうか。弱い立場で働く多くの人たちが経験している理不尽に、私も苦しまずに済んだだろうか、と。

あったかもしれない別の人生を思い浮かべそうになったとき、それでも……と思い直します。後悔はしていないし、応援してくれる人たちもいる。この先だって良くも悪くも、何が起きるかわからない。もう少しだけ、がんばってみよう、と。

賢児にも、科学を支えるチャンスは意外な形でめぐってくるかもしれません。妄想を許してもらえるならば、彼はその後、科学館の再建に取り組んで、会社をリタイアした後の人生を解説員ボランティアとして過ごし、草の根的に科学を支える日が来るかもしれない。父が賢児の幼なじみ・蓼科譲を科学者へと導いたように、未来の科学者が生まれるきっかけを、誰かに与えることになるかもしれない。本書の終わりに種子島へと旅立った彼は、自縛を解き放ち、すでに新しい一歩を踏み出しています。

『海に降る』『駅物語』『わたし、定時で帰ります。』など、お仕事小説の名手・朱野帰子さんの作品には、他人事的な「がんばれ！」ではなく、読み手に「一緒にもう少しだけ、がんばってみようよ」と、そっと背中を押してくれるあたたかさがあります。きっとご自身も社会で苦しんだ経験があり、それが作品に生きているのでしょう。そんな朱野さんにも大好きなものがあると聞いたことがあります。それは——深海探査！

　朱野さんと私は自然科学好き仲間の集まりで知り合いました。私は自然や生き物が好きで、その保全にかかわる仕事をしたいと思ったばっかりに人生を迷走させることになってしまったのですが、それでも困難にぶつかるたびに自然のなかに身を置くことで心を落ち着かせ、辛うじて今までやってこられたような気がしています。

　深海や深海探査について語るときの朱野さんの好奇心に満ちた表情は、ああ、ほんとうに大好きなんだなと見ていて嬉しくなるほど素敵です。本書の読者の皆さんにも、生き生きと素敵な表情で語れる大切なものがあるといいな、好きなものを大事にしながら働けているといいな、と、この解説を書くために本書を読み返しながら、願わずにはいられませんでした。


（会社員・ＨＯＮＺレビュアー）

「賢者の石、売ります」
初出　別冊文藝春秋 2015 年 9 月号〜2016 年 7 月号
単行本　2016 年 11 月　文藝春秋刊
（文庫化にあたり、改題しました。）

DTP 制作　言語社

文春文庫

科学《かがく》オタがマイナスイオンの部署《ぶしょ》に異動《いどう》しました

定価はカバーに表示してあります

2019年11月10日　第1刷

著　者　朱《あけ》野《の》帰《かえる》子《こ》
発行者　花田朋子
発行所　株式会社 文藝春秋

東京都千代田区紀尾井町 3-23　〒102-8008
TEL 03・3265・1211㈹
文藝春秋ホームページ　http://www.bunshun.co.jp

落丁、乱丁本は、お手数ですが小社製作部宛お送り下さい。送料小社負担でお取替致します。

印刷・萩原印刷　製本・加藤製本

Printed in Japan
ISBN978-4-16-791382-3

文春文庫　最新刊

あしたの君へ　柚月裕子
少年事件、離婚問題…家裁調査官補の奮闘を描く感動作

壁の男　貫井徳郎
壁に絵を描き続ける男。孤独な半生に隠された真実とは

能登・キリコの唄　十津川警部シリーズ　西村京太郎
銀行強盗に対峙した青年の出生の秘密。十津川は能登へ

このあたりの人たち　川上弘美
どこにでもあるようでない〈このあたり〉をめぐる物語

夜の署長2　密売者　安東能明
〝夜の署長〟こと警視庁新宿署の凄腕刑事を描く第二弾！

科学オタがマイナスイオンの部署に異動しました　朱野帰子
賢児は科学マニア。自社の家電を批判、鼻つまみ者に!?

キングレオの回想　円居　挽
無敗のスター探偵・獅子丸が敗北!?　しかも、引退宣言!!

漂う子　丸山正樹
二村は居所不明少女を探す。社会の闇を照らす傑作長篇

始皇帝〈新装版〉中華帝国の開祖　安能　務
暴君か、名君か。史上初めて政治力学を意識した男の実像

僕のなかの壊れていない部分　白石一文

耳袋秘帖　**眠れない凶四郎（三）**　風野真知雄
夜回り専門となった同心・凶四郎の妻はなぜ殺されたか

捨雛《すてびな》ノ川　居眠り磐音（十八）決定版　佐伯泰英
穏やかな新年。様々な思いを抱える周りの人々に磐音は

梅雨《ばいう》ノ蝶　居眠り磐音（十九）決定版　佐伯泰英
佐々木道場の柿落し迫る頃、不覚！　磐音が斬られた!?

アンソロジー　**隠す**　大崎梢　加納朋子　近藤史恵　篠田真由美　柴田よしき　永嶋恵美　新津きよみ　福田和代　松尾由美　松村比呂美　光原百合
人の秘密が、見たい。女性作家の豪華競作短編小説集

かきバターを神田で　画・下田昌克　平松洋子
世の美味しいモノを愛す、週刊文春の人気悶絶エッセイ

古事記神話入門　三浦佑之
令和の時代必読の日本創生神話。古事記入門の決定版

Mr.トルネード　藤田哲也　航空事故を激減させた男　佐々木健一
多発する航空事故の原因を突き止めた天才日本人科学者

煽動者　上・下　ジェフリー・ディーヴァー　池田真紀子訳
無差別殺人の謎を追え！　シリーズ屈指のドンデン返し

アンの愛情　第三巻　L・M・モンゴメリ　松本侑子訳
娘盛り、六回求婚される。スコットランド系ケルト文学